Día de perros

Novela
Crimen y Misterio

Alicia Giménez Bartlett
Día de perros

El papel utilizado para la impresión de este libro es cien por cien libre de cloro y está calificado como **papel ecológico.**

© Alicia Giménez-Bartlett, 1997
© Editorial Planeta, S. A., 2015
  Ediciones Destino, un sello editorial de Editorial Planeta, S. A.
  Avda. Diagonal, 662-664. 08034 Barcelona (España)
  www.edestino.es
  www.planetadelibros.com

Ilustración de cubierta: Shutterstock
Fotografía de la autora: © L. M. Palomares, 2003
Primera edición en esta presentación en Colección Booket: julio de 2012
Segunda impresión: agosto de 2013
Tercera impresión: octubre de 2015

Depósito legal: B.15.436-2012
ISBN: 978-84-233-2902-1
Impresión y encuadernación: CPI (Barcelona)
Printed in Spain - Impreso en España

Biografía

Alicia Giménez Bartlett (Almansa, Albacete, 1951) vive en Barcelona desde 1975. Ha publicado, entre otras, las novelas *Exit*, *Una habitación ajena* (Premio Femenino Singular 1997), *Secreta Penélope*, *Días de amor y engaños* y el gran éxito *Donde nadie te encuentre* (Premio Nadal de Novela 2011). Con la serie protagonizada por la inspectora Petra Delicado se ha convertido en una de las autoras españolas más traducidas y leídas del mundo: *Ritos de muerte*, *Día de perros*, *Mensajeros de la oscuridad*, *Muertos de papel*, *Serpientes en el paraíso*, *Un barco cargado de arroz*, *Nido vacío*, *El silencio de los claustros*, *Nadie quiere saber* y *Crímenes que no olvidaré* (Premio Pepe Carvalho de Novela Negra 2015). Ha recibido los prestigiosos premios Grinzane Cavour en Italia y Raymond Chandler en Suiza. En 2015 ha sido merecedora del Premio Planeta por su nueva novela *Hombres desnudos*.

www.aliciagimenezbartlett.es

Agradecimientos

La documentación necesaria para escribir la presente novela no hubiera sido posible sin la estrecha colaboración de Antonio Arasa, experto en comportamiento canino, que supervisó la redacción del libro y aportó gran cantidad de datos para la verosimilitud de la trama.

Deseo asimismo dar las gracias por su participación a Carlos Esteller (veterinario), Departament de Medi Ambient de los Mossos d'Esquadra de la Generalitat de Catalunya y Guardia Urbana de Barcelona.

1

Hay días que comienzan extraños. Te despiertas en la cama, tomas conciencia, echas pie a tierra, preparas café... sin embargo, la idea de futuro que divisas frente a ti supera el espacio de una jornada. Sin mirar más adelante, ves. Luego, cualquier acto empieza a tener el mismo tono profético y esencial. «Algo sucederá», te dices y sales a la calle dispuesta a estar atenta, sensible, porosa ante los imprevistos, analítica con la realidad. Por ejemplo, aquella mañana, aparentemente una mañana normal, me crucé en la puerta con una anciana vecina. Después de saludarme, se enzarzó en un monólogo interminable para acabar contándome que mi actual casa de Poble Nou había sido en tiempos un burdel.

Después de conocer el dato histórico pasé un buen rato recorriendo mi domicilio con curiosidad. Supongo que intentaba captar algún eco de los pasados ardores que entre aquellas paredes habían devenido. Pero nada, quizás la reforma a la que sometí el lugar había sido demasiado drástica; probablemente los albañiles habían emparedado toda lujuria y los pintores blanqueado cualquier vestigio carnal. Es posible que buscando rastros del antiguo lupanar, estuviera expresando un deseo inconsciente de disfrutar de incentivos novedosos. No me extrañaría. Durante dos años, trabajo, lectura, música y jardinería habían constituido mi única diversión. Tampoco eso me preocupaba demasiado ya que, después de dos divorcios, el aburrimiento sabe a paz. Bien, en cualquier caso, el descubrir la existencia de aquel previo local había removido mi conciencia por primera vez en dos años, haciendo que me preguntara si no estaba llevando demasiado lejos mis deseos de soledad.

Aquél fue un aldabonazo mental sin demasiadas consecuencias inmediatas para mi vida. Ya se encarga siempre el destino de neutralizar los impulsos que desembocan en la revolución personal, y mi destino señalaba que iba a mantenerme juiciosa durante más tiempo. Dejé de hacerme preguntas embarazosas sobre pasiones pretéritas, y no me costó ningún esfuerzo; de hecho lo conseguí con toda facilidad gracias a que todas mis energías estuvieron absorbidas por el trabajo. ¿Muchos libros que clasificar en el Departamento de Documentación? Ni pensarlo, eso no hubiera logrado acaparar mi atención más del tiempo estrictamente necesario. Lo que sucedió fue que al subinspector Garzón y a mí nos encargaron un nuevo caso. Eso justificaba la extraña sensación matinal con mucha más razón que el fantasma de la casa de putas. Se trataba de un caso modesto, reconozcámoslo, pero que llegó a complicarse de tal modo, que se convirtió en un asunto extraño, sin precedentes en la moderna historia policial.

He de advertir que, por aquel entonces, aunque el subinspector Garzón y yo ya éramos muy buenos amigos, sólo nos habíamos frecuentado en el bar que hay frente a comisaría. Era la nuestra una amistad circunscrita al marco profesional, sin que cenas ni asistencias al cine ayudaran a un mayor conocimiento. Sin embargo, allí, en aquel bar costroso, habíamos tomado juntos suficiente café como para quitar el sueño a todo un santuario de monjes budistas.

Garzón no se mostró entusiasmado por la naturaleza del caso que nos asignaron, pero estaba contento de que fuéramos a compartir de nuevo un poco de acción. Como parecía que iba a convertirse en costumbre, nos confiaban aquel asunto porque el resto de compañeros andaba sobrecargado de trabajo. Muy lerdos hubiéramos tenido que ser para no apañárnoslas con algo que *a priori* se presentaba como una «rutina habitual». Tampoco el modo en que nos enunciaron el problema se revistió de demasiada solemnidad. «Un tipo —dijo el comisario— al que le han dado una manta de hostias.» Nada hacía presuponer que se necesitara una estrella de Scotland Yard al mando de aquella pesquisa; aunque sí había, al menos, tres extremos mínimos por los que abordar la investigación. Primero, quién era el apaleado, que no portaba documentos de identificación. Segundo, por qué había recibido el varapalo. Y tercero, quién era el apaleador.

En principio, aquello sonaba como tener que mediar en una riña callejera, pero cuando el inspector jefe añadió que el tipo estaba ingresado en el hospital del Valle Hebrón, en estado de coma, comprendimos que la manta de hostias había sido un auténtico edredón. No se trataba de un rifirrafe entre borrachos, sino de una gravísima paliza.

Mientras íbamos al hospital, Garzón conservaba el ánimo festivo que inició cuando nos encargaron el caso. Estaba tan feliz que parecíamos más dispuestos a encarar un picnic que una serie de indagaciones. Deduje que, hasta no tener delante al comatoso, no existían para él sino motivos de contento: trabajaríamos juntos otra vez y aún estaban relativamente frescos los laureles del éxito en nuestro primer caso. Me sentí halagada, no todos los días alguien nos brinda el regalo de su amistad, aunque ese alguien sea un policía panzón bien instalado en la cincuentena.

El hospital del Valle Hebrón es uno de esos mamotretos que la Seguridad Social construyó en los años sesenta. Feo, enorme, imponente, parece más propio para enterrar faraones que para sanar ciudadanos. Al subir por las escalinatas centrales, empezó a hacerse patente esa típica población hospitalaria formada por gente de pueblo, viejos renqueantes, mujeres de la limpieza y montones de personal sanitario en grupo. Me arrugué un poco, sintiéndome perdida entre los gigantescos pabellones de nueve pisos, incapaz de saber a quién dirigirme o por dónde internarme en el coloso. Afortunadamente, mi compañero Garzón tenía un alma funcionaria) que le permitía un claro discernimiento de los pasos necesarios. Se movía por aquellos corredores de mármol oscuro con toda naturalidad. «Hay que hablar con el encargado de planta —dijo— y preguntar quién recibió en urgencias a la víctima.» Yo estaba maravillada porque, como si hubiéramos dispuesto de un amuleto, a nuestro paso iban abriéndose las compuertas que llevaban al cubículo del ogro sin que ni una sola vez tuviéramos que retroceder por haber cometido algún error. Por fin, una enfermera alta y fuerte como un muro, nos llevó hasta la última etapa.

—Será mejor que ustedes vayan viendo a ese pobre hombre mientras yo busco su ficha y les averiguo quién estaba esa noche de servicio.

Entramos en una habitación con tres camas. Nuestro hombre ocupaba la izquierda; un montón de tubos conectados al cuerpo anunciaba su presencia inerte. Era como un cadáver, silencioso, inmóvil, pálido. No pude empezar a fijarme en sus rasgos hasta haber superado la fascinación que me provocan las figuras yacentes, sobre todo las escultóricas. En cuanto me ponen delante una de esas tartas pétreas representando a Carlos V, los amantes de Teruel o el duque de Alba, un latigazo de estupor respetuoso me recorre la espalda dejándome tiesa. Y sin embargo, nada tenía que ver aquel tumbado con ninguna altivez o gloria patria. Era más bien como un pajarillo magullado, como un gato atropellado en la autopista. Enjuto, breve, con manos deformes y vulgares depositadas sobre la sábana, su cara se veía hinchada por los golpes, uno de sus párpados estaba amoratado y en los labios se incrustaban restos de sangre ennegrecida.

—Es impresionante —dije.

—Le han dado bien.

—¿Cree que fue una pelea?

12

—Dudo que se defendiera. Una pelea arma escándalo, hubiera habido testigos.

—¿Qué dice la ficha de la Guardia Urbana?

—Individuo desconocido, sin documentación, hallado en la calle Llobregós, barrio del Carmelo, a las tres de la mañana. Ningún testigo de la agresión. Ninguna pista o rastro. Trasladado inmediatamente a la residencia del Valle Hebrón. Ingresado en Urgencias.

—Oscuridad absoluta.

El tipo tenía el cabello de un rojo brillante, sin duda teñido. De su aspecto en condiciones normales apenas podías formarte una idea. La enfermera apareció acompañando al médico que estaba de guardia la noche que lo hallaron. Nos llevó a un despacho minúsculo y destartalado. No parecía muy impresionado por el hecho de que fuéramos policías.

—Les voy a leer la ficha de ingreso —dijo, y se caló unas gafas de pesada concha que contrastaban con su pinta juvenil—. «Ingresado en la madrugada del 17 de octubre. Paciente varón, de unos cuarenta años. Sin señas particulares de identidad. Presentaba en el momento del ingreso politraumatismo general y conmoción cerebral. Se descartó el accidente de tráfico. Su estado parece el resultado de haber sido golpeado varias veces, probablemente con un objeto duro y pesado. Se le practicaron curas de urgencia en quirófano. Se halla en estado de coma, sometido a un período de observación. Es alimentado por medio de suero. Pronóstico grave.»

—¿Cree que recuperará la conciencia?

Se encogió de hombros.

—Nunca se sabe. Puede despertar, puede morirse mañana mismo o estar así mucho tiempo.

—¿Lo han reclamado, ha venido alguien a verle?

—Aún no.

—Si alguien se presentase...

—Les avisamos.

—Y, si es posible, retengan a la visita hasta que nosotros lleguemos.

—No se hagan muchas ilusiones. Aquí, sin que aparezcan testigos de que han pasado por el mundo, se muere bastante gente.

—¿Puede enseñarnos la ropa que llevaba?

Nos acompañó hasta un almacén que parecía una oficina de objetos perdidos. Las cosas de nuestro hombre estaban metidas en una bolsa de plástico a la que habían cosido un número. No había demasiado: un mugriento pantalón tejano, una camisa anaranjada con restos de sangre, una cazadora y una gruesa cadena de oro macizo. Los zapatos, unas zapatillas deportivas gastadas, ocupaban un envoltorio aparte. No llevaba calcetines.

—Esa joya ostentosa de tan mal gusto nos indica que estamos ante un hortera —dictaminé en plan esnob.

—Y que no le atacaron para robarle. Ese trasto debe de valer mucho dinero —añadió Garzón.

Me volví hacia la encargada del almacén:

—¿No llevaba nada en los bolsillos, algunas monedas, llaves?

Debió de parecerle una pregunta inconveniente, porque contestó de mal talante:

—Oiga, todo lo que llevaba encima lo tiene usted ante sus ojos. Aquí nadie toca nada.

Ya lo había comprobado mil veces. No rozar la susceptibilidad del currante hispano es más difícil que pasear junto a las cataratas del Niágara sin salpicarse.

Cruzando la salida de aquel palacio imperial en decadencia ya pudimos sacar nuestras primeras conclusiones. Aquel tipo era un lumpen. Quien le cascó no tenía interés en robarle, pero sí en vaciarle los bolsillos. O no quería que le identificáramos o andaba buscando algo concreto. El apaleado debía de estar metido en cosas feas porque, de lo contrario, y dada su pinta, no hubiera tenido dinero suficiente como para pagar aquel adorno de oro.

—¿Permite que le resuelva el caso, inspectora? —soltó de pronto Garzón.

—¡No se prive, querido amigo!

—Es evidente que se trata de una venganza, de un ajuste de cuentas. Y por el aspecto y las características del tipo no parece que nos movamos en altas finanzas mafiosas. No, apuntemos más bajo. Me jugaría algo a que son drogas, suele resultar lo más común. Este pobre desgraciado es un camello de tres al cuarto que metió la pata en algo. Le han dado un escarmiento y se les ha ido la mano. Un caso vulgar.

—Entonces lo más probable es que esté fichado —conjeturé.

—Si no como camello, estará fichado por algún pequeño delito sin importancia.

—¿Cuándo tendremos los resultados de las huellas?

—Esta tarde.

—Muy bien, subinspector, entonces, según usted, ya podemos cantar «caso cerrado».

—No se aclare aún la garganta. Si es como yo le digo, esa canción la cantarán otros. Los asuntos de drogas tienen su departamento, y ésos no dejan meter la cuchara a nadie. Echarán una ojeadilla y, si este tipo no está implicado en algo gordo, le darán carpetazo. ¡Al cuerno, un camellete menos en el amplio desierto!

Ni por un momento dudé de que llevara razón. Y no porque hubiera desarrollado una fe ciega en las condiciones polizónticas de mi compañero, sino porque sus suposiciones encadenadas sonaban bastante bien. También la última conclusión... ¿Qué significaba para nadie un camello menos en el orbe? Ni aquél iba a pasar por el ojo de una aguja, ni un solo rico traficante más entraría en el reino de las Leyes. Quizás aquella misma tarde el caso ya estuviera fuera de nuestras manos.

—¿Y ahora?

—Ahora se impone una parada en el Carmelo, Petra. Inspeccionaremos la zona, hablaremos con los vecinos. Luego, desde el restaurante donde comamos, llamaremos por teléfono al laboratorio de huellas por si lo han identificado y tenemos que volver a preguntar. No se me ocurre más.

El Carmelo es un extraño barrio obrero de Barcelona. Abigarrado en una colina, sus calles estrechas hacen pensar en la estructura de un pueblo. A pesar de su extrema modestia, resulta más acogedor que esos descampados de las afueras donde bloques inmensos se alinean, ordenados y muertos, junto a las vías del tren o la autopista. No se veían restaurantes propiamente dichos, pero había muchos bares donde podíamos comer, todos de obreros, todos decorados con la inspiración casual de un dueño poco meticuloso, todos perfumados por el irrespirable aceite de los fritos. Le insinué a Garzón que podíamos contentarnos con un piscolabis tomado de pie en cualquier parte; pero él se revolvió como si le hubiera mentado Honor, Dios y Patria al mismo tiempo.

—Ya sabe usted que si no como algo caliente después me duele la cabeza.

—No he dicho nada, Fermín; comamos lo que usted quiera.

—Le gustarán estos bares, están llenos de trabajadores, son democráticos de verdad.

Dimos fe de democracia directamente experimentada en un bar de la calle Dante llamado El Barril. Las mesas en las que Garzón suspiraba por situarse no eran individuales sino colectivas. En ellas te sentabas, codo con codo, junto a una persona desconocida, exactamente igual que en los restaurantes recoletos del Barrio Latino.

La clientela entraba en bandadas, la mayor parte luciendo un mono de trabajo de diferente color según la ocupación. Se colocaban en lugares prefijados por la costumbre, y nos lanzaban un saludo como debían de hacer siempre con los no habituales.

Enseguida empezaron a aparecer platos de sopa, judías estofadas, ensaladillas rusas y coliflores al gratén. La algarabía general demostraba que la gente estaba bastante hambrienta y razonablemente feliz. Reían, se gastaban bromas de una mesa a otra y sólo de vez en cuando lanzaban miradas distraídas a una tele que atronaba inútilmente en un rincón.

La verdad es que resultaba un planteamiento simpático, incluso envidiable, que daba lugar a cierta camaradería gastronómica. Sin embargo, aquel pequeño paraíso solidario no parecía dedicado a todos por igual. Yo era la única mujer.

Garzón se había adaptado rápidamente al medio. Daba cuenta de su coliflor con buen apetito, echaba traguitos de vino, y cuando en la pantalla aparecieron las informaciones deportivas y todos se callaron un momento, él también se quedó hechizado frente a los goles y regates de balón. Luego, hasta se lió a hacer comentarios con un hombre fornido que tenía al lado, y estuvieron los dos de acuerdo en llamarle «bandido» a un entrenador. Le admiré sin limitaciones por su capacidad de sumarse al ambiente con tanta naturalidad.

Tomamos un buen café entre un montón de migajas y servilletas de papel estrujadas. Sólo cuando su afán de comer se había visto saciado, Garzón se levantó y fue a dar una vueltecilla preguntando a todo el mundo qué sabían sobre la agresión acontecida en el barrio. No obtuvo ningún resultado. Acto seguido, telefoneó al laboratorio de huellas dactilares. Volvió al cabo de un instante, sin ninguna expresión que pudiera orientarme ni de lejos.

—¡Hay que joderse! —exclamó.

—¿Qué ocurre?

—Ese tipo no estaba fichado.

—Lo había puesto usted demasiado sencillo. Además,

¿por qué no dudamos en considerarlo un delincuente? De momento, sólo es la víctima.

—Me extrañaría muchísimo que no fuera un hampón.

—Quizás es un malhechor que aún no ha sido fichado.

—Casi todos esos pequeños hijos de puta lo están, inspectora.

Salimos del bar rumbo al número 65 de la calle Llobregós. Más o menos a esa altura habían encontrado el cuerpo. Una primera mirada no reveló nada interesante: portales de viviendas, un zapatero remendón y, un poco más lejos, una bodega donde vendían vinos a granel. Todos los vecinos estaban informados del macabro hallazgo, pero tal y como habían declarado a la Guardia Urbana, nadie conocía al herido.

—Si hubiera vivido por aquí alguien lo sabría, en el barrio más o menos todos nos tenemos vistos.

Aun así, decidimos cerciorarnos y hacer otra ronda de interrogatorios entre el vecindario. En cuanto habíamos llamado a los pisos bajos, casi no era necesario seguir, las mujeres abrían las puertas, salían a los descansillos y a veces venían hasta donde estábamos para charlar y brindarnos su ayuda. Muchas de ellas llevaban batas de estar por casa, delantales o mandiles de cuerpo entero. Se mostraban excitadas y curiosas, pero también inquietas por si cosas parecidas empezaban a suceder en su tranquilo distrito. Reivindicaban sus orígenes con orgullo:

—Nosotros somos gente trabajadora. Aquí nunca ocurren delitos, ahora sólo nos faltaría que toda esa escoria viniera a pelearse a nuestras calles.

Estaba muy claro, si alguien hubiera tenido algún dato sobre aquel hombre, lo hubiera contado de buena gana. Sin embargo, por el deseo de ser exhaustivos y puntillosos, continuamos peinando aquella maldita calle durante tres días más. Sin ningún fruto. Nadie conocía al tipo, nadie lo vio esa noche, nadie oyó nada extraño en la madrugada del 17 de octubre. La posibilidad de que hubiera sido vapuleado en otro lugar y conducido después hasta allí parecía cada vez más verosímil. ¿Por qué precisamente allí? Ésa era una incógnita alrededor de la cual no convenía hacer demasiadas hipótesis. Se trataba de un lugar poco concurrido y mal iluminado por la noche, eso hubiera sido suficiente como para escogerlo.

Sólo después de tres días, tuvimos conciencia de haber perdido tres días, ¡y los primeros tres días!, que suelen considerarse decisivos para la resolución de cualquier caso. Durante ese tiempo pretendidamente de oro, acudíamos también a Valle Hebrón para saber si el paciente variaba de estado o si alguien lo había visitado. Pero no, aquel Bello Durmiente permanecía imperturbable y solo. Resultaba triste. Que alguien haya perdido a toda su familia en el transcurso de la vida parece comprensible, pero no tener ni un solo amigo que se preocupe por tu suerte es desalentador.

Solíamos ir a verlo al atardecer. A pesar de que la agresión estaba aún reciente, los hematomas de la cara habían empezado a difuminarse, de modo que sus rasgos se apreciaban con más claridad. Tenía algo de envilecido, de producto residual, quizás de sus propios excesos, un retrato cutre de Dorian Gray. Garzón miraba por la ventana, confraternizaba con los vejetes vecinos de cama y bajaba a la cafetería alguna vez. Yo pasaba el rato sin quitarle ojo al tipo, en perenne estado de fascinación.

—Va a cogerle usted cariño —me dijo un día el subinspector.

—Quizás sería el primero que tuviera en su vida.

Se encogió de hombros con un gesto duro.

—No se me ponga sentimental.

—¿Cómo es posible que nadie advierta que ha desaparecido?

—Cantidad de tipos desaparecen de la noche a la mañana sin que nadie se entere: viejos que la Urbana encuentra en sus camas apestando después de dos meses muertos, mendigos que palman en la boca del metro, tías locas que se pasan años en un psiquiátrico de la Beneficencia sin que les salga ni un pariente... ¡qué le voy a contar!

—De todas maneras siento por él un poco de pena. En este estado depende por completo de los demás y eso es terrible. Fíjese, las enfermeras no lo han afeitado, y el pelo teñido de panocha empieza a verse blanco en las raíces.

—¡Bah, para lo que se entera!

Con aquella exclamación vulgar Garzón cerró su turno de palabra. Era evidente que, como al resto del mundo, aquel tipo ni le importaba gran cosa, ni le inspiraba piedad.

De vuelta a comisaría nos esperaba una pequeña sorpresa. El sargento Pinilla, de la Policía Municipal, tenía algo que podía interesarnos. Los vecinos de un inmueble en Ciutat Vella los habían llamado porque, desde hacía justo tres días, un perro ladraba y lloraba, aparentemente solo, en uno de los pisos. Se presentaron allí con orden judicial, abrieron la puerta y encontraron al chucho solitario que se desesperaba, muerto de hambre y de sed. Los vecinos no sabían nada del inquilino que habitualmente vivía en el lugar; únicamente que era un hombre de mediana edad al que veían tan poco que ni siquiera podrían reconocer. Habían precintado el piso y trasladado el perro a un depósito municipal. Si en el plazo de dos días nadie lo reclamaba, pasaría a la perrera.

Pinilla estaba convencido de que esa vivienda podía pertenecer a nuestro hombre, de modo que estableció contacto con el dueño y nos lo puso en bandeja para un interrogatorio.

—De los vecinos no sacarán nada más, inspectora; aunque lo conocieran de toda la vida no se lo dirían. Es un barrio duro.

El sargento sabía perfectamente de lo que estaba hablando. Aun así, enviamos a alguien para que volviera a hacer preguntas mientras nosotros nos centrábamos en la presunta vivienda del durmiente.

El dueño del piso, que lo era a su vez de todo el inmueble, tenía una de las pintas más desagradables que yo podía recordar. Vestido con una cazadora de cuero tostado y luciendo anillos de oro en casi todos los dedos, no se molestó en sonreír, ni prácticamente en saludar.

—Ya les dije por teléfono a los de la Municipal que el control de mis fincas lo lleva la agencia Urbe.

—¿Nunca vio a su inquilino, ni siquiera cuando firmaron el contrato?

—No, fue la agencia quien hizo la gestión. Ellos encontraron al locatario, ellos le presentaron los documentos y ellos le cobraron el adelanto. Luego, me enviaron una fotocopia del contrato y una nota diciendo: Ignacio Lucena Pastor es su nuevo inquilino. No hay más.

—¿Cuánto hace de eso?

—Unos tres años.

Me fijé en que llevaba los zapatos rotos.

—¿Se recuperará? —preguntó.

—No lo sabemos.

—¿Podrían darme las señas de su familia?

—No tiene familia.

—¿Y a mí quién va a pagarme el alquiler mientras esté en el hospital? ¿No puedo al menos buscar otro inquilino?

—Ni pensarlo. El piso está precintado mientras dure la investigación.

—Oigan, saco cuatro duros de todos esos desgraciados que tengo ahí. Hay moros, negros, de todo; de vez en cuando echamos a alguno porque no paga. No se crean que soy un hombre rico, heredé esa mierda de edificio en esa mierda de barrio, pero no gano ni para comer. Si pudiera ya lo hubiera vendido.

—¿Pagaba Lucena puntualmente?

—Sí, todo iba demasiado bien, algo tenía que pasar.

—¿Sabe si andaba metido en algún asunto de drogas?

Se impacientó:

—Ya le he dicho que no sé nada, que no he visto a ese hombre en la vida. Es muy sencillo, a un tipo que tenía alquilado le han dado unas hostias, ¿correcto? Muy bien, de acuerdo, a lo mejor se dedicaba a vender droga, a lo mejor era chulo y otro chulo le ajustó las cuentas... puede ser cualquier cosa, ¿comprenden?, pero sea lo que sea yo nunca me enteré.

La agencia inmobiliaria Urbe parecía destinada a convertirse en el eslabón que determinaría si nuestro yacente era Ignacio Lucena Pastor. Una señorita nos informó de que el contrato del tal Lucena lo había gestionado una secretaria que ya no trabajaba allí.

—Bien, perfecto, dénos su dirección, necesitamos que identifique a una persona —ordenó Garzón.

—Es que Mari Pili se casó hace un año. Dejó el trabajo y se fue a vivir a Zaragoza.

—¿Y no conservan ustedes su dirección, su número de teléfono?

—No. Cuando se marchó dijo que nos escribiría, que seguiríamos en contacto; pero luego ya saben ustedes cómo son esas cosas...

Garzón empezó a utilizar un tono desesperado:

—¿Y nadie más habló nunca con el inquilino?, ¿nadie iba a cobrarle el alquiler?, ¿nadie lo vio jamás?

La chica estaba cada vez más compungida.

—No.

—Entonces, tendrá usted el nombre del banco con el que operaba, el número de cuenta.

—No, no lo tengo, este señor mandaba un talón por correo el día dos de cada mes, y como nunca hubo ningún problema...

—Y naturalmente, la dirección del remite era siempre la del piso —dijo Garzón a punto de comérsela.

—Sí —musitó la chica, acobardada, y añadió temiendo quién sabe qué represalias—: Es todo legal.

—Enséñenos el contrato.

—No sé dónde está.

—Perfecto, ahora sí lo veo muy claro. Alquilan ustedes pisos a inmigrantes ilegales, a gente sin documentación, y lo hacen sin que conste en parte alguna, ¿verdad?

—Será mejor que hable con mi jefe.

—No se preocupe, voy a dar parte en comisaría y enviarán a alguien para que averigüe qué coño pasa aquí.

La chica suspiró, quizás porque sabía que, tarde o temprano, se descubriría el pastel.

En el coche, Garzón estaba indignado:

—¡Pero bueno, esto es la hostia!, ¿no dicen que todos estamos fichados, que figuramos en un montón de listas, que se conocen oficialmente hasta nuestros más íntimos pensamientos? Pues no, no es verdad, podemos vivir cien años en el mismo sitio y resulta que no existimos, que nadie conoce ni nuestra cara.

—Tranquilícese, Fermín. Vamos a ver si Pinilla ha sacado algo más de los vecinos.

El sargento Pinilla fue taxativo: nada. Nadie podía reconocer al herido mirando la fotografía que se había tomado en el hospital, nadie. Tampoco en los archivos de identidad figuraba ese nombre.

—Inténtenlo ustedes, a lo mejor la policía intimida a la gente más que los municipales; aunque lo dudo, ¡es tan fácil decir que no se conoce a alguien! ¿Para qué buscarse problemas?

—¿Dónde tienen al perro que estaba en la casa? —pregunté.

—En el almacén.

—¿Podemos verlo?

Recibí de ambos hombres una mirada de incomprensión y curiosidad.

—Es que me gustaría interrogarlo —bromeé.

Pinilla soltó una risotada y se puso en camino:

—¡Por mí como si quiere condenarlo a cadena perpetua! Lo de tener perros en el almacén es una complicación, créame.

Nos condujo hasta una gran nave que se encontraba en el sótano. Los objetos más dispares abarrotaban enormes estanterías de madera barata. En un rincón, aislado del recinto por una valla metálica, había un perro tumbado junto a un bol de comida para perros y otro de agua. Al vernos, dio un bote vertical y arrancó a ladrar a pleno pulmón.

—Aquí tienen, ¡el chucho!; como pueden ver, aún no ha perdido la moral.

—¡Qué feo es, el jodido! —soltó Garzón.

Realmente lo era. Encanijado, lanudo, negro, orejón, sus patas cortas y torcidas se engarzaban a un cuerpo de peluche tronado. Sin embargo, había en sus ojos cierta mirada de lucidez realista que me llamó la atención. Metí la mano por entre los barrotes y le acaricié la cabeza. Al instante se me transmitió, dedos arriba, un calorcillo entrañable. El animal fijó en mí sus pupilas cavilosas y me arreó un lametazo sincero.

—Es simpático —sentencié—. Prepárenoslo, sargento, nos lo llevamos. Lo necesitamos para la investigación.

Pinilla ni se inmutó, pero Garzón quedó estupefacto. Se volvió hacia mí:

—Oiga, inspectora, ¿qué demonios se supone que vamos a hacer con ese bicho?

Le dirigí una mirada de mando que no había utilizado con él desde tiempo atrás.

—Ya se lo comunicaré, Garzón, de momento vamos a llevárnoslo.

Por fortuna captó la situación al vuelo y se calló, no cra cuestión de hacer más inconvenientemente pública su sorpresa.

—¿Puedo pedirles un favor? —preguntó Pinilla—. ¿No les importaría dejarlo en la perrera cuando hayan concluido

24

sus investigaciones? Total, que esté con nosotros un día más o menos digo yo que no alterará el reglamento.

Le habíamos venido como agua de mayo al sargento, que se libraba del incómodo cánido antes de lo previsto. Tres narices le importaba para qué pudiéramos necesitarlo con tal de que se lo quitáramos de en medio. A Garzón la cosa le intrigaba un poco más. En realidad estaba loco por preguntarme, sólo que, después del recordatorio de mi autoridad, en ningún momento se hubiera permitido preguntarme de nuevo. Supongo que cuando llegamos al hospital empezó a barruntar algo, aunque tampoco entonces habló.

La primera dificultad de mi plan consistía en llevar al perro hasta la habitación de la víctima sin que nadie lo advirtiera. Ni se me ocurrió pedir permiso formal para entrar con un perro en el recinto. No se trataba de que estuviera inclinándome por métodos poco ortodoxos, pero tenía el pálpito de que cualquier intento de legalidad oficial en aquel laberinto mastodóntico podía derivar en centenares de papeles que incluirían pólizas, fotocopias e impresos especiales para autorizar perros negros.

Le pedí a mi compañero que se quitara su cumplida gabardina. Saqué al perro de la trasera del coche y me lo metí bajo el brazo. Entonces, procurando no atemorizarlo, lo cubrí con la gabardina de modo que quedara completamente oculto. Se dejó hacer, incluso parecía que le gustaba porque sentí una húmeda caricia en el dorso de la mano.

De esa guisa entramos en el hospital. Hubiera jurado que Garzón renegaba *sotto voce*, pero muy bien podían ser los gruñidos del perro. Yo me encontraba serena; al fin y al cabo aquello significaba una trasgresión mínima de las normas, nada que no pudiera ser justificado como un acto de servicio.

Los celadores nos franquearon la entrada sin problemas al enseñarles las placas. Tampoco llamamos la atención de nadie en el trayecto hasta la habitación de nuestro hombre. Cuando abrí la puerta, comprendí que mis oraciones, aun pronunciadas entre dientes, habían sido atendidas. En el interior no había personal sanitario, y los dos viejos que compartían la estancia se encontraban dormidos. Libré a mi polizonte de su embozo y lo dejé en el suelo. Estaba extrañado por las esencias medicinales que percibía en el aire. Olió por todos lados, resopló, se movió erráticamente y, de pronto, quedó petrificado por algo que su fina nariz acababa de captar. Enloquecido, galvanizado por el hallazgo, empezó a dar saltos y a emitir ladridos alegres en torno a la cama del individuo inconsciente. Por fin, puesto a dos patas, vio al que sin duda era su amo, y estalló en gañidos de felicidad mientras intentaba lamerle las manos, inermes sobre la sábana.

—Subinspector Garzón... —declamé en tono teatral— ... le presento a Ignacio Lucena Pastor.

—¡Joder! —dijo Garzón como todo comentario. No pudo en realidad añadir mucho más ya que, con todo aquel alboroto, los dos viejos se habían despertado. Uno de ellos miraba al perro como si fuera un ser surgido de ensueños, y el otro, habiendo cobrado conciencia cabal de que aquella situación no era corriente, empezó a pulsar el timbre y a llamar a la enfermera a voces. Me quedé en blanco durante un instante, sin saber cómo reaccionar, y sólo acerté a mirar cómo Garzón cogía al perro, me arrebataba la gabardina, lo envolvía en ella y salía zumbando a toda prisa.

—Vámonos, inspectora, aquí no pintamos nada.

Anduvimos pasillos interminables a paso ligero, con aquel maldito animal dando alaridos punzantes, pugnando por zafarse del abrazo de mi compañero, pataleando. A medida que nos acercábamos a la salida, íbamos dejando tras nosotros un reguero de caras sorprendidas que intentaban localizar de dónde salían los aullidos. Yo procuraba no cambiar de expresión, actuar con naturalidad y caminar todo lo rápido que podía sin llegar a correr. Cuando la puerta de salida se divisaba ya, clara y salvadora, uno de los celadores debió de calibrar que aquellos extraños lamentos y protestas provenían de nosotros.

—¡Eh, un momento! —chilló cuando pudo cerrar su boca asombrada.

—¿Qué hacemos? —preguntó Garzón en voz baja.

—Siga adelante —contesté.

—¡Deténganse! —volvió a gritar el hombre.

—¡Petra, por sus muertos! —susurró Garzón.

—¡Les he dicho que vengan aquí! —Esta vez la voz del guarda sonaba detrás de nosotros, muy cerca. Y fue justo al darme cuenta de que no habría otra advertencia, de que estaba a punto de alcanzarnos cuando, en una reacción visceral, sin volver la cara atrás ni prevenir a Garzón, eché a correr de modo desenfrenado. Atravesé la puerta principal, me precipité escaleras abajo a toda velocidad, y no paré hasta que hube llegado al aparcamiento. Sólo entonces, jadeante, miré detrás de mí. Nadie con bata blanca ni uniforme me seguía, tan sólo Garzón, resoplando, congestionado y con notable mal estilo atlético, completaba los últimos metros de carrera. Se detuvo a mi lado, sin fuerzas para hablar. Di un tirón a su gabardina y, de entre los pliegues, emergió, despeinada y horrenda, la cabeza de nuestro testigo. Al menos se había callado, consciente de pasar por momentos dramáticos. Me acometió un salvaje deseo de reír y le di rienda suelta. Garzón y el perro me miraban estupefactos, con idéntica expresión.

—¿Se puede saber por qué cojones ha hecho eso, Petra?

Intenté recuperar la seriedad.

—Perdóneme, Fermín, lo siento, sé que debiera haberle avisado.

—Me pregunto qué diremos en ese hospital cuando tengamos que volver.

—¡Bah, relájese, ni siquiera van a reconocernos!

—¡Pero los viejos de la habitación han visto al perro!

27

—Yo no me preocuparía demasiado por eso. Además, subinspector, ¿dónde está su sentido de la aventura?

Me miró con la misma confianza que le hubiera inspirado un loco furioso. Abrí el coche y deposité al perro en la parte trasera. Volvió a aullar, recuperando su pena.

—Dése prisa, vamos a dejar este maldito bicho en la perrera.

Garzón se pasó todo el tiempo encubriendo sus reproches con preguntas.

—¿No cree que hubiéramos podido encontrar un modo de identificar a Lucena que fuera menos aparatoso?

—Dígame cómo.

—Ni siquiera hemos interrogado personalmente a los vecinos de su vivienda.

—Lo haremos, pero sabiendo quién es Lucena Pastor sacaremos mucho más rendimiento. Por cierto, no se olvide de alertar al comisario sobre las actividades ilegales de la inmobiliaria Urbe, espero que los empapelen bien.

—Descuide. Sin embargo, no sé yo si este sistema del perro...

—Oiga, Garzón, ¿no ha oído hablar de la infalibilidad animal? ¿Sabe qué utilizan en la Depuradora Municipal de Barcelona para dilucidar si el agua está contaminada? Pues se lo diré: ¡peces! ¿Y sabe qué emplearon en el metro de Tokio para detectar los gases envenenados que filtraron unos terroristas?... ¡Periquitos metidos en jaulas! Y ahora no me haga hablarle de la larga tradición colaboradora que siempre ha existido entre policías y perros: aduanas, búsquedas de desaparecidos, drogas...

Miré su expresión por el rabillo del ojo; era meditativa pero no convencida del todo.

—¿Y el salir corriendo sin avisarme?

—Eso lo hice porque llevo dos años aburriéndome.

—¡Pues recuérdeme que le regale un puzzle!, no sé si podría aguantar otra carrera como la que nos hemos pegado.

Mi risa quedó cortada por una visión insólita. Habíamos alcanzado nuestro destino. Frente a nosotros se alzaba un edificio enorme, viejo, destartalado. Colgado de las montañas de Collserola, silencioso, presentaba una imagen realmente siniestra.

—¿Qué demonios es eso?

—La perrera municipal —dijo Garzón, y siguió avanzando por la carretera solitaria. A medida que nos acercábamos la tétrica impresión iba reforzándose por los ladridos y aullidos que nos llegaban. Era un coro polifónico bastante estremecedor.

Cuando paramos junto a las desconchadas paredes, los ladridos subieron de tono. Volví a tomar en brazos a nuestro desdichado atestiguante, que se cobijó en mí como si presintiera su triste futuro. Nos recibió un funcionario joven y simpático. Impresionado por nuestra condición de policías, nos confesó que sus contactos habituales se producían únicamente con la Guardia Urbana. Tomamos asiento mientras rellenaba una ficha. El pobre perro se agazapaba en mi regazo buscando protección. Sentí curiosidad.

—¿Todos los perros son adoptados por nuevos dueños?

—Lamentablemente no, sólo aquellos que tienen parecido con alguna raza.

—¿Cree que éste se parece a alguna raza?

El chico sonrió:

—Quizás a alguna raza exótica.

Tampoco a él se le había pasado por alto la fealdad del animal.

—¿Y qué pasa si no los adoptan?

—Todo el mundo me hace la misma pregunta. ¿Qué piensa que puede pasar?

—Los sacrifican.

—Al cabo de un tiempo. No hay otro remedio.

—¿Cámara de gas? —preguntó Garzón quizás dejándose llevar por cierta imaginería holocáustica.

—Inyección letal —sentenció el funcionario—. Es un sistema completamente civilizado, no sufren ni tienen agonía. Duermen para no despertar.

Los aullidos, mitigados por las paredes del despacho, subrayaron sus palabras.

—¿Quieren que les enseñe los módulos?

Aún no sé por qué acepté aquel ofrecimiento, pero lo hice. El hombre nos condujo a través de un largo corredor iluminado por varias bombillas desnudas. Cada una de las amplias jaulas puestas en hilera estaba compartida por tres o cuatro perros. La algarabía que se formaba a nuestro paso era notable. Los animales reaccionaban de modo diferente, algunos se pegaban a las rejas pugnando por sacar el morro y lamernos. Otros ladraban y daban vueltas sobre sí mismos en una espiral de locura. Sin embargo, todas aquellas estrategias parecían perseguir un fin común: llamar nuestra atención. Era evidente que conocían la dureza de aquel juego: la visita llegaba, se movía arriba y abajo por el corredor y luego uno de ellos, sólo uno, era liberado de su encierro. Me estremecí. Nuestro guía iba dando explicaciones a las que yo no podía atender, una gran angustia se había apoderado de mi estómago. Paré, miré al suelo y vi que, pegado a mis piernas, el horroroso perrillo se había encogido y, en silencio, me seguía.

—¡Oiga, Garzón! —llamé.

Pero mi compañero charlaba con el encargado, entre el estrépito.

—¡Eh, oigan! —casi chillé—. Paren, por favor; he cambiado de idea. Creo que voy a quedarme con el perro.

—¿Cómo? —inquirió el subinspector.

—Sí, sólo hasta que su dueño se recupere. En realidad, creo que volverá a ser necesario en la investigación. Total, puedo hacerle un sitio en el jardincillo de mi casa.

El encargado de la perrera me miraba, sonriendo comprensivo. No hizo ningún comentario. Se lo agradecí, sólo hubieran faltado sus subrayados para hacerme quedar frente a Garzón como una tonta sensiblera.

En el viaje de vuelta estuvimos mucho rato callados. Por fin, Garzón abrió fuego.

—Con todos los respetos, inspectora, y sin que sea asunto mío, pero apiadarse de todo no es bueno para un policía.

—Lo sé.

—Yo he visto muchas cosas en este mundo, ya se lo imagina. He visto cuadros que me han puesto las tripas revueltas: niños abandonados, suicidas colgados de una viga, putas jóvenes apaleadas... pues bien, siempre he procurado no compadecerme en exceso de nada. Es la manera de no acabar en un psiquiátrico.

—La mirada de esos perros me ha impresionado.

—No son más que perros.

—Pero nosotros somos personas.

—Está bien, inspectora, no me líe, usted ya sabe lo que quiero decir.

—Claro que lo sé, Garzón, y le agradezco sus intenciones, pero se trata de guardar al perro hasta que su dueño se recobre. Además, lo que he dicho sobre la posibilidad de ayudarnos en la investigación es completamente cierto, volveremos a utilizarlo.

—Pues si es como la primera vez, que Dios nos coja confesados.

—¿Por qué protesta siempre por todo? Le hago una proposición: si me lleva a mi casa le invito a un whisky.

El perro no pareció demasiado contrariado al ver su nuevo hogar; quizás evaluaba que se había librado de algo peor. Investigó las habitaciones, salió al jardín, y cuando le ofrecí agua y galletas no les hizo ascos. Garzón y yo bebimos un whisky con toda parsimonia, pendientes de las evoluciones del animal.

—Tendré que buscarle un nombre —dije.

31

—Llámele *Espanto*... —apuntó el subinspector—, con lo feo que es...

—No está mal pensado.

El recién bautizado se tumbó a mis pies, suspiró. Garzón también suspiró, encendió un cigarrillo, miró plácidamente al techo. Componíamos una escena sosegada tras las múltiples inquietudes del día. Me pregunté si sería verdad que aquellos ojos suyos de policía habían visto tantas atrocidades. Probablemente, sí.

2

Registramos a fondo el piso que Ignacio Lucena Pastor ocupaba en el barrio antiguo, un pequeño antro bastante miserable que aquel tipo no se había molestado en adecentar. Mesa y cuatro sillas, un televisor y un sofá a punto de enseñar las tripas eran el único mobiliario de la sala. Su dormitorio no resultaba mucho más acogedor; en él había un catre, una estantería con revistas y una especie de pupitre en cuyos cajones encontramos papel de cartas y un par de libros de contabilidad que Garzón tomó como prueba. Lo demás no parecía demasiado interesante, pocos objetos personales ofrecían pistas sobre sus costumbres o preferencias. Las revistas sí evidenciaban mínimamente sus gustos: semanarios de coches y motocicletas, algún magacín con chicas desnudas, y fascículos sueltos de tres enciclopedias: una sobre la Segunda Guerra Mundial, otra sobre perros de raza y una tercera de fotografía. El único adorno que poblaba el lugar eran un par de palomas de barro, muy toscas, que Lucena había colocado sobre su mesilla de noche.

—Si es verdad lo que usted piensa y traficaba con drogas, ¿no debería ser un poco más rico, Garzón?

—¡Bah, esos camellos de poca monta...!

—Pero la paliza que le dieron fue descomunal, ¿no le parece desproporcionada para un tipo que se ocupaba de cosas sin importancia? Eso no me cuadra bien.

—¿Calcula usted la fuerza cuando le arrea un palmetazo a un mosquito?

33

Lo que decía Garzón tenía sentido, pero los hechos, hasta los delictivos, tienden a la armonía, y había algo en aquella suposición que escapaba a una hipótesis bien estructurada. Una venganza tan fiera necesitaba un motivo poderoso.

Los cajones del escritorio estaban vacíos. ¿No guardaba nada aquel hombre?, ¿para qué demonios tenía entonces un escritorio?, ¿nada, ni un recibo de gas? Cabía la posibilidad de que alguien hubiera limpiado el piso después de pegarle, pero si lo había hecho, se ocupó después de restaurar el orden en la habitación.

Pasamos a interrogar a los vecinos. No nos recibieron con aplausos. Era la tercera vez que contestaban las mismas preguntas: ¿Conocía a Lucena?, ¿le había visto alguna vez?, ¿entraba y salía con frecuencia? Las respuestas se resumían en un «no» categórico. La fotografía que les mostrábamos, con el sujeto en la cama del hospital, no sólo era inútil para remover recuerdos, sino que resultaba lo suficientemente intranquilizadora como para cerrar a cal y canto las compuertas de la memoria. Para toda aquella gente Lucena nunca había existido. Tenían miedo, no de algo tangible y concreto, externo y real, sino de un todo fluctuante y etéreo, de la vida a secas. Experimentaban el miedo como una sustancia englobadora y absoluta, total. Era quizás lo único cierto que habían tenido siempre: miedo. Mujerucas olvidadas, jóvenes colgados, negros inmigrados ilegalmente, misérrimas familias árabes, bebedores sin trabajo y viejos con diez mil pesetas de pensión. No conocían a nadie ni nadie los conocía a ellos. Ni hablaban ni sonreían, cercanos a la animalidad a fuerza de verse privados de lo humano. Nada más alejado de aquellos seres recelosos que las alegres amas de casa que habíamos interrogado días atrás en el Carmelo. Felices mujeres que charlaban por los codos, limpiaban sus casas con productos que olían a pino, llevaban batas de colores vivos y tenían sobre el televisor una foto de su hijo cumpliendo el servicio militar. Era la distancia sustancial que separa al proletariado de la marginalidad.

Salimos de aquel inmueble cochambroso sin ningún resultado. Ignacio Lucena Pastor no era más que una sombra que había vivido allí utilizando su inmaterialidad para moverse entre los vivos. Cuando íbamos a cambiar de acera, alguien chistó desde el portal. Era una de las inquilinas que acabábamos de interrogar. La recordaba perfectamente, una mujer muy joven, sin duda marroquí, que había salido a abrir la puerta de su casa rodeada de un enjambre de críos. Nos hizo una señal para que nos acercáramos, ella no pensaba salir a la luz. Hablaba un español rudimentario, suave y rasgado como un suspiro.

—He visto dos veces a ese hombre en el mismo bar. Yo fuera en la calle, él dentro.

—¿En qué bar?

—Dos calles allá, a la derecha, bar Las Fuentes. Hay muchos hombres bebiendo.

—¿Estaba solo?

—No sé. Yo pasaba para comprar.

Sonreía a pesar del miedo. Tenía los ojos profundos y negros, muy bellos.

—¿Por qué no se lo dijo a la Guardia Urbana? —preguntó Garzón.

—Mi marido abría la puerta, yo no.

—Y su marido no quiere complicaciones, ¿es eso?

—Mi marido dice que no son nuestros problemas. Él es albañil, un buen trabajador, pero no quiere los problemas de los españoles.

—¿Usted no piensa lo mismo? —dije suavemente.

—Mis hijos ya son de este país, van a la escuela en este país. Es importante no hacer nada malo, no mentir.

—La comprendo muy bien.

—No digan que yo he hablado con ustedes.

—Le aseguro que nadie se enterará.

Sonrió. Apenas tendría veinticinco años. Se alejó en la oscuridad de la escalera.

—¡Vaya... —exclamó Garzón, satisfecho— una buena ciudadana!

—Sí, puede usted apostar a que este gran país le abrirá los brazos a sus hijos, los adoptará con cariño y les hará las cosas fáciles. De hecho ya ha empezado a darles la bienvenida, ¿ha visto en qué condiciones viven?

—Todo se andará, Petra.

—No lo jure sobre una Biblia.

Garzón cabeceó como un hombre razonable, paciente y ecuánime. La exposición de mis opiniones le parecía a menudo demasiado escorada hacia los extremos.

Por supuesto, el bar Las Fuentes; a aquellas alturas de mi vida ya hubiera debido comprender que en la biografía de todo español gravita un bar, igual que en la de los suecos subyace una casa con parquet. No importa la clase o las creencias, al final, en lo más profundo, se extiende ese terreno neutral y comunitario, sin culpa, donde uno da rienda suelta a las facetas más auténticas de su ego. Tal y como imaginaba, el bar Las Fuentes ocupaba los sótanos en la pirámide social de los bares patrios. Exuberante como una iglesia barroca, con su altar en forma de barra y sus vidrieras pintadas de mejillones y paellas amarillas, era aquél uno de los antros más cutres en los que jamás había puesto un pie. Varios feligreses vencidos hablaban a gritos frente a unos botellines de cerveza, mientras el sumo sacerdote fregaba vasos con estrépito.

Nos identificamos ante el dueño, le mostramos la foto de Lucena y, como pago recibimos, teñidas de desgana, las respuestas de rigor: no lo conocía, no lo había visto jamás. Tampoco un trío de clientes que jugaba a las cartas en un mugriento rincón.

—Pero tenemos entendido que suele venir por aquí.

—Pues lo tienen mal entendido. De los habituales no es,

porque me acordaría. Ahora, si ha venido alguna vez suelta... por aquí pasa mucha gente.

No pudimos sacarle nada más. Era incluso posible que estuviera diciendo la verdad; que la mujer árabe hubiera visto a Lucena un par de veces no garantizaba que fuera un cliente cotidiano.

—¿Se ha fijado, Petra?, en las películas de detectives siempre se sabe quién está mintiendo. ¿Cómo lo harán?

—Lo que ya parece bastante claro es que este caso es una mierda, Garzón, cualquier avance va a costarnos un triunfo.

—Todos son así.

—¡Y semejante cutrerío!: un tipo hostiado en un callejón, pisos cochambrosos, inmigrantes ilegales, bares pestilentes... ¡vaya perla de la criminología que nos ha largado el comisario!

—¿Hubiera preferido otra cosa?... —se burló Garzón—, ¿una marquesa estrangulada en su palacete con una media de seda?, ¿un jeque árabe secuestrado?

—¡Váyase al carajo!

Oí de qué buena gana se reía detrás de mí. Pero llevaba razón. En la vida no hay caso fácil, ni virtud absoluta, ni mal que cien años dure; de modo que no teníamos más remedio que apechugar. Me volví:

—Ponga un hombre en ese bar. Que se pase ahí dentro las veinticuatro horas. Ya sabe, de incógnito, y con los oídos bien abiertos. Por lo menos durante una semana. ¡Y deje de cachondearse de sus superiores!

—¡Está usted de un humor horrible!, no todo es tan negativo. Hoy hemos encontrado a una mujer muy legal, la chica marroquí.

—No me la recuerde, me da pena pensar en la vida que debe de estar llevando.

—¿Otra vez con sus piedades?

Lo observé, estaba tan feliz, tan contento, como si fuéramos dos niños a la hora del recreo o dos mecanógrafos a la hora del café. Decidí devolverle la pelota.

—¿Sabe por qué me ocurre eso, Fermín? Porque últimamente suelo follar poquísimo.

Apartó inmediatamente la vista, se le congeló la sonrisa. Objetivo tocado.

—¡Joder, inspectora!

—Hablo en serio, eso es algo demostrado: cuando dejas de llevar una vida sexual activa, es cuando empiezas a sentir piedad por los débiles y desheredados. Por el contrario, si te dedicas intensamente al sexo, las desgracias ajenas te incumben mucho menos... es que ni las ves.

El subinspector miraba en todas direcciones, intentando disimular su embarazo. Seguía siendo tímido. Curioso, un pequeño topetazo a la estructura convencional del trato y las paredes de la amistad intersexos se tambalean como en un terremoto.

—Le recuerdo que soy una mujer dos veces divorciada; quiero decir que he conocido las delicias de una intimidad conyugal digamos... continuada. Y sin embargo, ahora todo eso ocurre tan a salto de mata...

Aquello era mucho más de lo que Garzón podía tolerarme, aun en razón de lo que él denominaba mi «natural originalidad». Se puso la gabardina y miró al cielo gris con interés de meteorólogo.

—Bueno, inspectora, ¿cree que lloverá? Será mejor que volvamos a comisaría a ver qué coño son esas libretas que hemos encontrado.

Tocado y hundido.

El inspector Patricio Sangüesa, especialista en delitos monetarios, echó una mirada a los libros de contabilidad de Lucena. Para empezar, no le llevó demasiado tiempo advertir que las libretas estaban numeradas: 1 y 2. Luego se abstrajo en aquellas páginas escritas con letra inculta. Las miraba y remiraba, volvía adelante y atrás, se masajeaba la barbilla a modo de filósofo socrático. Garzón y yo consumíamos cigarrillos en religioso silencio, cada vez más convencidos de que la desorientación que nuestro colega demostraba, era síntoma de algún pálpito sustancioso. Por fin abrió la boca:

—Esto es muy raro. Como ya podéis figuraros, ésta no es una contabilidad oficial o de uso mercantil. No hay menciones al IVA, ni nada que haga pensar en la actividad de un comercio o un taller. Se trata probablemente de algo de uso interno. Ahora bien, lo que me pregunto es ¿qué se está contabilizando? Los conceptos son extraños, las cifras también, hay plazos de tiempo que no tienen ningún sentido.

—¿Puedes ponernos un ejemplo?

—¡Cualquier página es un ejemplo! Mirad: «Rolly: cinco meses. De 5.000 a 10.000. Sux: 4 años. 7.000. Jar: 1 año. 6.000 menos gastos».

—Pueden ser putas —dijo Garzón.

—¿Contrata a una puta por cuatro años? No tiene sentido. ¡Y esos nombres!

—A lo mejor son seudónimos.

—No lo sé. Voy a pasarles las libretas a los hombres de mi equipo, las desbrozarán línea a línea y os diré lo que hay. No descartéis nada de momento.

Cogí un taxi y me dirigí a casa, era hora de ocuparse del perro. En cuanto abrí la puerta oí un ladrido agudo que me hizo presagiar lo peor; quizás a aquellas alturas todos mis muebles estaban destrozados. Al verme, *Espanto* se lanzó a dar saltos de derviche sufí en pleno éxtasis. Me amaba, ¿era aquello posible? Me reconocía como su salvadora y benefactora, me rendía sincero tributo de fidelidad eterna. Si llego a saber que la cosa era tan sencilla con un perro, me hubiera ahorrado un par de matrimonios. Fui a comprobar los desaguisados que hubiera podido cometer durante mi ausencia. Me tranquilicé: el nuevo inquilino había defecado en un rincón del jardín, y alfombras y mobiliario seguían intactos. «Muy bien», le dije suponiendo que eso era lo indicado, y le acaricié la cabeza deforme. Se esponjó de placer, con lo que aún parecía más feo.

Las galletas que le había dejado como único condumio habían desaparecido. Me pregunté si las galletas eran el alimento idóneo para un perro. Sin duda no. Busqué en las páginas amarillas algún establecimiento cercano que se ocupara de animales domésticos. Pronto encontré uno que parecía perfecto: El hogar del perro. El nombre no era muy original, pero el resumen de su catálogo parecía abarcarlo todo, desde consultorio veterinario hasta comida y útiles de higiene.

—Bueno, *Espanto*... —le dije—, creo que ha llegado el momento de que demos nuestro primer paseo no policial.

Como aún no disponía de correa, tuve que llevarlo de nuevo en brazos.

La tienda era amplia y bonita. Un hombre aproximadamente de mi edad, atlético y sonriente, me recibió preguntando en qué podía servirme. Mi mente se quedó en blanco, no tenía ni idea de qué necesitaba.

—Verá... —dije—, por circunstancias que no hacen al caso, he heredado este perro. —Le mostré a *Espanto* en la seguridad de que se compadecería de mí—. Así que lo necesito todo, todo lo que un perro pueda necesitar, empezando por un veterinario que lo visite.

—Comprendo —dijo con una voz modulada en graves—. Yo soy el veterinario. Éste es mi negocio y arriba está el consultorio, pero como mi asistente ha salido, si quiere puedo echarle un vistazo aquí mismo.

Asentí. Se acuclilló junto a *Espanto*.

—¿Cómo se llama? —preguntó desde el suelo.

Dudé un instante, luego confesé:

—*Espanto*.

Levantó la vista, me miró con unos ojos que descubrí verde intenso, sonrió evidenciando una dentadura perfecta.

—¿Sabe qué edad tiene?

Negué. Abrió la boca de *Espanto*, la observó.

—Calculo que unos cinco años. ¿Sabe quién fue su dueño anterior?

—Sí, un amigo.

—Se lo pregunto porque a menudo debemos contar con los hábitos ya adquiridos de un perro que ha tenido dueño previo.

—Ya dije, intranquilizada.

—No parece tener ningún problema de salud. ¿Le ha dicho su amigo si está vacunado?

—No, no me lo comentó, y ya no puedo preguntárselo... se ha ido de viaje.

—Está bien, le renovaremos las vacunas anuales para mayor seguridad. —De pronto descubrió algo que le llamó la atención. Cogió la oreja de *Espanto*—. ¡Eh, fíjese, tiene una cicatriz! Parece un mordisco, sin duda el mordisco de un perro grande y fiero, la cicatriz es muy profunda.

—¿Es reciente?

—No, en absoluto, parece bastante antigua. Aquí ya no le crecerá nunca más el pelo, aunque casi no se le nota, no le afea en absoluto. Solté una estúpida carcajada de falsete.

—¿Cree que podría ser aún más feo?

Se puso en pie. Era alto y tenía las espaldas anchas, el pelo trigueño muy corto. Me miró con censura.

—No hay ningún perro feo, ninguno. Todos tienen un detalle de belleza. Sólo hay que saber descubrirlo.

—¿Descubre alguno en el mío? —pregunté muy en serio.

Se inclinó apoyando las manos en las rodillas, consideró los atributos de *Espanto*.

—Tiene una mirada muy noble, y unas pestañas largas y rizadas.

Me incliné yo también.

—Es verdad, no me había fijado.

Ambos nos percatamos a un tiempo de lo ridículo de la

situación y nos enderezamos más circunspectos de lo que era necesario. Entonces las cosas fueron mucho más deprisa, el veterinario ofició como tal y vacunó al bicho. Luego cambió de cometido y se dispuso a venderme todo lo que necesitaba mi nuevo compañero. Enseguida comprendí que Machado, amante de ir «ligero de equipaje», jamás hubiera podido permitirse tener un perro. Adquirí un collar y una correa, un champú antiparasitario, un cepillo de púas, un bebedero automático, un comedero, un saco de pienso, una cesta-cama, unas toallitas limpiaorejas y otras limpiaojos. En fin, un ajuar que ya hubiera querido para sí la hija de un magnate. Naturalmente no podía transportar todo aquello, de modo que el veterinario se quedó con mis datos y prometió que su ayudante lo llevaría aquella misma tarde a mi domicilio. Tuve que rellenar una ficha de cliente. Como no tenía deseos de ser objeto de miradas curiosas ni de dar explicaciones, en la casilla destinada a profesión escribí «Bibliotecaria».

Una vez en casa me serví un par de dedos de whisky y me senté a leer el periódico. *Espanto* aprobó mis hábitos hasta el punto de relajarse y dormir. Quizás fuera verdad, quizás sus pestañas eran extraordinariamente curvadas. Un hombre curioso, aquel veterinario, y sensible. Sin duda bien parecido, o sería mejor decir guapo, guapo a secas, muy guapo. Con seguridad tendría esposa y cinco hijos, o sería homosexual, o su «asistente» resultaría una joven de veinte años con la que estaría liado; cualquier circunstancia que supusiera dificultades para aquello que me di cuenta estaba apeteciéndome una barbaridad: irme a la cama con él. Lo que le había dicho a Garzón no era más que la verdad, mis ligues en los últimos dos años habían dejado un saldo mediocre, insatisfactorio. Creo que globalmente podían clasificarse como demasiado tipificados. Suspiré.

Al cabo de una hora llamaron a la puerta. Corrí a abrir con *Espanto* incordiando entre mis piernas, y cuando lo hice, no tuve la menor duda de que el mismísimo Dios había puesto en mi camino a aquel chucho sarnoso. Era el veterinario en persona, cargado con una caja muy voluminosa.

—Mi ayudante ha tenido que marcharse deprisa, así que he venido yo mismo al cerrar la consulta. ¿Es demasiado tarde?

Pasé revista mentalmente a la ropa que me había puesto para estar por casa. Podía soportarse.

—¿Tarde?, ¡ni mucho menos! —dije riendo. Y me quedé allí plantada como una imbécil.

—¿Puedo dejar esto en alguna parte? —preguntó.

—¡Ah, disculpe!, pase, por favor.

Si seguía haciendo gilipolleces, aquella beldad saldría escapada por donde había venido. Debía actuar con decisión y rapidez.

—Puede dejarlo aquí si le parece.

Espanto bailoteaba en torno a él, olisqueándolo.

—¡Bueno, veo que me reconoce! Oiga, se me ha olvidado advertirle que procure asegurarse de que el bebedero tiene siempre agua fresca. Ese pienso no deja de ser comida desecada y necesita una buena ingestión de líquido. Beber es muy necesario.

Sonreí.

—Hablando de beber, ¿le apetece una copa?

Se quedó de una pieza. Debió de pensar que sólo las cuarentonas atacan tan de frente. En fin, quizás me había excedido en la concatenación casual de conceptos. Intenté suavizarlo.

—Bueno, le he visto tan cargado... a no ser que alguien esté esperándole.

—No —balbuceó. Luego se recompuso y contestó con desenvoltura—: Tomaré una copa encantado.

No recordaba haber jugado nunca tan fuerte, pero ¿qué puede hacer un cazador si la presa se le queda quieta y a tiro?

—En realidad se trata de una invitación interesada, pienso hacerle muchas preguntas sobre perros —dije desde la cocina.

—¡Adelante! —contestó, franqueando una entrada por la que yo pensaba colarme.

Puse hielo en su vaso y se lo ofrecí, con un atisbo de coquetería de la que ya ni me acordaba.

—Dígame todo lo que debo saber para ser dueña de un perro.

Se echó a reír dejando escapar un delicioso arpegio mozartiano.

—Bien, debe saber que un perro la amará siempre, pase lo que pase. Nunca le reprochará nada, ni le afeará su conducta, ni juzgará sus actos. Estará absolutamente feliz cada vez que la vea, no tendrá días buenos o malos. No la traicionará jamás, ni buscará otro dueño. Sin embargo, no todo son ventajas, junto a todas esas maravillas existe el inconveniente de que siempre dependerá de usted, nunca llegará a independizarse como hace un hijo; y es probable que sea usted misma quien deba determinar el momento de su muerte si las enfermedades de la vejez son excesivas.

Me sentí embelesada escuchándole. Aquel discurso era, de lejos, lo más poético que había oído en los últimos tiempos.

—¿Y qué debo hacer yo, a cambio?

—En fin, poca cosa: alimentarlo, cuidarlo mínimamente, y, si de verdad quiere disfrutar de él, observarlo. Fíjese en el humor que encierran algunos de sus gestos, en la melancolía de sus suspiros, en la alegría de su rabo, en la pureza de su mirada...

—En la inocencia —completé al borde del infarto.

—En la inocencia —corroboró él mirándome directamente a los ojos.

¡Dios, no podía ser real!, era tierno, inteligente, varonil, simpático. ¡Habría sido capaz de adoptar una boa constrictor si él me hubiera cantado sus excelencias! Si no conseguía llevarme a aquel tipo a la cama, no podría volver a darme rímel frente al espejo sin sentir desprecio por mí misma. Miré a *Espanto*, de pronto elevado a la categoría de fabulosa bestia mitológica.

—¿Estás casado? —pregunté.

—Divorciado —respondió sin titubeos.

El eco de aquella mágica palabra se balanceó un instante en el aire, pero allí se vio asaeteada por el odioso timbre del teléfono. *Espanto* se puso en guardia. Contesté de pésimo humor.

—¿Inspectora Delicado?

¿Qué podía querer Garzón a aquellas horas?, ¿acaso se había tomado en serio lo del deber permanente del policía?

—Tengo que informarle de algo grave.

Ni con aquello logró captar mi atención dispersa.

—¿Qué pasa, Garzón?

—Me temo que el asunto que nos ocupa se ha convertido en un caso de asesinato.

Me despejé de los efluvios eróticos.

—¿Qué quiere decir?

—Han llamado del hospital. Ignacio Lucena Pastor acaba de morir.

—¿Muerto, de qué manera?

—De ninguna especial. Le bajaron súbitamente las constantes vitales y, para cuando lo llevaron al quirófano, ya había sufrido un paro cardíaco irreversible. Sería conveniente que viniera. Estaré esperándola a la puerta de Valle Hebrón.

—Voy para allá.

—Inspectora...

—Dígame.

—A ser posible no traiga el perro esta vez.

Colgué con enfado, no estaba para bromas. Me volví hacia mi invitado, que ya se había puesto de pie.

—Me temo que voy a tener que marcharme, un asunto urgente de trabajo.

—¿En la biblioteca? —preguntó con incrédula ironía.

—Sí —respondí sin más indicios—. Quédate si quieres, acaba tu copa.

Negó con la cabeza. Nos dirigimos ambos hacia la puerta. Había aparcado su furgoneta frente a la casa, un vehículo nuevo que tenía pintada la figura de un perro en el lateral. Le di la mano y fui hasta mi coche. De pronto me volví:

—¡Eh, oye, no sé cómo te llamas!

—Juan.

«Como el Bautista», pensé llena de frustración. Era más que posible que se hubiera roto el momento maravilloso. Quizás la próxima vez que volviera a verlo ni siquiera lo encontrara atractivo. ¡Ignacio Lucena Pastor!, había gente tan molesta como esos insectos que vienen a morir a tu vaso de whisky y hay que apartar con el dedo.

En efecto, allí estaba Lucena, frito. Garzón y yo lo contemplamos con cierta curiosidad en su ataúd frigorífico. La muerte podía haber demostrado una postrer benevolencia, y haber dado al cadáver la dignidad de la que carecía en vida. Pero no era así. Lucena había adquirido la apariencia de un muñeco destartalado y roto, patético. Su pelo teñido lucía ahora la consistencia de la estopa.

—¿Siguen sin reclamarlo?

—Nadie —contestó el médico.

—¿Qué se hace en estos casos?

—Retendremos el cuerpo tres días más. Luego, si ustedes no disponen lo contrario, un funcionario acompañará el féretro al cementerio donde será enterrado en la fosa común.

—Avísenos cuando vaya a suceder, haremos publicar una nota de prensa para ver si, en última instancia, alguien se presenta en la ceremonia.

La cosa estaba complicada, pintaba fea, no presagiaba

nada bueno. Aquel pájaro ya no abriría más la boca, se llevaba sus secretos a la tumba y nosotros nos encontrábamos con un asesinato. Y sin pistas. Antes de decantarnos por ninguna estrategia acudimos a ver al inspector Sangüesa. Tampoco tenía grandes cosas para nosotros. No habían encontrado ni un nombre inteligible ni un número de teléfono ni una dirección en ninguna de las dos libretas contables.

—Nada, muchachos, sólo esos ridículos nombres puestos en hilera, esos extraños espacios de tiempo, tan variables, y las cantidades sin ninguna lógica o cadencia aritmética.

—¿Qué me dices de esas cantidades?

—Bueno, en la libreta número uno las cantidades son muy pequeñas: cinco mil, tres mil, siete mil, doce mil a lo sumo. En la número dos suben apreciablemente: desde veinte a sesenta mil. Eso hace pensar que quizás se trate de contabilidades distintas, pero tampoco es seguro. Simplemente el dinero puede haber sido clasificado por montantes y tratarse de la misma materia.

—¿Y la cantidad global?

—Ni siquiera eso puede ser calculado, ya que los períodos que apunta ese cabrón delante de cada cantidad, introducen una variable enorme. ¿Qué significa cuatro años cinco mil?, ¿que durante cuatro años ha percibido o pagado cinco mil pesetas, y cómo, diariamente, o sólo una vez, o cinco mil cada año? No sé, es un jeroglífico, y de los jodidos.

—No se preocupe, inspector —dijo Garzón—, todo en este caso está resultando raro.

—Contadme en qué acaba la cosa, estoy intrigado.

—Te lo contaremos. Ahora nos vamos a ver a los chicos de la prensa, ¿les doy recuerdos de tu parte?

—Dales el beso de la muerte.

Casi tuvimos que implorar para que alguna agencia de prensa aceptara la noticia de la muerte de Lucena. Naturalmente aquel caso carecía de lucimiento periodístico. No había morbo sexual, ni implicaciones políticas o raciales...

nada que fuera vendible. Al fin y al cabo, ¿a quién le importaba que un lumpen desconocido muriera de una paliza? Aunque, bien pensado, a nosotros nos beneficiaba tal desinterés: al menos tanto los periodistas como nuestros superiores nos dejarían en paz.

A pesar de las dificultades iniciales, la reseña apareció en la sección de sucesos de varios periódicos. Inútilmente para nuestros planes, ya que llegado el momento, en el cementerio de Collserola sólo comparecimos un cura, un enterrador, el funcionario de la Seguridad Social que hizo entrega del cadáver, Garzón, yo misma y *Espanto*. El subinspector censuró abiertamente que se me hubiera ocurrido llevar al perro. Yo, para exculparme, argüí que era necesario. Le conté que pensaba soltarlo durante la ceremonia y que, si algún amigo del muerto merodeaba por allí, *Espanto* nos lo señalaría. La excusa me resultaba ridícula incluso a mí, pero no podía confesarle a mi compañero que hacía aquello porque sentía que la vida se lo debía al desgraciado de Lucena Pastor. Deseaba que aquel muerto solitario contara al menos con un amigo en la despedida.

La ceremonia, si es que podía llamársele así, se celebró una tarde fría y nubosa. Todo el mundo parecía maldecir su suerte cada vez que una ráfaga de viento helado se precipitaba sobre nuestro exiguo grupo. Era muy desmitificador. El enterrador se frotaba las manos embutidas en gruesos guantes de trabajo, el funcionario moqueaba con la mirada perdida en otra parte y el cura murmuraba: «Señor, recibe a Ignacio en tu seno...». Garzón estornudó. El único que parecía no protestar interiormente era *Espanto*. Pegado a mis piernas, se mostraba tranquilo, vagamente curioso.

Los rezos previos acabaron con una celeridad que me sorprendió. Entonces acercaron el féretro que había permanecido retirado. Noté que *Espanto* se había puesto nervioso. De pronto, se adelantó y mirando aquella sencilla caja de pino en la que estaba su amo, lanzó un alarido lastimero, prolongado, agudo. Hubo una conmoción entre los presentes. El cura me miró con gravedad. Cogí al perro en mis brazos, pero aquello no lo consoló, siguió aullando, esta vez sin descanso.

—¡Hay que ver lo fieles que son los animalillos! —filosofó el enterrador.

Pero el cura no estaba para místicas y, perdida toda compostura, se volvió hacia mí y, casi colérico, ordenó:

—¡Llévese a ese perro inmediatamente de aquí!

Le obedecí a toda prisa.

Una vez en el coche *Espanto* se tranquilizó un poco, y yo acabé de distraer su congoja dándole un caramelo para fumadores de los que Garzón siempre llevaba en la guantera. Lo chupeteó con atención y, al final, acabó conformándose. Cómo logró oler a Lucena a través de un ataúd tan absolutamente sellado como están todos, siempre será para mí un misterio.

Poco después apareció el subinspector arrebujado en su gabardina. Estaba de pésimas pulgas.

—¡Joder, Petra, vaya cabreo que ha pescado el cura ese! He tenido que aguantar un sermón sobre que un cementerio es un lugar sagrado, sobre nuestra falta de respeto...

—¡Bah, délo por bien empleado!, por lo menos alguien ha llorado en el entierro de ese pobre diablo.

—¿Pobre diablo?, ¡ni siquiera sabemos a qué fechorías se dedicaba!

—Todo el mundo ha de tener en su vida un minuto de gloria. Nosotros se lo hemos regalado a Ignacio Lucena Pastor.

—Sí, sí, todo eso está muy bien, pero quien ha tenido que mamarse el chorreo del cura he sido yo... Oiga... huelo a eucaliptus.

—Es *Espanto*, se está zampando sus caramelos.

—¡Lo que faltaba! ¿Quiere que le cuente algo, inspectora? Cuando tenía nueve años me mordió un perro, y desde entonces, ¡los odio!

Solté un par de carcajadas.

—A todo el mundo en este país le ha mordido algún perro en la infancia; será el inconsciente colectivo, que acusa nuestras culpas.

—¡Leches, será!

—Oiga, Garzón, ¿sabe qué puedo hacer para compensarle? Voy a invitarlo a cenar en mi casa.

Pasó de fingirse enfadado a fingirse violento.

—No sé, inspectora; no quiero darle trabajo. A lo mejor no le apetece ponerse ahora a guisar.

—Siempre podemos comernos el pienso de *Espanto*... —dije—, así se resarce usted por lo de los caramelos.

Después de las espinacas a la crema y los entrecots, nos sentamos en el salón a saborear un brandy. Era prematuro descorazonarse, pero ya podíamos tener la seguridad de que aquel caso era complicado y caminaba lento. Al principio ni siquiera podíamos identificar a la víctima, y ahora no teníamos la menor idea de cuál había sido el móvil del crimen. No sabíamos qué estábamos buscando.

—Tengo la corazonada de que era un chulo de putas —dijo Garzón.

—No, partamos de lo real. No tenemos huellas ni tenemos testigos. Sólo contamos con las libretas de los nombres ridículos y con dos localizaciones geográficas: el bar donde lo vieron, en el que aún cabe alguna esperanza, y la calle donde lo encontraron.

—Es sólo una calle. Quizás lo agredieron en otra parte y lo dejaron abandonado allí por puro azar.

Di un sorbo profundo a mi brandy.

—Y tenemos a *Espanto*.

—Oiga, inspectora, ¿no está sobrestimando las posibilidades de su sabueso? Tampoco es *Rintintín*. Además, cada vez que entra en escena montamos un número.

—Estoy hablando completamente en serio, Fermín. Ese perro sin duda iba a los sitios donde iba Lucena, veía a las personas con las que él se encontraba. Si estuviéramos hablando de humanos diríamos que «sabe», y probablemente sabe mucho. Hay que llevarlo a los dos sitios, a los dos.

—¿Al bar también?

—También. Él no va a contarnos nada, pero podemos confiar en su olfato, en el reconocimiento de gentes y lugares. ¿Ha visto cómo fue capaz de localizar a su amo aun dentro de un ataúd lacrado?

—Bien pensado eso es algo que hiela la sangre, ¿no le parece?

—Sí.

Ambos nos quedamos mirando al perro.

—Por cierto, ¿qué piensa hacer con él?

—No lo sé, de momento tiene trabajo que hacer, un trabajo quizás importante.

Le di unas palmaditas en la cabeza y él, como si hubiera comprendido, alzó su oreja estropeada y me miró lleno de gratitud por el protagonismo que le brindaba.

3

No eran ni las nueve de la mañana cuando enfilamos la empinada calle Llobregós hasta llegar al lugar exacto en el que Lucena había sido hallado. *Espanto* estaba encantado con el paseo, movía la cola y olfateaba. Por el contrario, Garzón, de haber tenido un rabo, lo hubiera llevado entre las piernas. Aquello de utilizar al perro seguía pareciéndole una pendejada, no tenía ninguna fe en la infalibilidad animal, menos que en la del Papa, pero consentía, poco más podía hacer.

Espanto no sintió nada especial en el sitio donde su amo fue hallado. Se movió en redondo, levantó la nariz y olió el aire. Entonces, sin excesivo ímpetu, escogió un camino y se puso en marcha. Yo lo llevaba cogido por la correa, sin estirar de ella ni corregir su rumbo. El perro siguió recto calle arriba, parando de vez en cuando para pegar el morro contra la pared de algún edificio. En un momento dado cruzó la calzada y se internó por un callejón más estrecho. Se detuvo junto a un árbol, levantó la pata trasera y se puso a orinar. Aquella pausa fisiológica irritó a Garzón, que se contuvo.

Cuando llegábamos al final del callejón, *Espanto* pareció interesado por algo y apretó el paso. Miré a mi compañero con intensidad esperanzada. Entonces el perro echó a correr. Lo seguí compulsivamente, segura de que habíamos dado con algo. Los dos últimos bloques de casas dejaron al descubierto un enorme descampado. Parte de él estaba aco-

52

tado por una valla de alambre. En el interior se veían v
personas acompañadas de perros.

—¿Qué coño es eso? —oí preguntar a Garzón entre ja-
deos.

—Ni idea. Vamos a averiguarlo, pero no se identifique
como policía hasta que no sepamos algo más.

A medida que nos acercábamos fui haciéndome una
idea de la situación. Una mujer rubia y fuerte, de unos cincuenta años, hacía frente a un perro de aspecto fiero, prote-
gido el brazo izquierdo con un manguito y el derecho con
una fusta. El perro atacaba a mordiscos sobre la tela acol-
chada y rugía, la mujer daba potentes gritos de mando. Varios hombres, todos con un perro al lado, contemplaban la
escena. Nos pusimos junto a otros curiosos que miraban, las
caras pegadas a la verja. *Espanto* estaba aterrorizado, se es-
condía entre mis piernas intentando protegerse de los chilli-
dos y el restallar de la fusta en el aire.

Cuando la mujer consideró concluida la maniobra de
ataque, llamó a otro propietario de perro de los que, obviamente, aguardaban su turno. El ritual de la lucha se repitió.
La mujer daba órdenes al perro en alemán, y a veces se volvía hacia el dueño y le chillaba explicaciones en español. El
guirigay era considerable y el espectáculo resultaba, en su
conjunto, vistoso y algo salvaje.

—¿Cree que esto tiene algo que ver con lo que andamos
buscando? —preguntó Garzón en voz baja.

—Ni idea. Disimule y observe.

A nuestro lado había un muchacho con chándal que había dejado su bicicleta en el suelo para mirar con más comodidad.

—¿Los están domando? —le pregunté en tono casual.

—Es un campo de entrenamiento.

—¿De entrenamiento físico? —solté sin aparentar demasiado interés. Me miró como si fuera idiota.

—Son perros de defensa personal, y ésa es la entrenadora.

—¡Ah! —exclamé.

—Es una entrenadora profesional —aclaró.

—¿Tú la conoces? —inquirí arriesgándome a levantar alguna sospecha.

—Los veo a veces, siempre están aquí. —Miró a *Espanto* y dijo con retranca—: ¿Es que quiere entrenar a ése?

—¡Quién sabe!, quizás sí, es muy valiente si se lo propone —contesté de mal humor.

El chico dio media vuelta, se puso unos pequeños auriculares en los oídos, cogió la bicicleta y se alejó sin decir adiós.

Nosotros nos quedamos allí, quietos, hasta que el entrenamiento acabó. Éramos ya los últimos mirones. Los perros y sus dueños empezaron a salir del cercado. La entrenadora los despedía junto a la puerta, charlando con ellos. No podíamos seguir mirando sin llamar la atención, las opciones eran abordarla o marcharnos. No teníamos suficiente información como para desdeñar algún dato más.

—Déjeme a mí —le susurré a Garzón.

Nos acercamos hasta donde estaba, y cuando sólo nos separaban unos pasos de la puerta, *Espanto* empezó a aullar como un poseso, a tirar de la correa intentando huir. Ella se fijó en nosotros, miró al perro y sonrió. Despidió a la gente y vino directa en nuestra dirección. El perro se puso aún más histérico, cruzándose entre mis piernas. A pesar de su pequeño tamaño desarrolló una gran fuerza.

—¡Quieto, estate quieto! —le grité.

La entrenadora hizo gestos tranquilizadores en el aire.

—¡Cójalo en brazos! —me ordenó. Obedecí como pude—. ¡Ahora tápele los ojos con la palma de la mano! ¡Eso es!

Espanto se quedó inmóvil. Entonces ella le tocó la cabeza, lo acarició, le permitió que la oliera. El perro aflojó la tensión, se tranquilizó.

—Ya puede soltarlo.

—No entiendo por qué...

—No se preocupe, siempre pasa lo mismo. Los perros que me ven entrenando luego tienen pánico de mí. Es por los gritos y la fusta.

—No me extraña que tengan miedo... —terció Garzón—, la verdad es que está usted muy impresionante.

La mujer soltó una sonora carcajada.

—¡Todo es puro teatro, créanme! Pero los perros no distinguen entre apariencia y realidad, son demasiado nobles para eso. ¿Viven por aquí?

—No —contesté—. Hemos venido por un asunto de trabajo y nos ha llamado la atención su entrenamiento.

—Hay mucha gente que se para a vernos. Nuestros mejores espectadores son los jubilados, ¡y los niños durante el fin de semana!

—¿Enseña a los perros a atacar? —preguntó Garzón.

—Les enseño a defender al amo, también a obedecer cualquier orden y a seguir un rastro. Es mi oficio.

—¿Cualquier perro puede aprender a hacer esas cosas, incluso éste? —Señalé a *Espanto*.

—En principio... pero yo sólo trabajo con razas específicas de defensa.

—Y supongo que, con los tiempos que corren, no le faltarán clientes.

—No puedo quejarme. Hay muchos aficionados, además tengo a la gente que viene por necesidad: comerciantes que quieren entrenar a su perro para que les guarde la tienda, guardas de seguridad...

—Me parece apasionante —dijo el subinspector.

—¿De verdad se lo parece?

—¡Naturalmente!, debe de ser algo lleno de emociones.

Garzón no sólo había tomado la voz cantante contraviniendo mis órdenes, sino que le estaba echando imaginación. Su estilo cordial dio buenos frutos.

—Oigan, yo ya he terminado por hoy. ¿Por qué no tomamos una cerveza en ese bar?

—¡Estupendo! —dijo Garzón.

Yo repliqué:

—A mí se me ha hecho algo tarde, tengo que volver al despacho. ¿Quedamos allí dentro de un par de horas, Fermín?

Los dejé envueltos en aquella nube de exclamaciones y coincidencias felices, rumbo al bar. Garzón lo había hecho muy bien; si había algo que averiguar él lo averiguaría. Su contertulia parecía de palabra fácil.

Me llevé a *Espanto* a casa y allí lo dejé, descansando de tantas emociones. Yo me dirigí a la tienda del veterinario. Me atendió su tan cacareado ayudante, que no era una bella mujer, sino un joven de pinta vulgar y mirada aburrida. Tuve que esperar hasta que Juan Monturiol hubo acabado todas sus visitas. Pasé el tiempo hojeando revistas, todas sobre perros. Era increíble; comprendí que en torno al perro giraba un mundo que yo no había podido ni sospechar: veterinarios, fabricantes de comida para perros, cuidadores, entrenadores... Bueno, era obvio que la gente no sólo se dedica a leer el periódico y pasear; bajo la corteza uniformizante de la ciudad resulta haber un montón de aficionados a cosas raras: enólogos, adoradores del sol, especialistas en setas y amantes de los perros.

Juan apareció por fin vestido con bata blanca. Despedía cortésmente a una señora que arrastraba un caniche. Me miró y, quizás sólo fuera imaginación mía, los ojos se le agrandaron un poco.

—¿Algún problema? —preguntó, y noté que, por lo que diablos fuera, sonaba en plan irónico.

—Sólo será un instante —me vi obligada a disculparme.

Hizo que pasara y me sentara en la silla preparada para visitas con can. Olía a desinfectante. Un grupo de angelicales cachorros en grupo miraba desde un cuadro.

—He venido a hacerte una pregunta técnica, por curiosidad. Quiero saber lo siguiente: si un perro anda buscando un rastro y te conduce donde hay otros perros... —Era difícil darle forma casual a algo tan preciso, pero no hicieron falta disimulos. Me interrumpió.

—Eres policía, ¿verdad?

—¿Puedo preguntarte cómo lo has sabido?

—Si a alguien le anuncian un muerto por teléfono y tiene que salir precipitadamente de casa caben dos posibilidades: o es médico o es policía. De haber sido médico, dado el paralelismo de nuestras profesiones, me lo hubieras comentado cuando visité a tu perro.

—Con semejantes dotes de deducción quizás debieras ser tú también policía.

—Si me haces una buena oferta... ¿Qué grado tienes?

—Soy inspectora.

Silbó. Estaba reproduciendo paso a paso una de las típicas reacciones de quien se entera de tu condición de policía.

—¿En qué puedo ayudar a la ley?

Me armé de paciencia.

—Esta mañana hemos llevado a mi perro hasta el lugar donde se cometió un delito, con la esperanza de que encontrara el rastro de algo conocido. Y... en efecto, ha seguido un camino. Hemos ido tras él y... bueno, ahora empieza la duda, nos ha llevado hasta un solar donde hay un campo de entrenamiento y un buen montón de perros. Dime, ¿crees que es significativo que nos condujera hasta allí, quiere eso decir que estaba familiarizado con la ruta, o se limitó a oler a los otros perros en la distancia y fue encaminándose hacia ellos?

Se rascó el pelo trigueño, brillante. Estaba serio y pensativo. Abrió la boca para expresar una duda inicial. No era atractivo, ni resultón, ni bien parecido; era guapo, guapo medular, guapo hasta los tuétanos.

—¿A qué distancia estabais de ese centro?

—¡Oh, bueno! No sé, dos largas calles, una de ellas formando ángulo.

—Verás, es bastante difícil asegurarlo, cualquiera de las dos posibilidades es factible; de hecho, es muy fácil que haya predominado el olor de los otros perros pero... no me atrevo a decirte nada definitivo, no soy un experto en perros.

—¡Pero eres veterinario!

—Sí, conozco la anatomía del animal, sus hábitos, las circunstancias de su reproducción y todo lo relacionado con sus dolencias. Pero los perros son mucho más que eso, ¿sabías que en Estados Unidos hay incluso psiquiatras caninos? Se trata de un animal complejo, no en balde ha sido durante toda la Historia el compañero del hombre; se le han contagiado nuestras neurosis y manías.

Cuando sonreía, el espectáculo de sus labios carnosos y dientes blancos era casi insoportable.

—Entonces será mejor que recurra a la sección de perros que tenemos en la policía.

Volvió a rascarse el pelo llevándome esta vez casi hasta el delirio.

—No sé si es lo indicado. Seguro que en esa sección tendrán noción sólo de entrenamiento, no de comportamiento. Es demasiado restrictivo. Además, casi siempre suelen ceñirse a una raza: el pastor alemán.

Se levantó y fue hacia un fichero. Rebuscó. Tenía un occipital propio de la más clásica estatua griega.

—Lo que voy a hacer es darte la dirección del mejor experto canino de la ciudad. Tiene una tienda dedicada en exclusiva a libros de animales y lo sabe todo sobre perros, todo.

Sacó un tarjetón azul y copió los datos en una de sus recetas.

—El nombre de la tienda es Bestiarium y ella se llama Ángela Chamorro.

—¿Una mujer? —pregunté.

—¿Te sorprende? —regresó a la ironía.

—En absoluto.

¡En absoluto! ¿Era aquello una fina respuesta, algo que se pareciera a un rasgo ingenioso, a una carambola verbal? ¿Dónde había dejado mi mordacidad característica para con el otro sexo? Siempre me ocurría lo mismo: cuando iba de Diana Cazadora, que era justo cuando más falta me hacían los dardos, solía quedarme con el carcaj vacío.

Le di las gracias y empecé a despedirme. Puede que aquella experta fuera providencial para la investigación, pero resultaba un escollo para mí. Ahora ya no tendría libertad para acercarme a aquel bombón con la excusa de hacerle preguntas técnicas. Por fortuna aún contaba con *Espanto*; sería menester inventarse alguna enfermedad benigna pero insidiosa para mi perro, aunque fuera una pequeña fobia psicológica copiada de los chuchos americanos.

De pronto, oí su voz detrás de mí.

—Petra, ¿qué te parece si continuamos con aquella copa que quedó en el aire?

—¿Sigue apeteciéndote beber conmigo ahora que sabes que soy policía?

—Me apetece saber con quién estoy bebiendo, y ahora sí lo sé. Cerraré la tienda a las ocho.

—Pasaré a recogerte.

También jugaba duro. ¡Naturalmente que sí! ¿O es que acaso creí que había sido casual el que se presentara el otro día en mi casa para traer él mismo las compras? Aquel tipo era terrible, había estado a punto de hacerme creer que era yo la arquera invencible cuando en realidad estaba actuando como cervatilla despistada. Y no hay nada que me fastidie más en esta vida que representar ese papel. Pero la partida cinegética no había hecho más que empezar, de modo que ya veríamos quién sería el primero en cobrar la pieza.

A las dos horas en punto de haber dejado a Garzón a merced de aquella domadora de fieras, volví a comisaría y me quedé esperándole. Se retrasó más de treinta minutos, cosa insólita en él. Al cabo de este tiempo apareció contento y pimpante, apestando a cerveza como un minero galés.

—No sabe lo fascinante que puede llegar a ser el mundo de los perros, Petra —soltó por las buenas—. Y no se imagina hasta qué punto Valentina es capaz de dominar a esos bichos.

—¿Valentina?

—Sí, la entrenadora. Se llama Valentina Cortés.

—No parece haber tenido dificultades de relación.

—Bueno, es una mujer muy abierta y cordial. Naturalmente he estado sonsacándola. En principio no me parece que haya nada sospechoso. Creo que *Espanto* nos llevó hasta allí por casualidad.

—Tendremos que verificar si ésa es la única posibilidad.

—Como quiera, pero no creo que la mujer tenga nada que ver en el caso.

—¡Vaya, Garzón!, tal se diría que Valentina no sólo domestica perros, sino también policías.

Se mosqueó como en la época en que yo solía buscarle las cosquillas:

—Inspectora... no sé qué contestarle a eso sin faltarle al respeto.

—¡No se pique, amigo mío! —le dije dándole un par de sonoros mamporros en la hombrera—. Si quiere tener un buen motivo para estar de mal humor, enseguida voy a dárselo.

—¿Qué quiere decir?

—Que no tenemos tiempo para comer.

—¿Por qué?

—He hablado con nuestro hombre en el bar Las Fuentes. Después de una semana de espionaje, ha llegado a la conclusión de que sólo hay parroquianos habituales a la hora del café. Lo demás es gente de paso. Si alguien conocía a Lucena, ha de estar allí después del almuerzo, por lo visto esos clientes son de los que no fallan. De modo que hemos

60

de ir a buscar a *Espanto* a mi casa, y llegar al bar no después de las tres y cuarto.

—¿Sigue empeñada en que ese maldito chucho haga de detective?

—¿«Maldito chucho»?, ¿no decía que los perros eran fascinantes?

Me acompañó de mala gana. Si había algo sagrado para Fermín Garzón, aparte del cumplimiento del deber, era la necesidad de alimentarse. Lo convencí diciéndole que podía pedir un bocadillo en el bar Las Fuentes, y en el coche lo distraje haciéndole preguntas sobre la entrenadora.

—Ya sabe, tiene su propio negocio con los perros. Sus padres eran payeses y vivían en el campo. A ella le gusta mucho el campo, me ha dicho que, cuando se retire, comprará con sus ahorros una finquita, es la ilusión de su vida. Nunca se ha casado. Vive sola en una casa pequeña, en Horta.

Evidentemente el interrogatorio había versado sobre la vida privada, o al menos ése era el tema que la interrogada prefirió tratar. En cualquier caso, tampoco Garzón hubiera podido hacerle preguntas sustanciosas sin que a ella le pareciera sospechoso.

Recogimos a *Espanto*, que investido ya de un cierto aire de perro policía responsable, no parecía acordarse de los contratiempos pasados durante la mañana. Llegamos al pringoso bar Las Fuentes justo cuando las vaharadas del aceite frito empezaban a mezclarse con las del café. Nuestro espía estaba en la barra, nos lanzó una mirada de connivencia. Sentí piedad por él. Una semana metido en semejante antro debía haber sido terrible.

El dueño miró a *Espanto* con mala cara, pero como seguramente nos recordaba, no se atrevió a echarnos. Nos sentamos a una mesa y pedimos café, Garzón un bocadillo de tortilla. En una mesa vecina había organizada una partida de dominó. Iban entrando hombres solos, algunos se saludaban, otros no. *Espanto* no hacía indicación de reconocerlos. Yo no le quitaba el ojo de encima al dueño, necesitaba advertir cualquier mueca o señal de aviso que pudiera hacer. El tipo estaba sereno, no nos prestaba atención. Malcarado y metódico, servía cafés y copas de brandy que olía a aguarrás. Garzón reclamó su tortilla inútilmente; la cocinera se había marchado ya. Una catástrofe. Pasó media hora que se me antojó eterna. El subinspector movía una pierna espasmódicamente como si siguiera el ritmo de una enloquecida orquesta de *dixieland*. *Espanto*, por el contrario, dormitaba tranquilo tumbado en aquel suelo lleno de colillas, bigotes de gamba y servilletas de papel. Le acaricié la cabeza para ver si se despabilaba. Me lameteó la mano, tierno. Fue entonces cuando erizó las orejas y, mirando hacia la puerta, se puso en pie. Movía el rabo y tiraba de la correa pugnando por marcharse. Lo solté. Ya cerca de la barra había un tipo que acababa de entrar. *Espanto* corrió hacia él, dando grititos, y apoyó las patas delanteras en una de sus piernas. El tipo lo saludó, sonrió y se dirigió al dueño del bar.

—¡Eh!, ¿qué hace éste aquí? —preguntó espontáneamente. Nada más haber hablado comprendió que algo iba mal y miró alrededor, inquieto. Garzón ya estaba a su lado.

—Somos policías —dijo—. ¿Conoce usted a este perro?

—No, no. No sé de quién es.

—Será mejor que no diga nada ahora y nos acompañe a comisaría.

No recuerdo qué protestas desarticuladas balcuceó, pero el subinspector le ordenó callar en voz baja y contundente. En comisaría dejamos a *Espanto* en el coche. Los guardias llevaron al hombre a un despacho. Garzón y yo parlamentamos a solas antes de interrogarlo.

—Si es mínimamente listo, por mucho que sepa no dirá nada. Dudo de que el testimonio de un perro tenga validez legal.

—¿Le hará ponerse en pelotas como hizo aquella vez con un sospechoso? —me preguntó.

—¡Ni hablar!

—¿Por qué?

—Es feo como un diablo.

Era tan horrible como Lucena, con un aspecto canallesco, granujiento, pobre, corrupto, desgastado, roto, derrotado. Y la prueba reina de su total marginalidad la proporcionaba el hecho de que, teniendo aquella pinta, se adornara. Llevaba pantalones de pana rojos y, cerrando el cuello de la camisa floreada, usaba un lazo de cuero pasado por una especie de medallón metálico, al modo de Búfalo Bill cuando se ponía de etiqueta. Dijo llamarse Salvador Vega, y empezó negando que conociera a Ignacio Lucena Pastor. Era débil y estaba asustado. Garzón enseguida se dio cuenta y decidió intimidarlo con su estilo más brutal.

—¿A qué te dedicas?

—A la artesanía.

—¿A la artesanía de qué?

—Hago palomas y pájaros de escayola. Algunos los pinto de colores y los vendo a las tiendas de baratillo, otros los dejo tal cual y me los compran en las tiendas de manualidades.

—¡Coño! —dijo Garzón—. ¿Usted cree, inspectora, que alguien puede ganarse la vida pintando palomas?

El tipo se puso nervioso.

—¡Les juro por Dios que es eso lo que hago! Si quieren los llevo a mi casa y les enseño el taller con los moldes de plástico y las figuritas. Me gano la vida así. No me falta dinero para vivir, pago el alquiler, las facturas, ¡hasta tengo una furgoneta para repartir el material! Vamos ahora mismo si no me creen.

Garzón se acercó violentamente a él, lo cogió por las solapas y lo atrajo hacia sí hasta que sus narices casi se tocaron.

—Oye, hijo de puta, yo no voy a creerme nada de lo que me digas si sigues negando que conoces a Lucena. ¡Tenemos testigos que dicen que lo conoces!

—¡Eso es mentira!

—¿Mentira? Te voy a asegurar una cosa: te has topado conmigo y a partir de ahora las cosas te van a ir mal, muy mal. Me encargaré personalmente de que te vayan mal. ¿Entiendes?

Intervine:

—Mira, yo sí creo que fabricas palomas de artesanía. ¿Y sabes por qué?, porque en casa de Lucena he visto dos, y apuesto algo a que son exactamente iguales a las que tú haces.

Se quedó un momento callado.

—Mucha gente compra mis palomas.

Garzón perdió los estribos. Se abalanzó sobre él y lo vapuleó cogiéndolo por un brazo. El hombre estaba aterrorizado. Me miró, implorante:

—¡Dígale que me deje!, ¡está loco!

—Mi compañero no está loco pero pierde la paciencia. Yo tengo algo más que él, aunque a este paso también la perderé. Hay un hombre muerto, no estamos para andarnos con bromas.

Se inmovilizó, los ojos desorbitados, la boca floja.

—¿Muerto? Yo no sabía que estaba muerto. En el bar me dijeron que estaba en el hospital, que la policía buscaba a alguien, a lo mejor a quien lo había puesto así, pero yo no sabía que estaba muerto.

—Entonces, ¿lo conocías? —pregunté.

Dejó caer la cabeza sobre el pecho, bajó la voz.

—Sí.

Garzón se lanzó sobre él, lo levantó de la silla cogiéndolo por la camisa, lo zarandeaba:

—¡Maldito cabrón, ahora resulta que lo conocías! ¡Eres una basura, mucho peor que una basura, eres sólo mierda! ¿Y no sabías que estaba muerto? ¿Esperas que te creamos ahora, hijoputa? ¡Seguramente fuiste tú quien lo mató! Si no me dices inmediatamente todo lo que sabes te rompo la boca, ¡te la rompo!

Yo estaba impresionada por la agresividad de Garzón. Sin duda el hambre estaba haciendo mella en él. Le puse la mano en el hombro para devolverlo un poco a la normalidad. Tampoco era cuestión de que se liara a tortas con el sospechoso.

—¿Erais amigos? —pregunté.

—No, amigos no, nos veíamos a veces, tomábamos una cerveza juntos. Me caía bien.

—¿En qué andaba metido Lucena?

—No lo sé, les aseguro que no lo sé. Sé que vivía solo, con ese perro asqueroso, pero si andaba metido en algo feo les juro que no me lo dijo. Hablábamos de fútbol.

Garzón dio un puñetazo en la mesa, el hombre se replegó como si el siguiente fuera a ir a parar a su cara.

—¿De fútbol, hijo de la gran puta?

Yo también pensé que iba a agredirlo. Musité:

—Tranquilo, subinspector, tranquilo.

Salvador Vega me miró, muerto de miedo.

—¡Dígale que no me haga daño! —imploró.

—Nadie va a hacerte daño, pero tienes que contarnos la verdad, contestar a lo que te preguntemos sin ocultar nada. ¿A qué se dedicaba Ignacio Lucena?

Se aflojó la corbata de Búfalo Bill, se desabrochó el primer botón de la camisa.

—Trataba con perros —dijo.

Garzón no le dio tiempo a continuar, aulló:

—¿Perros? ¿Pero es que te has creído que somos imbéciles? ¿Cómo se come eso de que trataba con perros?

—¡Les estoy diciendo la verdad, es lo único que sé!, proporcionaba perros a la gente.

Antes de que mi compañero volviera a echarse sobre él, le hice un gesto para que se aplacara.

—¿Quieres decir que los vendía?

—Sí, supongo que sí.

—¿Y de dónde los sacaba?

—Nunca me dijo nada, de verdad, era muy reservado,

hasta cuando había bebido dos copas era muy reservado. Sólo sé que me decía: «Esta semana tengo que entregar un par de perros», eso es todo.

—¿Crees que eran robados?

—Sí, eso pensé siempre, pero nunca se me hubiera ocurrido preguntárselo, tenía mala hostia.

Permanecí un momento en silencio. Garzón aún estaba jadeante después de sus arrebatos de fiereza.

—¿Le oíste alguna vez mencionar a quién entregaba esos perros?

Bajó la mirada. Utilicé un tono de voz comprensivo para decir:

—Piénsalo bien, hay un asesinato por medio. Si dices la verdad y sólo bebías un trago con él de vez en cuando, es necesario que confieses todo lo que sepas. Si te guardas algo, después tontamente, eso puede inculparte.

Asintió a golpes de cabeza cortos y razonables.

—Una vez me dijo que llevaba los perros al Clínico para un amigo suyo catedrático.

—¿A la Facultad de Medicina?

—Sí.

—¿Para experimentación?

—No lo sé.

—¿Es todo lo que sabes?

—¡Lo juro por Dios! A mí siempre me hizo gracia que se dedicara a los perros, alguna vez le pregunté, pero no decía nada de sí mismo, nada.

Garzón volvió a intervenir:

—¡Pues claro que te hacía gracia, como que eso de los perros es un cachondeo! ¡Vaya un oficio!

Por primera vez aquel hombrecillo atemorizado contestó con desafío y orgullo.

—Cada uno se busca la vida como puede, no sé por qué le parece tan extraño, yo hago palomas, él conseguía perros, en esta vida no todos podemos ser notarios.

Curioso, que la mitificación profesional de aquel lumpen fueran los notarios. Podían haber sido los banqueros, los industriales, pero no, eran los notarios.

—¿Tienes alguna idea de quién ha podido matarlo?

—Les aseguro que no.

—Está bien —susurré.

Lo mandamos a su casa acompañado de un par de agentes para que la registraran. Nos dijo que no necesitábamos orden judicial, estaba deseoso por que comprobáramos su inocencia. Garzón se veía como un actor shakespeariano después de representar Otelo, exhausto y excitado. El hambre ciega que debía de sentir le había ayudado a ser temible.

—¿Cree usted ese rollo de los perros? —preguntó.

—No tengo más remedio que creerlo. Que investiguen sus antecedentes. Póngale un poli tras los talones durante al menos una semana. Y que nuestro hombre siga otra semana en el bar Las Fuentes, vigilando los contactos y llamadas del dueño. Mañana vaya usted personalmente y hable con él para ver si confirma la historia de este tío sobre las charlas de fútbol con Lucena. Si sigue sin querer cooperar, dígale que sabemos que conocía a Lucena y nos lo ha ocultado, que podemos implicarle legalmente en el caso.

—Sí, inspectora. Supongo que hoy ya es demasiado tarde para ir a la Facultad de Medicina.

—Iremos mañana.

—Entonces ya hemos acabado por hoy.

—No, aún tenemos una visita que hacer.

—Disculpe, inspectora, pero son las siete de la tarde y yo, la verdad, llevo sin comer nada desde el desayuno y...

—Lo siento, Fermín, no voy a explicarle a usted lo que son los gajes del oficio... una visita más y le dejo libre.

Antes de entrar en el coche se acercó hasta un bar y compró una bolsa de patatas fritas. *Espanto* nos esperaba sin muestras de impaciencia, pero cuando avistó las patatas del subinspector se puso frenético.

Nos movíamos a través del tráfico denso de la ciudad entre los gañidos del perro y los estallidos de las patatas en la boca del subinspector. Mis nervios estaban tensos como pompas de jabón. Al final, exploté:

—¡Oh, vamos, Fermín, déle una condenada patata a ese jodido perro antes de que consiga volverme loca!

El subinspector, como un niño gruñón y cicatero, pasó una única patata bastante pequeña hacia el asiento de atrás. Recuerdo haber pensado que jamás, en todos los días de mi vida, había tenido que ser testigo de una situación más estrafalaria.

Por fortuna, ya sólo la entrada en Bestiarium resultaba sosegante. Era una librería ordenada, acogedora, enmoquetada en tonos pálidos y con una suave música de jazz que llenaba el ambiente. Ángela Chamorro nos recibió con una sonrisa. Rondaba la cincuentena, tenía bonitos ojos color avellana e iba vestida con el mismo gusto discreto y tranquilizador que había utilizado para decorar su tienda. Llevaba el pelo entrecano recogido en un frondoso moño tras la nuca. Cuando le dije que íbamos de parte de Juan Monturiol hizo comentarios elogiosos sobre él, y cuando añadí que éramos policías quedó fascinada. Miró su reloj:

—Sólo falta un ratito para las ocho, así que cerraré la tienda y podremos hablar más tranquilos; a estas horas ya no suele venir casi nadie.

Nos hizo pasar a una pequeña trastienda llena de cajas con libros. Sobre una mesa camilla reposaba un servicio de té usado, y en el suelo dormitaba, filosófico, un enorme perro peludo. Hice un gesto de sorpresa al verlo.

—No se asusten, por favor, ésta es *Nelly*, mi perra, un hermoso ejemplar de mastín del Pirineo completamente inofensivo. Siéntense. —Acarició el lomo del animal con infinita delicadeza. Éste suspiró—. Ustedes dirán, aunque les advierto que quizás no sepa contestar a las preguntas que quieren hacerme.

—Juan dice que es usted la mejor experta en perros del país.

Sonrió, ligeramente sofocada.

—Espero que no le hayan creído.

Tenía clase, era además inteligente y rápida; enseguida entendió los matices de la historia de *Espanto* en el Carmelo. Se quedó pensando un momento tras oírla, luego preguntó:

—¿Mostraba su perro una actitud de interés cuando lo conducía por las calles?

—¿Interés?

—¿Llevaba la nariz pegada al suelo, sin distraerse para oler otras cosas, sin detenerse?

—Me temo que no, lo olisqueaba todo, especialmente al principio, luego fue concentrándose más.

—¿A qué distancia estaban de ese campo de entrenamiento cuando comenzó a concentrarse?

—Calculo que, más o menos, a unos cuatrocientos o quinientos metros.

—¿Había alguna perra en celo entre los animales reunidos allí?

—No lo sé, es probable que sí. Podemos enterarnos si es preciso.

—Verán, si el perro se hubiera guiado por la memoria, es porque ese lugar, por algún motivo, resultaba agradable para él. Quizás su dueño lo llevara allí de paseo, quizás allí le daban alguna golosina. Jamás los habría conducido a un sitio donde hubiera vivido una experiencia negativa, aunque fuera una única vez. Si, por el contrario, siguió un rastro concreto ese día, tuvo que ser algo muy atrayente, una perra en celo, por ejemplo. Quinientos metros es una distancia considerable, casi la máxima en la que el olfato de un perro es efectivo. También hay que contar con las condiciones atmosféricas, que son una variable muy determinante. ¿Hacía viento ese día?

Garzón y yo nos miramos, cazados en nuestra ignorancia.

—¿Usted lo recuerda, subinspector?

—Ni idea.

—Bien, en fin, eso no es tan grave. Digamos que, por sí mismo, un grupo de perros no constituye motivo suficiente como para atraer la atención olfativa. Claro que podía haber, como les he dicho, una perra en celo, o quizás comida de la que emplean los entrenadores como recompensa para los perros que ejecutan bien las maniobras.

—La entrenadora se llama Valentina Cortés.

—Tiene fama de ser muy buena.

—¿La conoce?

—No personalmente, pero en este mundo del perro todos acabamos sabiendo de los demás.

—En definitiva, que no es significativo que *Espanto* nos llevara hasta allí. Quizás no había estado nunca antes.

—Entérense de lo de la perra en celo, es un dato importante.

Garzón sacó una libretita y apuntó.

—Hay otra pregunta que quiero hacerle, Ángela, y, por lo que veo, es usted la persona indicada para contestar cualquier cosa sobre perros.

—¡Oh, no diga eso! —Estaba encantada con mis palabras.

—Se trata de los perros utilizados en la Facultad de Medicina. ¿Para qué los quieren y de dónde suelen sacarlos?

—Bueno, supongo que los necesitan para investigación. La raza ideal para la investigación médica es el beagle, un simpático perro inglés de tamaño mediano cuyo cometido genérico es la caza. El beagle caza faisanes, liebres... pero incluso le han enseñado a cazar ¡peces! Luego se descubrió la similitud de algunos de sus tejidos orgánicos con los humanos, y empezó a usarse en todas las facultades de Medicina del mundo. Suelen tener sus propios criaderos y establos.

—¿No necesitan ser abastecidos de modo irregular, por ejemplo, con perros robados?

—En fin, lo del tipo de los bajos fondos que vende perros, ¡o cadáveres!, a la facultad yo diría que pertenece a otros tiempos, aunque ¿quién sabe? Otra cosa son los laboratorios privados, las firmas de cosmética, en eso hay mucha opacidad. Ustedes ya saben que existe un fuerte rechazo social a la vivisección. El resultado es que cierran sus puertas a cal y canto, nadie sabe qué perros utilizan, de dónde los sacan o cómo lo hacen. No se arriesgan a una mala propaganda. Poco tienen que hacer en ese mundo las sociedades protectoras de animales.

Su limpia mirada se perdió en el aire.

—¿Creen que lo que les he dicho puede servirles para sus indagaciones?

Estaba encantada de colaborar.

—¡Naturalmente que nos ha servido!

—Aunque debo advertirles que, tratándose de perros, no hay nada seguro, nada definitivo. Los perros no son máquinas, son seres vivos, tienen reacciones imprevistas, sentimientos, personalidad propia, tienen incluso... bueno, estoy convencida de que incluso tienen alma.

Nos miró, arrobada por la mística de su propio discurso.

—Yo... —abrió la boca Garzón por primera vez en toda la entrevista. Ella le escuchó, atenta.

—Dígame.

—Disculpe, pero me pregunto si podría comerme una de esas galletitas. —Señaló el plato a medio consumir que había junto a la taza de té vacía.

Ella quedó descolocada, y luego soltó una carcajada feliz:

—¡Querido amigo, discúlpeme usted a mí! Enseguida voy a prepararles un té, ni siquiera se me había ocurrido.

Garzón se despepitaba en explicaciones tardías:

—Es que no he comido en todo el día por cuestiones del servicio y empiezo a sentir una debilidad...

71

Ella se compadecía preparando té desde la cocinilla adosada:

—Me imagino que andar todo el día de pesquisas debe de ser muy cansado, ¡y peligroso!

Miré a Garzón y le dediqué un cabeceo reprobatorio como se hace con un niño imprudente. Se encogió de hombros, frívolo, dejándose querer. La perra peluda nos miraba.

Salimos de la librería pasadas las diez de la noche. Habíamos comido galletas y bebido té; supimos que Ángela era viuda de un veterinario, que su tienda funcionaba a las mil maravillas y que adoraba a los perros. A este respecto, y una vez roto el hielo y recobrado el humor tras el tentempié, Garzón se dedicó a contarle las curiosas costumbres que había en su lejano pueblo de Salamanca con los perros de la trashumancia. Ella le escuchó embelesada, como si aquellos chuchos esteparios fueran el tema de conversación más interesante que había tratado jamás.

Llegué a casa rendida, confusa. *Espanto* corrió hacia su comida y se lanzó a comer como un poseso. Definitivamente, aquel can era el *alter ego* de Garzón. Tiré mi abrigo sobre el sofá y le di a la tecla del contestador automático:

—«Petra, soy Juan Monturiol. He estado esperando a que me recogieras, pero ya son las ocho y media. Me voy a casa. Supongo que cuando uno queda citado con una policía, estas cosas pueden pasar. Espero que, al menos, hayas encontrado al terrible asesino en serie de las películas americanas.»

«¡Coño!», susurré, y luego fui elevando la intensidad del taco hasta la blasfemia. Me había olvidado por completo. ¿Hasta qué punto de idiocia estaba llevándome el trabajo? ¿A qué jugaba, a ser una detective de novela? ¿Qué prisa tenía por descubrir al asesino? No iba a ser menos asesino por unas horas más en libertad. Me había perdido una sonrisa cautivadora, un torso de estibador, ¡un auténtico culo griego! Y lo peor era que Juan Monturiol iba a interpretar mi plantón como una cabezonada, una cuestión de principios en cuanto a «quién lleva la iniciativa». Justo lo que no debía interpretar, primero porque era verdad que yo podía pensar esas cosas, y segundo porque aquello complicaría innecesariamente la relación y dilataría el proceso de encamamiento. Me acometió un ciclópeo mal humor.

Espanto había acabado de comer y se acercó a mí moviendo la cola.

—¡Largo de aquí, chucho asqueroso! —solté con un gesto de rechazo. Se quedó mirándome sin comprender, los ojillos negros fijos en mí—. Está bien, ven conmigo —le dije luego, compadecida de su desconcierto. Me senté y él se colocó sobre mi regazo, esponjado y feliz. Creo que fui yo quien se durmió primero.

4

Encontramos a don Arturo Castillo, catedrático de Farmacología de la Universidad de Barcelona, tomándose un carajillo en la cantina de la Facultad. Llevaba bata blanca, grandes gafas de concha y varios bolígrafos aflorando por su bolsillo superior. Se reía a mandíbula batiente con uno de sus colaboradores cuando lo interpelamos. Reaccionó como si se hubiera pasado toda la vida recibiendo polizontes e invitándolos a desayunar. Porque eso fue lo que hizo, ofrecernos un café y contarnos cómo en aquel bar confluían estudiantes, enfermos del Clínico y las más variadas ramas de la docencia médica. Era un individuo extravertido y cordial que probablemente escapaba de la soledad de sus investigaciones charlando algún rato en aquel ruidoso punto de encuentro. Le pedimos que nos llevara a un lugar más discreto y nos metió en su despacho. Seguía sin mostrar curiosidad por saber lo que queríamos de él. Cuando fui al grano preguntando si conocía a Ignacio Lucena Pastor no dio señales de asentimiento.

—¿Es algún estudiante? ¿Algún estudiante ha cometido un delito? Espero que no se trate de ningún asesinato, aunque pensándolo bien, cualquiera de mis alumnos podría ser un criminal.

Soltó una carcajada divertida. Le enseñamos la fotografía de Lucena.

—Se trata de este hombre. Según tenemos entendido, le proporcionaba perros para sus experimentos, doctor Castillo.

—¡Pero si es Pincho!, ¿quieren ustedes decir Pincho?,

¡pues claro que lo conozco! No he sabido nunca cómo se llamaba en realidad. Hace ya mucho tiempo que no viene por aquí. Es un tipo bajito, con una pinta curiosa, poco hablador. ¿Por qué está en una cama de hospital?

—Ya no está en una cama de hospital, está muerto. Lo han asesinado. Lo mataron a golpes hace unos días.

Se puso serio.

—¿A Pincho? ¡Dios, no tenía ni idea!

—Alguien nos dijo que se preciaba de ser su amigo.

Estaba impresionado, confuso.

—Bueno, mi amigo... cada vez que me traía un perro charlábamos un rato, tomábamos una cerveza en el bar. Sí, supongo que estaba muy ufano de tener ese contacto conmigo, todo daba a entender que era un hombre de un medio muy humilde.

—¿Utilizaba los perros para la experimentación?

—En realidad la facultad cuenta con su propio criadero. Pero, eventualmente, podíamos comprar uno de esos perros para las prácticas de los internos. Eso ya ha dejado de hacerse por completo, pero en la época de Pincho aún era algo frecuente.

—¿Llegó usted a preguntarle alguna vez por el origen de esos perros?

—Pues no, la verdad.

—¿Podían proceder de robos?

—¡Ni hablar!, eran perros sin raza, sin ningún valor crematístico. Hay cientos de ellos en la perrera municipal. Si dejamos de utilizarlos fue por las malas condiciones que presentaban, muchos estaban enfermos, tenían parásitos, y de ninguno de ellos podía saberse la edad con certeza. Todo eso convertía los experimentos en poco fiables.

—Entonces, ¿por qué no se abastecían ustedes de la perrera?

—Pagando las vacunas y los papeleos legales resultaba mucho más caro. Además, Pincho los depositaba a domici-

75

lio, era una comodidad. El pobre necesitaba el dinero, y como hacía tanto tiempo que nos servía... Luego dejó de venir sin ninguna explicación.

—Doctor Castillo, ¿cree que podría usted recordar los nombres de algunos de aquellos perros que compró la facultad? ¿Quizás los tiene apuntados?

—Si tenían nombre yo nunca quise saberlo. Investigar con perros no es agradable, ¿saben? Vengan, voy a enseñarles algo.

Nos llevó a una gran sala contigua, el laboratorio. Algunas personas con bata blanca se movían entre mostradores, aparatos médicos y material químico. El doctor Castillo se colocó frente a una camilla. Allí, despatarrado e inconsciente, yacía un perro mediano de piel clara con manchas doradas. Tenía la tráquea abierta y de la incisión sanguinolenta partía un grueso tubo que acababa en una especie de cardiógrafo. Hacía ruido al respirar. Los cables conectados a su cuerpo iban transmitiendo un esquema a un papel pautado. Era un espectáculo bastante desolador.

—¿Se dan cuenta de por qué no es agradable? Después de la experiencia quedan completamente incapacitados. Les administramos una inyección letal. Al menos no sufren. Pero hay que tener valor para verlos cuando están vivos. Intentan jugar contigo, te lamen las manos... Cuando entran aquí se quedan silenciosos, inactivos, no hacen nada por huir o salvarse. Si los miras a los ojos comprendes que saben que van a morir.

—¡Es terrible! —exclamé, impresionada.

—¡Así se hace la Ciencia! Por eso no quiero saber nada de los perros hasta que están colocados en la mesa de operaciones y anestesiados, mucho menos sus nombres. Es Martín, el encargado de la perrera, quien se ocupa de ellos, quien los cría y alimenta, y mis ayudantes los preparan para la investigación. ¡Es uno de mis pocos privilegios de ser jefe!

—¿Podemos hablar con Martín?

—Es una buena idea, quizás sepa más cosas sobre Pincho. Era quien trataba con él, quien le pagaba, quien recibía los perros.

—Hay algo más que puede hacer por nosotros, doctor Castillo, ¿podría usted comprobar si alguna de estas cantidades corresponde a pagos que su departamento hizo a... Pincho?

—Miraremos en el ordenador. Acompáñenme.

Volvimos a su despacho. Nos mostró un ordenador, con gesto satisfecho.

—¡Fíjense qué trasto! Es lo último en informática. He tenido que pelearme con toda la administración universitaria para que me asignaran un presupuesto capaz de pagarlo. Pero es perfecto, como un servidor polivalente. Igual almacena información científica que lleva las cuentas del supermercado. ¡Y miren qué calidad de impresión!

Se inclinó sobre el teclado y escribió: «¡Viva la Pepa!». Garzón y yo nos miramos de soslayo con cierta sorpresa incrédula. Una enfermera que trajinaba con expedientes en un cajón captó nuestra mirada y sonrió. El subinspector sacó de su cartera la libreta número dos de Lucena y se la mostró a Castillo.

—¿No figuran fechas? —preguntó éste.

—No.

Echó una mirada a las cantidades, leyó en voz alta:

—Cincuenta mil, cuarenta mil... —Empezó a negar con la cabeza—. No, no, ¡por Dios!, no hace falta ni pensarlo. Nunca pagamos tanto dinero a Pincho por esos perros.

—Está bien, probemos con estas otras cantidades. Le alargó la libreta número uno.

—Diez mil, ocho mil quinientas..., sí, esto ya es más posible.

Manipuló el ordenador, buscó, y no tardó en localizar lo que queríamos. Todas las cantidades correspondían, efectivamente, a pagos realizados a Lucena por perros adquiridos. Allí sí había fechas. La última transacción databa de dos años atrás. Pedimos al cátedro que nos sacara una copia de aquella lista. Advertí que en ella faltaban las menciones a extrañas fracciones de tiempo que sí estaban en la contabilidad del muerto.

—Oiga, doctor, ¿se le ocurre a qué pueden referirse estas anotaciones: seis meses, dos años...?

—¿Eso?... —preguntó distraídamente—. Sí, claro, es la edad aproximada del perro.

Garzón se dio un sonoro golpe en la frente.

—¡La edad del perro! ¡Pues claro!

—Sólo la edad aproximada. Ya les he dicho que es interesante saberla para calcular las variables que puede tener el resultado del experimento. En estos casos no era exacta, aunque he de decir que Pincho sabía calcularla muy bien. Sin duda entendía de perros. ¡Pobre, qué final ha tenido!

Salió con paso semiatlético en busca del encargado de la perrera. Entonces la enfermera se acercó a nosotros y nos miró irónicamente.

—El doctor Castillo es una autoridad internacional en experimentación farmacológica, una eminencia reconocida que asiste a congresos en todo el mundo. Aunque ustedes ya saben que los hombres sabios suelen ser un poco excéntricos, ¿o quizás no lo saben?

Asentimos culpablemente, cogidos en falta por nuestra dichosa mirada. Después de ese discurso la enfermera desapareció. Garzón estaba demasiado alterado como para hacerle caso.

—¿Se da cuenta, inspectora?, ¡esas putas libretas ya no son tan misteriosas! Los nombres ridículos son de perro, las menciones de tiempo son las edades y las cantidades es lo que pagaron por ellos.

—Sólo una arroja luz sobre el tema, la otra sigue siendo oscura. De todas maneras, no se ponga contento demasiado pronto.

Entró un hombre mayor vestido con mono azul. Se le veía inseguro. También reconoció a Lucena como Pincho, y dijo no haberle preguntado nunca de dónde sacaba los perros. Estaba tan paralizado que Garzón se vio en la obligación de tranquilizarlo.

—Oiga, esto no es más que un interrogatorio normal como en cualquier investigación. No estamos acusándole de nada.

—Es que el doctor Castillo acaba de decirme que han matado a Pincho, y aunque yo no lo conociera de nada... no sé, muerto así... ¡Y no será que yo no vea a perros morirse!, pero una persona siempre impresiona más, ¿comprenden?

—Creo que sí —dije.

—Ese Pincho no debía de ser trigo limpio. Alguna vez se lo había dicho al doctor, pero como él es un santo de altar, tan bueno con todo el mundo, pues no quería privarlo de ganar unas pesetas.

—¿Por qué piensa que no era trigo limpio?

—No sé, por la pinta. Además, yo siempre estuve seguro de que tenía algún apaño raro con la Guardia Urbana o con los de la perrera. Es la única manera de que consiguiera tantos perros. No iba a ir cazándolos por la calle. Hubo una época en la que teníamos muchos alumnos internos y se necesitaban muchos perros. Pues bueno, ¡siete le pedías y siete te traía!, ya me dirá usted, tantas facilidades... uno llegaba a pensar mal.

—¿Se ponía en contacto con él en algún teléfono?

—No, venía siempre por aquí, como esto de los perros tampoco es de un día para otro...

—¿Cuándo lo vio por última vez?

—¡Dejó de aparecer hace muchísimo tiempo! A veces lo habíamos comentado con los de aquí: «A este tío o le ha tocado la lotería o se ha muerto».

—¿No pensaron que podía haber encontrado trabajo?

—¿Trabajo? Mire, yo no sé casi nada, soy muy ignorante, pero en lo de localizar la vaguería nunca fallo, y créame, Pincho no era de los que trabajan.

Aquel sencillo currante con ojo clínico nos había mostrado un camino probable. Si Lucena conseguía todos los perros que le pedían, era obvio que tenía un sistema para obtenerlos. La deducción del hombre era evidente: contaba con un contacto corrupto, corrupción de menor cuantía, en la Guardia Urbana o en la perrera municipal. Lo que procedía era dar con él.

Garzón concedía más importancia al tema de las libretas contables, que en efecto tampoco era manco. El contenido de una de ellas había quedado completamente aclarado, nos ayudaba además a localizar los hechos temporalmente. La última fecha de venta de un perro a la cátedra databa de dos años atrás. Parecía pues evidente que, desde hacía dos años, Lucena ya no se había conformado con ganar diez mil pesetas por perro en la Facultad de Medicina. Pero su actividad no se detuvo ahí: teníamos la libreta número dos, que demostraba una prolongación de sus negocios. En ésta, las cantidades sufrían un incremento tan notable, que se hacía difícil inferir a qué se debía. Como decía Garzón, sin duda seguían siendo perros el objeto de las transacciones: parecidos nombres, parecidas edades junto a ellos... lo único que cambiaba era el montante del dinero.

—Quizás le pagaban más por hacer lo mismo en otra parte.

—¿Aportar perros para experimentación?

—Exacto. ¿Y dónde se hace investigación que no sea en la universidad?

—En la industria farmacéutica, tal y como nos dijo Ángela Chamorro.

—¿Tanto paga la industria por unos cuantos perros callejeros?

—No sabemos a cuánto anda la carne de perro en el mercado negro.

Miré al subinspector con una cierta desesperación.

—¡Todo esto es tan macabro, y al mismo tiempo tan grotesco! ¿Se da cuenta de que estamos metidos en un asunto absurdo?

—Por ese asunto absurdo se cargaron a un tío.

—A un tío del que ni siquiera sabemos la identidad real.

—Ya lo dijo usted una vez, inspectora. La Historia no sabe quién era en realidad Shakespeare, pero escribía obras literarias. Bueno, pues puede que nosotros no sepamos quién fuera Lucena Pastor, pero traficaba con perros.

—¡Traficaba con perros, hay que joderse!

Garzón miró de pronto qué hora era.

—Me voy, Petra, tengo una cita para comer.

—¿De trabajo?

—No, privada. La veré en comisaría.

—Póngase en contacto con el sargento Pinilla en cuanto llegue. Dígale que investigue en la Urbana y en la perrera municipal. Es imprescindible averiguar quién le proporcionaba los perros a Lucena.

—Si es que ese alguien existe.

Lo miré, preocupada. Repetí gravemente:

—Si es que ese alguien existe.

Pensar que quizás iniciábamos un movimiento en sentido completamente equivocado era lo peor. Producía una sensación de estupidez, como un niño que, jugando al escondite, busca en el rincón opuesto a donde están sus compañeros riéndose. Encima, aquel maldito caso no suscitaba en mí ningún tipo de pasión, carecía de componentes emocionales. La víctima, insignificante, no ponía en funcionamiento los mecanismos de la justicia vengativa como lo habían hecho las chicas violadas de mi asunto anterior. De hecho, ni por un instante habíamos supuesto que Lucena fuera inocente. Desde el principio estuvimos convencidos de que, en cierto modo, él se había buscado la paliza que le costó la vida. Algo terrible si se piensa a fondo, porque lo único de lo que habíamos partido para llegar a esa conclusión era en realidad su aspecto, es decir, los indicios sociales que revelaba su aspecto. ¿Le hubiéramos atribuido culpabilidad de haber tenido la pulcra pinta de un ejecutivo? Pero Lucena era como uno de aquellos perros con los que comerciaba: sin raza, sin belleza, cambiados de nombre con cada dueño, reclamados por nadie cuando morían. Con la única diferencia de que los perros inspiraban piedad porque eran inocentes.

Y bien, ¿debía deprimirme por mi actuación hasta la fecha frente a aquel hombrecillo? ¿Era adecuado autocensurarme por no sentir deseos vehementes de aclarar su asesinato? Ya le había rendido homenaje llevándole su perro al cementerio, mucho más de lo que hubiera aprobado cualquier persona razonable. ¡Al infierno pues con Lucena!, haríamos lo que buenamente pudiéramos por cazar a su asesino, justo lo que nos dictara el ejercicio estricto del deber.

Como no tenía hambre, decidí llenar el descanso del mediodía saliendo a dar una vuelta con *Espanto*. Enseguida nuestros pasos se encaminaron hacia la tienda-consulta de Juan Monturiol. ¿Empezaba yo a transitar por rutas fijas como los animales, o era que, también como ellos, me dejaba llevar por los instintos? Paseamos en círculos alrededor del local; al fin y al cabo, a *Espanto* igual le daba. Por fin, a las dos menos cinco salió el dependiente y a las dos en punto lo hizo el propio Juan. Fui hacia él. Llevaba una chupa estilo comando que le favorecía. Levantó las manos al verme.

—¡Lo tengo todo en regla, inspectora, no soy culpable!

—Soy yo quien se siente culpable. Quiero disculparme por lo del otro día.

—No es la primera vez que me dan un plantón. ¿Estabas persiguiendo a un asesino?

—Aunque pueda sonarte a pitorreo, así es.

—Me choca que seas policía, no pretendía burlarme. Lo invité a comer en mi casa, pero se escabulló proponiendo el restaurante de la esquina. Contraataqué arguyendo que llevábamos a *Espanto*, pero aseguró que solía comer con su perro en ese lugar. ¿Seguiríamos mucho tiempo con aquel juego? Quizás hubiera debido darle la opción de que propusiera su casa, pero mía había sido la idea de llegar hasta allí.

—¿Por qué no traes a tu perro contigo?

—Lo atropelló un coche hace un año. No he comprado ninguno más, me apeno demasiado cuando mueren.

—¿Tienes miedo a sufrir?

—Me cansa sufrir.

—Sí, entiendo lo que dices. Supongo que lo cansado es poner ilusiones en algo que después desaparece.

—¿Estás hablando de perros?

Esperaba una contestación con sus ojazos verdes llenos de ironía.

—De perros y de amores.

Aguanté su mirada. De pronto la desvió con un gesto suficiente.

—Me temo que soy un experto en eso. Me he divorciado dos veces.

—Y yo me temo que no eres el único. Yo también me he divorciado dos veces.

Nos echamos a reír suavemente. Bien, muchacho, por fin habíamos llegado a un punto de encuentro equilibrado. Empatados a divorcios y a cansancios. Quedaba claro que ninguno de los dos buscaría innecesarias complicaciones sentimentales. Aquello representaba un paso adelante en las negociaciones encubiertas, o al menos así lo interpreté. No debí de equivocarme mucho porque a la salida del restaurante me pidió una cita.

—¿Cenamos un día?

—Cenamos.

—Te llamaré.

Todo era cuestión de paciencia. Al parecer Monturiol se

negaba a las precipitaciones, no creía en el sexo a primera vista. ¿Quería disfrutar de aquella satisfacción tan masculina de llevar la voz cantante? Pues de acuerdo, lo mejor sería no dejarme arrastrar por míseros orgullos, y ceder. Estaba a punto para ser seducida. De todos modos, no me encontraba tan absorbida por el caso de los perros como para convertirlo en obstáculo para mi vida personal.

Garzón apareció por comisaría pasadas las cinco, mucho más tarde de lo habitual. Había estado comiendo con Valentina Cortés. El hecho de que lo confesara sin ningún empacho se debía quizás a lo que añadió después: «Por estrictas razones de trabajo». Eso no coincidía con su anuncio de una cita privada, pero decidí no preguntar. Lo importante era que la entrenadora había confirmado la hipótesis de Ángela Chamorro, el día de nuestra visita al campo de entrenamiento sí había una perra en celo en el lugar: *Morgana*, la propia perra de Valentina Cortés. Garzón se mostraba satisfecho: eso simplificaba mucho la investigación, nos habíamos evitado tener que interrogar a todos los clientes que aquel día habían acudido a la sesión de defensa.

—¿No se sorprendió Valentina por su pregunta?

—No, la hice con inteligencia. De todas maneras, ahora que hemos confirmado que ese dichoso sitio no tiene nada que ver con el caso, supongo que podré decirle que soy policía.

—¿Para qué?, quizás no vuelva a verla nunca más.

—Pero quizás sí.

Metió las narices en un archivo y se puso a revolver papelotes. ¿Había ligado, había ligado mi ilustre compañero Garzón? ¿Y por qué no? Seguramente le había llegado el momento después de tantos años de viudedad. Valentina Cortés era bien plantada, llamativa y enérgica, justo el tipo de mujer que podía gustarle al subinspector. Era de desear que nuestro caso le dejara el suficiente tiempo libre como para llegar a coronar aquella explosiva montaña rubia, ya que no podría seguir frecuentándola en el ejercicio del deber. La evidencia nos alejaba del campo de entrenamiento. La memoria de *Espanto* no había funcionado. El pobre había sido víctima de una atracción pasional, algo comprensible a la vista de las circunstancias.

No nos quedaba pues otro remedio que seguir avanzando por el camino que la deducción nos fijaba: la investigación farmacéutica. Para obtener datos previos de las empresas privadas tuvimos que recurrir al Colegio de Médicos. Hubo suerte: únicamente seis firmas contaban con investigación propia en Barcelona. Las demás, o eran grandes multinacionales que actuaban en España sólo con patentes, o tan pequeñas que no podían permitirse el lujo de poseer su propio laboratorio. Seis parecía un número razonable, abarcable sin necesidad de ayudas externas.

En cuanto nos pusimos manos a la obra empezamos a comprender que la industria farmacéutica era algo muy serio. Ni un solo laboratorio nos dejó entrar en sus instalaciones sin exhibir una orden judicial. Seis órdenes judiciales con el único propósito de echar un vistazo nos pareció demasiado, de modo que acudimos de nuevo al doctor Castillo por si podía hacerse algún descarte.

El médico estaba encantado de vernos. Se frotaba las manos, era patente que se divertía haciendo de detective. Miró la lista de empresas que le pasamos. Sonrió maliciosamente.

—¿Recuerdan aquello de «con la Iglesia hemos topado...»?, pues bien, ustedes han topado con una de las industrias más poderosas del país. Les pondrán todas las dificultades que puedan. No esperen llegar y pasearse a las bravas por su sanctasanctórum.

—Ningún policía haría espionaje industrial.

—Da lo mismo, no les gusta ver gente husmeando.

Cogió un bolígrafo.

—Veamos... sí, creo que podré descartarles alguna firma. Por ejemplo, estos dos han hecho una fusión, investiguen sólo la primera empresa...

Tamborileó en la mesa mientras Garzón y yo le mirábamos como lelos.

—Y este nombre pueden también tacharlo de la lista. En su laboratorio sólo encontrarían gatos.

—¿Está bromeando, doctor? —pregunté con mucha prudencia.

Soltó una breve carcajada de sabio loco.

—Ni pizca. Hay un animal idóneo para la investigación de cada órgano. El cerdo tiene un corazón parecido al humano, el perro es bueno para pruebas estomacales... y el complejo sistema nervioso del gato puede compararse en cierto modo con el nuestro. Pues bien, en ese laboratorio sólo fabrican psicotropos, de modo que dudo que empleen otra cosa que gatos.

Garzón silbó.

—No, si a lo mejor aún hemos tenido suerte, hubiera sido mucho peor andar a la caza de cerdos.

Castillo se reía.

—Aunque les hubieran dejado más pistas olfativas.

Ahora se reían los dos. Me pareció oportuno cortarlos antes de que ambos se desmandaran.

—A usted le parece que seguir la investigación en la industria farmacéutica no tiene sentido, ¿verdad?

—No sé qué decirle, inspectora. Se me hace difícil imaginarme organizaciones tan llenas de recursos económicos tratando con Pincho. Pero es una posibilidad que no puede dejarse de lado. Criar perros es lento, y muy caro. Quizás de vez en cuando necesitan un proveedor externo, por llamarlo de alguna manera.

Cabeceamos todos con resignación.

—¿Algún otro descarte, doctor Castillo?

—Sí, descarte usted esta empresa también. Encargan sus experimentos a la universidad. Es decir que, de vez en cuando, trabajamos para ellos. Es una cooperación de la que la cátedra obtiene buenos dividendos.

Pues aquello era todo, y no era poco. Seis menos tres daban tres, una reducción considerable. Tres órdenes de registro nos permitirían el acceso a los centros. Una vez allí sería necesario revisar las jaulas, hacer una fotocopia de la contabilidad que registraba el movimiento de los perros, y cotejarla con el número de experimentos llevados a cabo.

—¿No le parece terrible que el corazón del cerdo sea parecido al del hombre? —preguntó Garzón ya en el coche, pero yo no tenía la mente para filosofar.

—¿Qué le ha dicho el sargento Pinilla?

—Creemos que somos gran cosa...

—¿Se puede saber qué le ha dicho Pinilla?

—¡Ah, sí!, me ha dicho que investigará muy a fondo, pero se ha puesto hecho una furia.

—¿Por qué?

—Dice que él pondría la mano en el fuego por todos sus hombres, que seguro que no hay nadie corrupto en la Guardia Urbana.

—¡Joder, ya empezamos con corporativismos!

—¡El corazón!, que justamente es como una especie de alma... seguro que tenemos el cerebro igualito que un mono.

Comprendí que Garzón había caído en una de sus típicas simas reflexivas y lo dejé en paz.

Una vez en casa recibí el cariño de *Espanto* y la bendición de un whisky bien cargado. No me hubiera resultado justo pedir más. Como mínimo, siguiendo aquella línea de investigación nos alejábamos de la cutrez de los pisos pirata para inmigrantes. Subíamos en la escala social hasta la todopoderosa industria farmacéutica. Y sin embargo, ¿no eran demasiados escalones de un golpe?, ¿cómo había conseguido escalarlos Lucena? Había alguna pieza que seguía sin encajar. De cualquier modo, resultaba reconfortante dar por fin la espalda a los perros universitarios. ¿Nos pondrían los laboratorios privados tantas dificultades como Castillo había anunciado? A lo mejor llegábamos a sentirnos como esos detectives de película enfrentados en solitario con poderosas organizaciones financieras que esconden oscuros manejos. *Espanto* estaba mirándome desde el suelo. Me fijé en la fealdad de su morro, en la dentellada que desfiguraba su oreja. No, probablemente haría mucho mejor en volver a los componentes básicos de la historia: un ladrón de perros callejeros y un asesinato a golpes, ésa era la verdad. Nada de multinacionales o grandes jugadas.

Llamé a la pensión del subinspector porque no habíamos determinado una hora de encuentro para el día siguiente. Su patrona me informó de que había salido a cenar. Era evidente que su desencanto por el corazón de cerdo no le había impedido el avance en asuntos amorosos.

Las compañías constructoras y las farmacéuticas deben de ser dos de los sectores empresariales que mueven mayor volumen de dinero en España. O al menos eso pensé cuando acudimos al primer laboratorio. Asepsia y prosperidad eran dos conceptos que casaban perfectamente en aquel marco.

Un médico joven, con impecable pelo cortado a navaja y gafas de montura dorada, nos acompañó a ver todas las instalaciones. Estaba tenso, pero cuando supo que investigábamos un asesinato, se tranquilizó. Un asesinato era algo que le caía lejos, un asunto de ficción. No hizo preguntas, se limitaba a mostrarnos todo cuanto queríamos ver como si fuéramos una visita escolar o un tour turístico.

Le pedimos que nos llevara a la perrera y lo hizo sin inmutarse. Era una sala muy amplia junto a una terraza. Al menos diez perros compartían el lugar limpio y bien arreglado. Se notaba que estaban alimentados y sanos, que su vida discurría plácidamente. La ignorancia de su cruel destino los hacía aparecer contentos y sosegados. Todos eran de la misma raza.

—¿Están aquí todos los perros que utilizan ustedes?

Por primera vez vi curiosidad en los ojos de nuestro anfitrión. Nos había mostrado amplios departamentos de química, cadenas de producción mecanizada, gabinetes informáticos, complejos controles de calidad y por lo único que le preguntábamos era por los perros.

—¿Qué quiere decir?

Lo intenté de nuevo:

—¿No usan otro tipo de perros... quizás menos... selectos para experimentos de segundo orden?

Ahora sí que no entendía nada. Sonrió en estado de divertida fascinación. Me sentía cada vez más ridícula.

—¿De segundo orden?

—Verá, se me ocurre que quizás emplean ustedes tanta cantidad de perros, que recurrir siempre a su propio criadero sea complicado, demasiado costoso.

—¡Oh, no!, no siempre hay investigaciones en curso que requieran perros. Además, si de repente necesitáramos un ejemplar de determinada edad o características, acudiríamos a un criadero comercial.

—Pero en los criaderos sólo podrán ustedes comprar cachorros.

—Eventualmente pueden tener perros de más edad. De todas maneras les aseguro que estamos hablando de un caso hipotético. Desde que yo llevo trabajando aquí no se ha dado jamás.

—¿Y no utilizan perros callejeros para investigar? —soltó Garzón por las buenas.

Si aquel tipo había aguantado lo de «experimentos de segundo orden» con cierta compostura, no pudo hacer lo mismo con lo de «perros callejeros» de Garzón. Soltó una risotada briosa, seca, restallante.

—¿De verdad les parece que entran perros callejeros en este lugar? —dijo al recomponerse.

Lo atajé con frialdad:

—Necesitamos fotocopias de toda la contabilidad que genera la perrera y una lista con el número de perros que han sido sacrificados en los últimos dos años.

Como ya se había resignado a no enterarse de nada, hizo un cortés gesto de asentimiento.

—Siéntense, por favor. Volveré enseguida.

Nos dejó instalados en una salita decorada sobre beige.

—¡Valiente capullo! —exclamé en cuanto hubo desaparecido—. ¿Pero no lo ha oído, Garzón?, ¿perros callejeros aquí?, sólo le faltaba decir: «los únicos son ustedes».

—Vamos, inspectora. Realmente este lugar no recuerda el ambiente de Ignacio Lucena Pastor.

—¡Hasta los más altos árboles necesitan abono para crecer!

—¿Por qué está tan agresiva?

—¿Y usted por qué está tan beatífico? ¿Qué le ocurre de pronto, la vida es bella?

Volvió el tipo estirado con un pliego de fotocopias y nos las tendió.

—¿Violarían su secreto profesional si me dijeran cómo ha ocurrido ese asesinato que investigan?

Sentí llegada la oportunidad de una pequeña venganza.

—Es un asunto de perros callejeros, no creo que le interese.

Ignoro si aquel pavo presuntuoso se dio por enterado de mi intempestiva reivindicación social, pero al menos salí de aquel lugar con la sensación de haber hecho algo por la igualdad canina. Garzón no se explicaba mi arrebato, y me hubiera jugado cualquier cosa a que lo atribuía a pura tensión premenstrual. Sin embargo, era algo mucho menos específico: estaba convencida de que nos hallábamos corriendo tras el señuelo mientras la auténtica liebre campaba libre por otra parte.

Al día siguiente una visita parecida a la anterior acabó de confirmarme en mi humor funesto. Fuimos recibidos, conducidos e ilustrados sobre las actividades de un segundo laboratorio absolutamente inmaculado. Nada hacía pensar en operaciones delictivas, ni en perros arrebatados a la perrera municipal. También allí tenían sus propios animales, todos con raza y pedigrí, todos vacunados, todos desparasitados, todos viviendo felices hasta que se produjera su despanzurramiento en aras de la Ciencia.

Por si fuera poco, la apariencia modélica de ambas empresas se vio respaldada por el peritaje que sobre sus cuentas de investigación hizo el inspector Sangüesa. Los datos eran coincidentes y el sacrificio de los perros se reflejaba correctamente. Nada a babor, nada a estribor, un mar en calma se extendía a nuestro lado. Me pregunté si merecía la pena inspeccionar el tercer laboratorio, si no sería más práctico cortar aquel baile de pasos en redondo que no nos conducían a ninguna parte. Pero Garzón insistió en que mi hipótesis inicial había sido compacta y le parecía necesario agotarla. Sin embargo, nada varió en aquella tercera incursión farmacéutica. Nos habíamos equivocado, ésa era la verdad.

Me encontraba de tal ánimo que hubiera podido morderle a alguien. Pero hubiera sido inútil cualquier agresión; entrábamos en el fin de semana y no teníamos más remedio que parar.

Mientras pasaban esos dos días, decidí relajarme. Había dejado crecer en mí la tensión de manera completamente inútil. Cogí a *Espanto*, le puse la correa y paseé tanto como mis piernas pudieron aguantarlo. Acabé sentada en un banco del parque de la Ciudadela con los pies hormigueantes de cansancio.

Me sorprendió darme cuenta de la gran cantidad de gente con perros que aprovechaba las horas de sol. Jóvenes enfundados en ropa deportiva que hacían trotar a sus huskies. Familias cuyos niños eran los encargados de llevar la correa de algodonosos pastores ingleses... Pero sobre todo había viejos, viejos humildes con pequeños chuchos sin raza, tan feos como *Espanto*, ancianas que paseaban amoldadas al paso cansino de sus perros mestizos. Dos de ellas se pararon a hablar cerca de mí, oí que una decía: «... a mí no me importa nada que deje pelos en el sofá, pero mi hija quiere echarlo de casa, regalárselo a alguien. Y dime que hago yo sin mi *Boby*». Era triste, a cada perro sin raza parecía corresponderle un dueño desheredado.

Me levanté, vagué por el parque. De pronto, observé una aglomeración de gente en la lejanía. Me acerqué a curiosear. Había muchas personas formando corro alrededor de un cercado hecho con vallas metálicas. Entre dos árboles se extendía una pancarta informando: XV DEMOSTRACIÓN DE PERROS DE DEFENSA. A BENEFICIO DE LOS HOGARES INFANTILES. Era imposible encontrar un sitio libre desde donde mirar. Me retiré un poco. En los alrededores se veían perros que sin duda habían participado en el espectáculo y descansaban ahora junto a sus amos. *Espanto* se intranquilizó de repente y empezó a tirar de la correa. El objeto de su desazón parecía ser la proximidad de un enorme rotweiler. Se trataba de un ejemplar impresionante, recio, taurino, con la cabeza compacta y rotunda como un mazo. Se había fijado en *Espanto* y estaba gruñéndole con cara de enfado. Me asusté, levanté la vista hacia la persona que lo llevaba sujeto y ¡Dios, prodigios de lo imposible!, quien se exhibía con aquel fiero perrazo era Garzón. ¿Garzón, era realmente Garzón?, ¿y qué pintaba allí Garzón con aquel bicho?

—¡Subinspector!

Se puso colorado como un tomate, con la expresión de quien desea ser arrebatado del lugar por un tornado salvador.

—Hola, Petra, ¿qué tal?

—¿Cómo que «qué tal»? ¿Qué está usted haciendo aquí con esa bestia?

Miró al perro como si acabara de crecerle en la mano derecha.

—¿Esta bestia?, ¡oh, sí, es *Morgana*, la perra de Valentina Cortés! Se la cuido un rato mientras ella está en la demostración. Forma parte del jurado.

Nos quedamos frente a frente sin que se nos ocurriera nada más que decir. Los perros tomaron la palabra. *Morgana* dio un ladrido amenazador y *Espanto* soltó un alarido de terror y vino a esconderse entre mis piernas. Tiraba como nunca, enloquecido. El rotweiler se sentía aún más provocado y volvió a ladrar.

—Bueno, Fermín, ya ve que la situación no es como para departir tranquilamente. Voy a tener que irme.

—Lástima, me hubiera gustado que saludara a Valentina. Oiga, esta noche vamos a ir a cenar a un mexicano, ¿por qué no viene con nosotros?

—No sé si...

—Anímese. La llamaré esta tarde para quedar.

A esas alturas la perra de Valentina Cortés se había levantado sobre sus dos patas traseras y ladraba de forma aterradora. Tenía una voz grave, profunda, que salía de sus fauces calientes y húmedas. *Espanto* dio un tirón que no pude resistir y escapó de mi mano a toda velocidad. Mientras corría tras él me volví y le dije a Garzón:

—¡Está bien, llámeme sobre las cinco!

No conseguí atraparlo hasta que no estuvimos lo suficientemente lejos del rotweiler como para que hasta nosotros no llegara ni el olor. Intenté tranquilizarlo, su corazón palpitaba casi tan desbocado como el mío. Lo comprendía muy bien; de no haber sido él quien tomó la iniciativa, quizás yo misma hubiera escapado de la amenaza de aquel terrible animal.

Antes de las cinco llamé a Juan Monturiol. Pensé que probablemente le apeteciera conocer a mi compañero de trabajo y a una intrépida domadora de casi leones; quizás también, en presencia de otras personas, desapareciera su síndrome de «hombre llevado al huerto por una mujer» y pudiéramos reunir las condiciones necesarias para un poco de amor banal. Supuse que pondría una excusa, pero aceptó. De modo que aquella helada noche de sábado fuimos todos a parar a Los Cuates, un alegre restaurante mexicano del barrio de Gracia.

Puedo decir, sin temor a equivocarme, que formábamos uno de los grupos más dispares de cuantos poblaban la noche de la ciudad. Valentina Cortés se presentó con su cabellera rubio amarillísimo ahuecada y feroz. Llevaba pantalones y un jersey negro de pico que dejaba al aire el nacimiento de su generosa espetera. Una cazadora de cuero completaba la imagen de madura mujer emprendedora. Entendí que a Garzón le hubiera gustado, era una cincuentona realmente sexy. Él, por su parte, se había colocado uno de aquellos trajes rayados «Chicago años 30» que yo tan bien le conocía. Impecablemente engominado y con el bigote en perfecto orden, era obvio que se había vestido para seducir. Como yo, que recurrí a un rojo arrebatado con intención de impresionar a Juan Monturiol. Aunque en realidad la impresionada fui yo, porque cuando Monturiol se presentó con un simplicísimo jersey marfil de cuello vuelto, me pareció que estaba más guapo que nunca.

Tras las presentaciones, fisgoneamos la carta y pedimos las consabidas explicaciones al camarero sobre la graduación picante de los condimentos que llevaban los platos. Valentina se inclinó enseguida por los más rabiosos, y comprobé que Garzón estaba encantado con su osadía.

—¡Me gustan las emociones fuertes! —declaró ella lanzando destellos desde sus ojos claros.

—No me extraña —objeté— después de haber conocido a tu perra.

—¿*Morgana*?, ¡es uno de los animales más nobles con los que puedes toparte!

—¿La has entrenado tú misma?

—Sí, con la ayuda de mis figurantes. Es rápida como un

94

rayo, y no soltaría a su presa ni aunque fuera un jabalí furioso.

Intervino Juan, interesado en el tema.

—Siempre me he preguntado si los entrenadores de defensa personal estáis seguros de lo que hacéis. Un perro adiestrado para atacar puede provocar accidentes terribles, morder a alguien hasta matarlo.

Valentina hizo un gesto negativo en el aire con un trocito de cochinillo picante que acababa de mojar en salsa más picante aún.

—No, no es tan terrible, tenemos las cosas bien controladas, esa posibilidad sería remota. En realidad, la defensa personal se ha convertido hoy en día en una especie de deporte.

—¿Podría tu perra matar a alguien? —preguntó Garzón admirativo e infantil.

Valentina llenó su plato de frijoles, entornó los ojos y contestó en plan duro:

—Puedes apostar a que podría, probablemente de un solo mordisco. Pero *Morgana*, como todos los perros que entrenamos, sólo actúa bajo órdenes de su amo. Si yo no se lo digo, la pobre no se mete con nadie.

—¿Y si alguien intentara atacarte?

—¡Ah, amigo!, entonces te juro que el atacante se quedaría como los ángeles.

—¿Como los ángeles? —nos sorprendimos todos.

—Quiero decir sin sexo, porque os aseguro que *Morgana* apuntaría directa a sus cojones.

Estallamos en carcajadas que atrajeron miradas sobre nosotros. Increíble la tal Valentina, una auténtica ventolera natural; estaba tan a gusto en el mundo como si ella misma lo hubiera inventado. Tragaba comida ardiente sin pestañear, reía, accionaba, soltaba tacos sonoros y su anecdotario canino no tenía límites. Juan parecía encantado con su charla y Garzón levitaba más que un santón hindú.

—¿Cuál es la raza de perro más fácil de adiestrar?

—Sin duda el pastor alemán. Es un perro que sirve para todo, inteligente y dócil.

—Pero tú escogiste un rotweiler.

—Lo hice por la capacidad de mordida. Mirad, un pastor alemán tiene una potencia de mordida de unos noventa kilos. No está mal, ¿verdad?, os aseguro que me cuesta aguantar sus sacudidas en el brazo sin caerme al suelo. Pues bien, el rotweiler sube hasta ciento cincuenta kilos.

Juan exclamó:

—No podrás controlar una embestida semejante.

—No, no puedo. De hecho el perro me arrastra y tengo que ir desplazándome a su voluntad. Sin embargo, como sus movimientos son nobles y directos, el peligro real resulta mínimo.

—¡Un bicho capaz de enfrentarse a un toro!

—Sí, lo sería.

—¿Nunca has tenido problemas con ningún perro?

Valentina llamó al camarero, pidió otra cerveza mexicana y se puso seria. Hizo una pausa misteriosa.

—Hay una raza que me he negado a entrenar... —engulló una buena porción de guacamole—, el pitbull.

—Tengo un par de clientes que me traen pitbulls a la consulta. Para vacunarlos cada año tengo prácticamente que amordazarlos. ¡Son temibles!

—Temibles. No pesan más de veinticinco kilos. ¿Fuerza en los dientes?... algunos llegan a los doscientos cincuenta kilos.

—¡Acojonante! —soltó Garzón.

—Recuerdo perfectamente lo que sucedió cuando me trajeron uno para que lo entrenara. Mientras hablaba con su dueño el animal estaba tranquilo, silencioso. Me puse el peto acolchado, el manguito y empecé a probar su instinto de defensa con los correspondientes movimientos de excitación. El perro, sujeto por su amo como suele hacerse en las primeras sesiones, se mantenía delante de mí, quieto, sin rugir, sin ladrar, y me miraba directo a los ojos. Pensé: «Valentina, ándate con cuidado porque este bicho es un cabronazo». Efectivamente, de pronto veo que se arranca, babeando, se escapa de su dueño y, en vez de morder el manguito que yo le ofrecía, se lanzó directo sobre mis costillas. Pude esquivarle, pero estoy convencida de que si llega a tumbarme, me hubiera atacado al cuello.

Estábamos estremecidos con su relato.

—¿No es ése el perro que puede llegar a volverse contra su propio amo? —preguntó Juan.

—Supongo que te refieres al stadforshire bull-terrier, una raza americana de la que justamente el pitbull es una variedad. Ése es sin duda el perro más fiero de cuantos existen.

—¿Cuál es su capacidad de mordida? —inquirió Garzón, perfectamente familiarizado con la terminología.

—Trescientos kilos.

—¡No quiero ni pensarlo! —dijo el subinspector.

—Mejor para ti. Se trata de un animal realmente sanguinario, capaz de partirle la yugular a cualquiera. Y de verdad que si lo vierais pensaríais que es imposible. No mide más de cuarenta centímetros de altura y pesa unos diecisiete kilos, pero es una máquina de matar. Sólo a los hijos de puta de los americanos se les podía ocurrir desarrollar una raza así.

—¿Para qué se emplea?

—Sólo como perro de defensa, aunque ya podéis imaginaros que tiene que estar bien controlado.

Guardamos silencio. De repente me di cuenta de que Garzón no había probado sus enchiladas.

—Te felicito, Valentina —dije—, has logrado encontrar un tema lo suficientemente interesante como para que Fermín deje de comer. Es la primera vez que veo algo así.

Garzón me miró maliciosamente. Ella se echó a reír; con carcajadas francas y alegres, respondió:

—Fermín y yo lo pasamos muy bien. Yo le cuento cosas de perros y él a mí cosas de policías. Todos los trabajos tienen algo que contar, ¿o no?

Garzón se empeñó en pagar la cena. Estaba eufórico y era comprensible. ¿Cuánto tiempo habría transcurrido desde que salió por última vez con amigos llevando su propia pareja?

—Vamos a tomar una copa a alguna parte —propuso Juan Monturiol.

—A mí me apetecería bailar —confesó Valentina.

—Entonces iremos al Shutton.

El Shutton era un lujoso local donde los amantes del baile de salón tenían la ocasión de marcarse sambas, rocks y algunas piezas de hot jazz, tocadas por una buena orquesta en vivo. En efecto, Valentina tenía ganas de bailar. En cuanto estuvieron servidos nuestros cócteles, arrastró a Garzón hasta la pista. Advertí entonces que no conocía todas las facetas de mi compañero, múltiples como las de un diamante tallado. Y es que realmente bailaba bien, al estilo de Fred Astaire. Se movía con gracia, con estilo, atento al ritmo, a la vez dominador y deferente con su pareja. La bola compacta de su cuerpo se convirtió en un globo ligero. Era un espectáculo verlo junto a Valentina, ambos desinhibidos y autocomplacientes, dueños absolutos de su diversión.

—Están llenos de vida, ¿no es cierto? —dijo Juan.

—Me gustaría saber bailar como ellos.

—Deberíamos, al menos, intentarlo.

Eligió una untuosa música melódica para el intento. Me tomó en sus brazos y empezamos a movernos muy lentamente. Noté que me oprimía un poco más en los momentos especialmente románticos de la tonada. Acercaba su cara a la mía, la rozaba con suavidad. Así que era un clásico, ¡estábamos apañados! Seducción tradicional: música sugerente, penumbra ambiental, cóctel semiseco... Probablemente al salir de allí me propondría ir a tomar la última copa a su casa, y después, al hacer el amor, me susurraría «cariño» aunque no nos conociéramos de nada. ¡Ni hablar, eso no estaba hecho para mí! ¿Por qué iba a soportarlo?

No me equivoqué ni un pelo. Cuando al salir dijimos adiós a Valentina y Garzón, Juan Monturiol utilizó una entonación envolvente para sugerir:

—¿Tomamos una copa en mi casa?

—No, Juan, ¡cuánto lo siento!, me ha venido un dolor de cabeza horroroso. Lo que voy a tomarme es un par de aspirinas antes de irme a dormir. Si te parece te llamo un día de éstos.

Ni por asomo se esperaba algo así. Encajó el golpe disimulando su enojo, pero pude captar que estaba enfadado fijándome en la ligera presión que imprimió a sus mandíbulas.

¡Al carajo, yo ya no estaba para puestas en escena tradicionales! Demasiados años a mis espaldas, demasiados divorcios, demasiado de todo como para acabar la noche diciendo: «Querido, ha sido maravilloso». Ya no, por mucho que el caballero fuera una pera en dulce. O mejoraba su estilo o me dejaba a mí imponer el mío.

Quien más se benefició de la prematura interrupción de la velada fue *Espanto*. Se puso muy contento al verme. Salimos a dar un largo paseo a las dos de la mañana. Las calles heladas estaban completamente desiertas y soplaba un viento del diablo. No sé qué consecuencias positivas sacaría el perro de aquella insólita vuelta nocturna, pero a mí el frío y el ejercicio me atemperaron cualquier deseo carnal.

5

El lunes siguiente mi humor no había mejorado. Seguía con la inefable y correosa sensación de haber estado perdiendo el tiempo. Nada habíamos sacado en claro visitando aquellos laboratorios. Las contabilidades eran perfectas, todo estaba asentado, todo cuadraba. Ni el menor indicio hacía sospechar que hubieran estado comerciando con perros callejeros. ¡Perros callejeros!, ¡era para partirse de risa, aquellos gigantes económicos, asépticos y eficientes, dedicándose a tratar con un pelagatos como Lucena!, ¿o sería mejor decir pelaperros? Hacía falta ser gilipollas para haber seguido tal intuición.

Cogí las libretas de cuentas de Lucena Pastor. Abrí la segunda, la hojeé: Lili: 40.000, Bony: 60.000... ¿Quién había estado pagándole a Lucena semejantes cantidades?, ¿quién estaba dispuesto a adquirir perros callejeros a aquel precio, y para qué? Porque aquellos nombres seguían correspondiendo a perros como los de la primera libreta, o ¿acaso ya no lo eran? Había conseguido no estar segura de nada. No habíamos estado avanzando en la dirección correcta, en algún punto hubo un error que nos había desviado, ¿dónde? Presa de un arrebato bastante estúpido tiré la libreta contra la pared. El subinspector se quedó tieso.

—¿Qué hace, Petra?, va a cargarse las pruebas.

—¿Sabe cuántos asesinatos quedan sin resolver en España?

—No.

100

—¡Un huevo, créame, un huevo! Y casi todos son de gente como Lucena, marginados, prostitutas, mendigos, gente sin nombre, sin familia, sin amigos.

—¿Y...?

—¡Pues que me jode!, me jode que sean esas escorias las que desaparezcan sin nadie que les haga justicia. Siempre lo pensé cuando leía esos datos en el servicio de documentación, y ahora que puedo hacer algo...

—¿Ahora qué?

—¡Coño, Garzón, parece usted tonto!, que ahora estoy oliéndomelo, el nuestro va a ser otro caso para la estadística de los «sin final».

—No lo creo.

—¿No lo cree?, ¡será por los magníficos progresos que hacemos!

El subinspector me miró con cierta ternura. Recogió la libreta del suelo. Sonrió.

—Tranquilícese, Petra, lo resolveremos, ya verá cómo lo resolvemos. Tenga paciencia, no se tomó Zamora en una hora, ni Badajoz en dos, ni Avilés en tres.

Abrió la libreta y hundió la nariz en ella. Yo me eché a reír.

—Lo siento, Fermín, discúlpeme. Ha sido una salida de tono bastante ridícula.

Hizo un gesto borrando el aire con la mano, sin levantar la vista del papel. Luego empezó a hablar muy despacio.

—Y digo yo que... digo yo que si sumamos todas las cantidades que están escritas aquí, pues... más o menos cuarenta páginas, a un promedio de dos asientos de treinta, cincuenta o sesenta mil pesetas por página..., pues eso da un total de... unos tres millones de pesetas.

—¿Qué quiere decir?

—Quiero decir que, suponiendo que la contabilidad correspondiera a un año, eso significa que Lucena tenía un buen montón de dinero para gastar.

—Sí, lo tenía, recuerde que llevaba una cadena muy cara.

—Bien, de acuerdo, supongamos que esa cadena le hubiera costado trescientas o cuatrocientas mil pesetas, es algo comprobable. Se trata de un capricho que se permitió; pero, aparte de eso, ese tipo llevaba una vida miserable. Vivía en un piso asqueroso, frecuentaba garitos como el bar Las Fuentes. No parece que fuera drogadicto, de modo que ¿dónde está ese dinero? La contabilidad prueba que era metódico, ¿no habrá ido guardando la pasta en alguna parte? No había indicios de robo en su casa.

—¿Habla usted de una cuenta bancaria?

—¡Vamos, inspectora, está perdiendo facultades!, un tío que no tiene un solo documento, que no firma un contrato de arrendamiento, que se hace llamar por apodos... ¿se lo imagina abriendo una imposición a plazo fijo? Lo que quiero decir es que debe de tenerlo escondido en alguna parte.

Una nube se disipó en mi cerebro.

—En un sitio seguro —dije.

—En un sitio seguro —repitió él.

—Subinspector, buscar huellas es demasiado sutil, creo que tendremos que hacer un registro más profundo. Usted sabrá cómo se organizan esas cosas, pida un equipo que pueda efectuar un registro absoluto y mándelo a casa de Lucena.

A Garzón le brillaban los ojos.

—A la orden, jefa.

—Ha tenido usted una idea valiosa, Fermín. Si tiene oculto el dinero en algún lugar, es posible que allí encontremos más cosas, papeles, facturas... ¡pistas, querido amigo, pistas! Sí, ha tenido usted una idea genial.

—No se haga ahora demasiadas ilusiones, Petra, igual descubrimos que ese cabrón se gastaba todo en putas.

—Sabré afrontarlo.

—¿Y qué hacemos con los laboratorios?

102

—De momento, olvídelos.

Cuando salíamos de comisaría nos aguardaba una sorpresa: en ese instante estaba preguntando por el subinspector Ángela Chamorro. Vino hacia nosotros y nos habló con su característica amabilidad. Se interesó por mi salud y, ante mi total asombro, preguntó a Garzón por su resaca.

—Yo creo que nos sentó mal la copa que tomamos después de cenar —dijo muy convencida.

Garzón cabeceaba echando pelotas fuera. Aquello era mucho más de lo que yo hubiera podido llegar a imaginar. Aquel donjuán emboscado, aquel panzudo barbazul estaba saliendo con Ángela al tiempo que lo hacía con Valentina. Lo miré significativamente y él puso cara de párvulo.

—Pasaba por aquí y de pronto he recordado que mañana es mi cumpleaños. ¡No, no me feliciten, es tan terrible que no quiero ni pensarlo! Sólo podré resignarme a ser un poco más vieja si estoy bien acompañada. ¿Les gustaría cenar en mi casa? Así me ayudarán a pasar el mal trago.

Aceptamos entre risas y frases cariñosas.

—Doy por descontado que, si lo desea, puede venir acompañada, Petra.

—Sí, es posible que lleve a un amigo.

Era posible que intentara llevarlo, aunque lo probable sería que Monturiol me enviara al carajo después de mi último desplante. Quizás si se lo propusiera en medio de una romántica música ambiental... La librera se despidió alegremente. Me volví hacia Garzón.

—Sí que es una casualidad que Ángela pasara por aquí, ¿verdad, Fermín? Y eso que yo no creo en las casualidades.

—¿Por qué desconfiar de la casualidad? A veces las cosas suceden así, cuando menos las esperas.

—Como por ejemplo un flechazo, ¿no es cierto, Garzón?

Hizo como que no me había oído.

—¡O dos flechazos!

Se mostró mucho más sordo aún.

El equipo que nos enviaron para el registro profundo me pareció un poco descorazonador. Un joven con maletín y otro sin nada. Me había hecho otra idea, quizás algo más tecnológico. Sin embargo, no hice ningún comentario ni demostré mi frustración. El subinspector estaba excitado, convencido de que allí encontraríamos un filón de tesoros. Entró en el antro de Lucena con el mismo espíritu que Carter en la tumba de Tutankamón. Todo estaba tal y como lo habíamos dejado la última vez, sólo que con más polvo.

El perito abrió su maletín y sacó varias macitas hechas con diferentes materiales: plástico, madera, hierro... Se quitó la americana, escogió una de las mazas y empezó a golpear el suelo centímetro a centímetro. Garzón le seguía con expectación, pegándose tanto a él como un viajero de metro en hora punta. Al cabo de un rato el joven, mostrando cierta impaciencia, le dijo: «Esto puede ir para largo». Mi compañero se alejó, algo mohíno, y vino a sentarse junto a mí en el sofá desvencijado. Nos dedicamos a hojear las viejas revistas de Lucena. El otro policía miraba tranquilamente por la ventana, acostumbrado a esperar. Al final se sentó en una silla, quedándose dormido.

Pasaron muchas horas, siempre despacio. Viendo las evoluciones del especialista, comprendí que buscaba oquedades utilizando mazas diferentes según fuera el material golpeado: paredes, suelo, azulejos e incluso marcos de las puertas.

Garzón, algo aburrido tras el entusiasmo inaugural, inició una conversación preguntando:

—¿Piensa comprar algo para el cumpleaños de Ángela?

—He encargado un ramo de rosas blancas.

Quedó en un silencio preocupado.

—Es una buena solución. Yo no sé qué regalarle, de verdad.

—Regálele una caja de bombones.

—Es muy impersonal.

—Un libro de poemas.

—Demasiado poco.

Medité un momento.

—Cómprele un bonito perro de peluche.

—¡Vamos, Petra!, estoy hablando en serio.

—¡Y yo también!, es un detalle simpático.

—No sé... quizás... pero me parece un regalo muy pobre para alguien que tiene la amabilidad de invitarte a su casa. Le aseguro que ya estoy harto de no tener casa propia en la que poder reunir a mis amigos. Estoy prácticamente decidido a seguir su consejo, voy a dejar la pensión y a alquilar un apartamento.

Me incorporé, abrí los ojos cuanto pude.

—¿Seguir mi consejo?, ¡qué desfachatez! Hace dos años que vengo dándole la murga con eso y justo ahora se le ocurre seguir mi consejo. Confiese sus auténticas razones, Fermín, tenga coraje, lo que ocurre es que le apetece tener su propio piso porque se ha enamorado.

El subinspector, alarmado, miró al policía para corroborar que no estaba escuchándonos. Luego intentó disimular una sonrisa satisfecha que afloraba en sus labios y, azarado como un colegial, declaró en voz baja:

—Pues sí, la verdad, me he enamorado. Lo malo es que no sé aún de cuál de las dos.

—¿Dos?

—Me ha entendido perfectamente, las dos son Ángela Chamorro y Valentina Cortés. He estado viéndolas casi a diario en las últimas semanas.

—Pero eso es terrible, Garzón. ¡Y en un espacio de tiempo tan corto!

—No sé qué tiene de terrible.

El policía despertó, y nos informó de que iba a tomarse un quinto al bar de la esquina. Quedamos en silencio hasta que hubo desaparecido.

—Pues es terrible, simplemente, la gente no anda por ahí enamorándose de dos en dos.

—A mí me parece lo mejor que me ha sucedido nunca. Mire, por de pronto me he enamorado, luego ya veremos de quién. Le aseguro que estar enamorado es algo estupendo, toda una experiencia.

—Sí, eso tengo entendido.

—Me despierto a media noche y pienso: «No quisiera morirme ahora porque mañana voy a verlas de nuevo». Cuento los minutos hasta que llega el momento de las citas, me distraigo con cualquier cosa... ¡le juro que hasta como menos!

—Ése sí es un síntoma serio en usted.

—Ya sé que le parezco ridículo, Petra, y se lo parezco porque lo soy. ¿Adónde va un policía viudo, viejo y feo como yo metiéndose en historias de amor? Pero le aseguro que nunca, nunca en mi vida me había pasado algo semejante. Cuando me casé con mi difunta esposa lo hice porque había llegado el momento después de un montón de años de noviazgo. Nunca hubo coqueteos, ni palabras apasionadas... en fin, no quisiera decir tonterías. ¿Sabe qué pienso, Petra?, que si siento lo que siento es porque, aunque cueste creerlo, a esas dos mujeres les gusto. ¡Les gusto a las dos!

Miré conmovida sus ojos de pescado demasiado hervido.

—Querido Fermín, ¿y por qué no habría de gustarles? Es usted un hombre atractivo, bondadoso, divertido, honrado. Usted podría ligarse a Miss Universo si se lo propusiera, quizás incluso sin proponérselo. Una pasadita por delante de la encartada con uno de sus elegantes trajes, una atusadilla de bigote...

Reía como un niño, liberado de cualquier gravedad cotidiana, encantado con aquella brisa nueva que soplaba en su rostro curtido.

—¡Ah, pero no diga más, inspectora!, si usted por fin se decidiera, le aseguro que siempre será la primera en mi...

La voz del perito nos devolvió con sobresalto a una realidad de la que casi nos habíamos olvidado.

—¡Vengan, por favor, creo que he encontrado algo!

Estaba acuclillado en el suelo de la cocina. Había retirado la mugrienta nevera y golpeaba con cuidado en las losetas del suelo.

—¿Oyen? Aquí suena a hueco. Podría ser un escondite interesante. ¿Dónde está Eugenio? —preguntó.

—¿Eugenio?

—Mi compañero.

—Ha ido a tomarse un quinto —dijo Garzón.

—¿Un quinto?, ¡será más bien un sexto, o un octavo! ¡Siempre me hace lo mismo!, cuando lo necesito resulta que se ha largado a trasegar cerveza.

El subinspector corrió a buscarlo. Mientras, yo observaba con enorme curiosidad cómo el experto sacaba un grueso rotulador de su maletín. Delimitó un par de baldosas y se puso a martillear. Metió un destornillador en una de las juntas y ésta cedió. Quedó al descubierto un pequeño agujero como de cinco centímetros de diámetro. En ese momento llegó Garzón con el policía. Se quedaron mirando el orificio sin preguntar nada. El perito se hizo con un largo cable metálico, lo metió y lo hizo descender.

—Sí... —dijo—, creo que lo hemos localizado, aquí dentro hay algo. Adelante, inspectora, lo que queda ya es cosa de ustedes.

Me calcé el fino guante de vinilo que me alargaba. Metí la mano en el agujero. Hacerlo me produjo una sensación fóbica. Se me representaron serpientes enroscadas, los rasgos de un decapitado. Lo que toqué, sin embargo, era inequívocamente plástico blando. El frufrú que llegó hasta nuestros oídos parecía también propio de ese material. Agarré el volumen que yacía en la oscuridad y lo saqué. Se trataba de una bolsa de basura. La abrí. Estaba llena de dinero, un buen montón de billetes de cinco mil pesetas. Me rodearon las exclamaciones del pequeño grupo. Repetí la misma maniobra, cinco veces, y otras tantas bolsas con idéntico contenido fueron saliendo. Me cercioré de que no hubiera nada más, y no lo había. Ni facturas, ni notas, ni libretas. Nada excepto dinero.

—¡Vaya!, se diría que han encontrado una buena pista —dijo el experto soltando un silbido.

—No lo crea —contesté—. Esto no hace sino liar más las cosas.

El inspector Sangüesa nos informó horas más tarde sobre el hallazgo. Ocho millones de pesetas, todo en billetes usados de diferentes valores. Dinero de curso legal, sin indicios de falsificación, sin marcas, sin detalles. De aquellos ocho millones de pesetas sólo podíamos deducir que eran ocho millones de pesetas, ocho misteriosos millones.

—Esta pasta no la ganó Lucena cazando perros callejeros —dijo Garzón.

—Puede apostar a que no.

—A lo mejor hemos encontrado el móvil del crimen.

—No esté tan seguro. Si el objetivo era el dinero, hubiéramos encontrado la casa vuelta del revés. Los muebles volcados, las paredes agujereadas.

—¿Quiere decir que el asesino de Lucena no sabía nada de ese dinero?

—Aunque lo supiera, aunque se tratara de uno de sus compinches, sus motivos no pasaban por apropiarse de él.

—¡Joder, inspectora, estoy hecho un lío!

Encendí un cigarrillo fumándomelo casi entero de una calada.

—Usted tuvo la idea de que el dinero estaba escondido y acertó. Pero tres millones era lo máximo que podíamos haber encontrado aquí según la libreta número dos. ¿De dónde sale el resto de pasta? O bien Lucena se la escaqueó a alguien y por eso lo mataron, o bien la contabilidad que tenemos es incompleta, faltan cuentas que alguien ha hecho desaparecer por alguna razón.

—¿Y por qué guardaba tanto dinero y no lo gastaba en vivir un poco mejor? —preguntó Garzón.

—¡Vaya usted a saber! Podía ser un tío muy prudente que no quería levantar sospechas haciendo ostentaciones, o uno de esos miserables a quienes encuentran muertos en sus chabolas mientras esconden fortunas en el colchón.

—¡Esto es un embrollo de la hostia!

—Ninguna otra frase definiría mejor la situación.

—¿Y ahora seguimos con los perros?

—Así es, aunque quizás deberíamos pasarnos a los caballos y probar suerte.

—O a las vacas —dijo Garzón, y soltó una risotada tonta que era resumen de su desconcierto.

El subinspector hizo por fin caso de mi asesoramiento y le llevó a Ángela Chamorro un perrito de peluche como regalo. Completó la sugerencia por su cuenta poniéndole al muñeco, alrededor del cuello, una cadenita de oro de la que iba prendido un corazón. Me enseñó con emoción el intríngulis del obsequio. El pequeño corazón se abría por la mitad y en su secreto interior podía verse, perfectamente encastrada, una fotografía del subinspector de tamaño carnet. Me quedé turulata, pero reencontré la agilidad mental justa para decirle a mi compañero que era bonito.

Juan Monturiol, que había accedido a ir a la cena quién sabe con qué intenciones, se presentó a su vez con dos soberbias botellas de champán francés. Estos presentes, unidos a mis rosas, hicieron que la homenajeada nos recibiera con todo tipo de gorjeos de agradecimiento y felicidad. Se encasquetó el camafeo, enjaretó una rosa en el ojal de su blusa de seda y brindó con una copa de Möet et Chandon.

Ángela vivía en el barrio de Las Corts, en un precioso apartamento dúplex lleno de *glamour* que ella se había encargado de hacer cálido y agradable. Las paredes del salón estaban llenas de libros y sonaba una suave música de Mozart en el ambiente. El cuadro acogedor se completaba con una mesa exquisitamente dispuesta que esperaba a los comensales en un rincón. *Nelly*, la perra, nos dio la bienvenida con sus maneras despaciosas y filosóficas. Luego fue a colocarse junto a su ama. Tenía un cuidado pelaje beige y blanco que coordinaba con el discreto atuendo de Ángela. El aforismo «dueño y perro acaban pareciéndose» se me antojó una realidad.

Hacía mucho que librera y veterinario no se habían visto, de modo que tenían cosas de qué hablar. El tema era, por supuesto, canino. Se extendieron durante el aperitivo sobre las cualidades miríficas de los canes autóctonos, en contraposición al increíble esnobismo que había llenado España de razas nórdicas, por completo inadecuadas para nuestro clima y mentalidad. Garzón y yo escuchábamos con el recogimiento de los neófitos.

El primer plato, una deliciosa crema de puerros con trufa, vino subrayado por los comentarios que suscitó un plan oficial de la Protectora de Animales para la creación de mascotas hospitalarias. La teoría de Ángela era muy interesante. Sostenía que los pequeños perros y gatos, en manos de enfermos y viejos, significaban una vuelta a la sensualidad de personas que hacía tiempo la habían perdido. Tocar las pieles cálidas, los morros húmedos, sentir la palpitación de los corazones, devolvía a los maltratados cuerpos humanos un soplo básico de vida. Por otra parte, el observar a las mascotas, darles de comer, reír sus gracias y ver sus reacciones lograba que las mentes de estos individuos, habitualmente encerrados en sí mismos, se volcaran hacia el exterior y dejaran de estar ensimismadas en sus propios sufrimientos.

Ambos expertos guardaron sus teorías más profundas para el plato principal, un suculento besugo horneado con cebolletas y laminillas de patata al que ni siquiera un Garzón tocado de mal de amores pudo resistirse. Ahí, la conversación ascendió hasta tocar una auténtica mística perruna. No sólo Ángela, sino también Juan, postulaban que en el perro se halla el *alter ego* oculto del dueño. Todas aquellas virtudes a las que aspiramos de modo natural: bondad, nobleza, humildad, están presentes en el perro; pero, al mismo tiempo, en él se proyectan a menudo los aspectos más inconfesados de nuestra personalidad: crueldad, desidia, rapacidad... Sin embargo, por encima de todos estos desdoblamientos, existe siempre un extraño toque en el perro que no proviene del interior de su amo. Ángela se olvidaba de comer cuando decía estas cosas, entraba en un auténtico trance mental.

—Es algo que podemos ver en sus ojos, una calma universal heredada siglo tras siglo, alejada de los avatares de la Historia, que no deja de ser algo hecho de acontecimientos, de memoria acumulativa. Es como una aceptación cercana a la comprensión, como una inocencia primigenia. Incluso me atrevería a decir, figúrense ustedes, que esa mirada es una prueba de la armonía del Universo, de la existencia de Dios.

Garzón sostenía el tenedor suspendido en el aire, la miraba mudo de emoción. Estaba fascinado por la inteligencia de su candidata amorosa. Comprendí entonces que quizás no atrapáramos nunca al asesino de Lucena Pastor, pero que este caso acabaría siendo importante en nuestras vidas. Garzón saldría de él con las fibras sensibles puestas al día, y yo llegaría a saber sobre perros mucho más de lo que jamás hubiera podido soñar.

—Es evidente que, para cada persona, el concepto «perro» representa valores diferentes. ¿Recordáis la noche que cenamos con Valentina Cortés?, para ella el perro es riesgo, vida, aventura, algo mucho más físico.

Pude observar un gesto ligeramente alterado en el rostro de Ángela. Garzón enrojeció y me lanzó una mirada furibunda. Al parecer, el veterinario había metido la pata. Pero ¿qué podía hacer yo? ¿Se suponía que debía haberle advertido de no citar a Valentina? ¿Qué era aquello, un jodido vodevil? Maldije a mi compañero, ese inopinado donjuán de vía estrecha.

Por fortuna, Ángela era demasiado educada para permitir que la cosa pasara de una ligera nubecilla en la conversación. Monturiol siguió inconsciente de su pecado, y ni se enteró del fugaz enrarecimiento ambiental. Por el contrario, sí parecía estar perfectamente al tanto de cuál era la situación entre nosotros dos. Las espadas permanecían en alto, de modo que en cuanto acabó la cena y estuvimos en la calle, se cargó de ácida ironía y preguntó:

—¿Crees que podemos encontrar algún sitio neutral para tomar una copa?

El sitio neutral resultó ser la cocktelería Boadas, repleto su minúsculo espacio de noctámbulos variados. En principio no me parecía la ubicación ideal para zambullirse en confidencias o sinceramientos súbitos; pero Juan era de la opinión contraria ya que, sin preámbulo alguno, me soltó:

—Petra, está claro que entre tú y yo hay algún tipo de problema que nos impide profundizar en una relación digamos... agradable. Eso nadie puede negarlo, pero te aseguro que, por más vueltas que le doy, no consigo saber en qué consiste el problema.

—Pues tú eres un profesional del diagnóstico.

—Pero mis pacientes no hablan, y ya que tengo la gran suerte de estar junto a alguien que sí puede hacerlo, ¿te importaría ayudarme a saber cuál es la enfermedad?

Sonreí:

—Adelante.

—Dime cuál sería para ti el tipo de relación ideal entre un hombre y una mujer como tú y yo.

—Me gustaría que antes lo dijeras tú.

Se pasó una mano grande y huesuda por el pelo. Suspiró.

—Es tan simple que resulta ridículo explicarlo. Todo consiste en salir, charlar, contarse algunas cosas básicas si se desea, tomar unas copas, bailar un rato... y, bueno, después ver qué es lo que sale de ahí y vivirlo.

—Sí, el planteamiento es muy sencillo, pero las consecuencias de esos actos de convivencia pueden estar sometidas a muchas tergiversaciones, planteamientos falsos, situaciones vividas de modo diferente por cada uno de nosotros, un montón de palabras innecesarias... al final es un nido de conflictos.

—¿Y cuál es tu solución?

—Algo muy sencillo también. Uno se conoce, se gusta, habla poco, hace el amor y, si van bien las cosas, puede seguir viéndose de vez en cuando y pasar un rato agradable. Todo está claro desde el principio y no hacen falta subterfugios ni etapas falsas.

—Me recuerda a la venta por correo. Práctico, económico y, si no le gusta el resultado, puede devolverlo.

—Bien, tú decías estar cansado tras dos divorcios, aburrido, algo quemado. Entonces dime qué esperas a estas alturas, ¿jugar a los noviazgos?

Sacó su cartera, miró la cuenta.

—No, Petra, quizás los dos esperamos lo mismo; es decir, bien poco, pero debe tratarse de una cuestión de formas.

—O de orgullos.

—Lamento que lo veas así. De cualquier modo, espero que seguiremos viéndonos de vez en cuando.

—¡Por supuesto, te llevaré a *Espanto* para que lo visites!

Salimos a la noche de las Ramblas y compartimos un taxi. No nos dirigimos la palabra en todo el trayecto. Él canturreaba para paliar la tensión. Bajó frente a su casa después de darme un apretón de manos que pretendía ser informal-

113

mente amistoso. Le dije adiós por la ventanilla sonriendo
como una esfinge.

En el recibidor, *Espanto* se precipitó sobre mí llenándo-
me las medias de babas. En la mesa de la cocina la asistenta
había dejado una nota manuscrita:

> Señora Petra: Este perro es tan feo que hasta me da ver-
> güenza pasearlo. Pero si es lo que tengo que hacer cada ma-
> ñana, por favor, cómprele una de esas mantitas de cuadros
> para perros porque el pobre pasa mucho frío. Además, a lo
> mejor así está más presentable. Le he dejado un plato de
> lentejas estofadas en el microondas. Muchos saludos: Azu-
> cena.

Encesté el papel en el cubo de basura. ¡Para abriguitos
de perro estaba yo! Sonó el teléfono. Pensé que sería Juan
Monturiol pidiéndome disculpas, invitándome a una copa
de reconciliación.

—¿Inspectora? Al habla Garzón.

—¿Qué ocurre?

—Nada, sólo que podía haberle advertido a Juan que no
citara a Valentina delante de Ángela.

—No se me ocurrió.

—Pues Ángela se ha pescado un mosqueo de mucho
cuidado. Iba a quedarme a pasar la noche en su casa y he tenido que volver a la pensión.

—Es usted quien debería haberle hablado de Valentina.
Engañar a dos mujeres y dejar que se hagan ilusiones es inmoral.

Oí una carcajada sarcástica por el auricular.

—¿Inmoral? Creí que a usted esas cuestiones le traían
sin cuidado.

Me enfurecí.

—¡No se pase conmigo, subinspector!

—No estaba hablándole como subinspector.

—En ese caso no veo ningún motivo para que me llame

114

en plena madrugada ni para seguir prolongando esta conversación.

—Tiene razón, inspectora Delicado, buenas noches.

—Buenas noches.

El ruido del teléfono al colgar me provocó una aguda punzada de dolor. ¡Cojonudo!, en cuestión de horas perdía a un posible amante y a un amigo. Me quedé sentada en el sofá, sin ganas de moverme ni de pensar. El perro se acercó cautelosamente, como si pudiera advertir mi depresión.

—Ven más cerca, *Espanto*... —le dije—, déjame ver si encuentro en tus ojos la armonía del Universo.

No sé cómo íbamos a hacer hablar a los demás si entre nosotros no nos dirigíamos la palabra. Garzón no parecía querer salir de su cabreo, y yo estaba lejos de intentar ridículas escenas de apaciguamiento. Las solemnes máximas del carcamal estaban a punto de cumplirse: es malo establecer relaciones amistosas con compañeros de trabajo. Intenté picarlo un poco.

—¡Llevamos un carrerón...! Siguiéndole la pista al asesino de Lucena hemos desenmascarado una agencia de la propiedad que hace contratos ilegales y una trata de perros callejeros en plena universidad. ¡Todo un imperio del crimen cutre!

—Otros tantos servicios a la sociedad —dijo Garzón muy serio.

—En efecto, ahora sólo nos falta cazar una banda de traficantes de bayetas, un falsificador de cromos y una red internacional de aparcacoches fraudulentos.

A Garzón se le escapó la risa por el bigote de foca.

—Y un alijo de gaseosa y un garito secreto donde se juegue a las canicas —soltó, encantado.

Procuré no reírme; era demasiado pronto para reconciliarse. Uno de los guardias jóvenes que acababa de ser destinado a comisaría me llamó.

—Inspectora, el sargento Pinilla de la Guardia Urbana está esperándola en su despacho. Dice que lleva todo el día buscándola como un loco.

Lo miré fijamente a los ojos. No debía de tener más de veintiún años.

—Me gusta que los hombres me busquen como locos —dije.

Enrojeció. Se alejó sonriendo, cabeceando tímidamente y murmurando «Joder, joder».

Nada más verme, Pinilla se levantó y vino hacia mí casi gritando.

—¿Lo ve, inspectora, lo ve?, ¡ya le dije yo que no era ninguno de mis hombres!

—Si viene a decirme que no hay pistas, escoge un momento jodido, Pinilla.

—No, no, si me refiero a que ya he encontrado al corrupto. Y no es ninguno de mis hombres.

—¿Que ha encontrado al corrupto?

—Es el mozo de la perrera municipal.

—¿Qué mozo?

—El encargado de arreglar los perros, el que limpia y les da de comer.

—¿Ha dicho algo sobre el asesinato de Lucena?

—¡Calma, calma, inspectora! ¡No corra tanto! Yo he averiguado que era él quien le pasaba los perros a Lucena. Le pagaba un tanto por perro desviado de la perrera. Ha cantado de plano, pero no sé más.

—Entiendo.

—Otra cosa es la impresión que a mí me dé.

—¿Y qué impresión le da?

—Creo que es un pobre hombre que se sacaba un poco de pasta extra. No lo veo matando a nadie, la verdad, y menos con lo que Lucena le pagaba.

—¿Está asustado?

—No, está cabreado.

116

—¿Cómo que está cabreado?

—Dice que por una cosa de tan poca monta parece mentira que se lo cantemos a ustedes.

—¿Es que no sabe lo de la muerte de Lucena?

—Jura que no lo sabía. Él no le llama Lucena, le llama Susito, pero es el mismo tipo porque lo reconoció en la foto. De todas maneras, dice que le proporcionó el último perro hace dos años, que desde entonces no ha vuelto a verlo, desapareció sin avisar.

—¿Cree que dice la verdad?

—No lo sé, inspectora. Yo diría que sí, pero es mejor que juzguen ustedes. Lo he traído conmigo. Está en la sala B del segundo piso con los guardias de planta y dos hombres míos. ¡Ni El Lute tenía tanta custodia!

—Nos ha hecho usted un favor cojonudo, Pinilla.

—Ya saben dónde me tienen. ¡Ah, inspectora, y ya ha visto que no era ninguno de mis hombres!

Igual que el honor de un hidalgo dependía de sus hijas, el de un poli depende de sus subordinados. Nunca he entendido ni lo uno ni lo otro, pero tuve que decirle palabras tranquilizadoras al sargento para que se fuera satisfecho.

Pinilla estuvo acertado en todo lo que dijo; el confeso que nos había traído tenía, en efecto, pinta de pobre hombre y, en efecto, parecía cabreado. Se aplicaba a sí mismo el castizo proverbio «por un perro que maté...», perfectamente adecuado para la ocasión, y la base de sus protestas era el no menos vernáculo reproche: «Con la cantidad de malhechores que andan sueltos y ustedes incordiando a gente honrada».

Nos contó que cobraba unas tres mil pesetas por cada perro que desviaba a Susito y se aferró a la idea, lógica por otra parte, de que él no mataba a nadie por esa miseria.

—Pero pudieron ustedes discutir, pelearse por algo. Entonces usted calculó mal los golpes y lo mató. Quizás los dos habían estado bebiendo y no se encontraban en sus cabales.

—Nada de eso. Yo no bebo alcohol, ni una gota prue-
bo, ni una cerveza. Además con Susito nunca discutí.
¡Cómo íbamos a discutir si ni siquiera hablábamos! Habíamos llegado a un acuerdo. Yo le daba los perros, él me pagaba y adiós.

—Y hace dos años que dejaron todo trato.

—Sí.

—¿No volvió a verlo, aun sin hacer negocio con él?

—No éramos amigos. Yo ni sé dónde vivía. Era un tío
raro.

—Así que, un buen día dejó de aparecer.

—No, me dijo que no vendría más, que había encontrado una cosa mejor con un peluquero de San Gervasio.

—¿Algo mejor, qué es algo mejor?

—No me dijo nada más.

—¿No le contó nada de ese peluquero?

—Nada, y si me dijo que era del barrio de San Gervasio
supongo que sería para que yo me diera cuenta de que era
algo de más categoría.

—¿Se trataba de algo relacionado con perros?

—Ya le digo que no lo sé; pero si también iba de perros
puede estar segura de que no eran de la perrera.

—¿Quizás perros robados?

—Puede preguntarme cien veces lo mismo, pero no sé
más porque él no me dijo más.

—¿En ningún momento le propuso entrar en ese nuevo
negocio?

Soltó una carcajada sarcástica llena de fastidio.

—¡Ya!, ¿para qué me necesitaba? ¡Hay que joderse,
nuevo negocio; para tres mil putas pelas que me daba! Total, me lo gastaba todo en lotería.

—¿En lotería?

—Era la única manera de que sirvieran para algo. ¡Y
mira para qué han servido, para meterme en un lío sin co-
merlo ni beberlo! Pero les digo que no es justo que ahora

tenga que pringar por esta chorrada. ¡Perder el empleo por unos cuantos putos chuchos sarnosos que nadie quiere y que igual van a matar!

Supongo que, a su manera, llevaba razón. Todos aquellos botines entre los que nos movíamos eran materia inservible, perros callejeros... el mismo Lucena era otra basura que nadie se había molestado en reclamar. Pero la sociedad tiene sus reglas, y nadie puede apropiarse ni siquiera de sus residuos. ¡La vida es bella!, pensé poniéndome irónica. En fin, al menos teníamos un nuevo camino que seguir. Atrás quedaba aquel montón de pistas falsas sobre investigación médica. ¿Todo descartable, puro tiempo perdido? Quizás lo único importante era que habíamos completado el ciclo de la libreta contable número uno y podíamos internarnos en la número dos. Allí se tomaba nota de cantidades superiores, quizás ahora sí entráramos en la materia que hizo perder la vida a Lucena Pastor. Los nombres ridículos y la disposición de las cuentas, así como el testimonio de aquel tipo demostraba que seguiríamos liados con perros. Las cantidades consignadas sugerían que, esta vez, probablemente se tratara de otra categoría canina: perros de raza robados. Sería entonces más fácil dar con su pista. ¿Y aquel misterioso peluquero de San Gervasio? Me encaré con Garzón, que fumaba en silencio.

—Llame de nuevo al sargento Pinilla. Dígale que queremos una estadística de todas las denuncias sobre perros robados o desaparecidos en Barcelona. Veremos cuántas corresponden a San Gervasio.

Asintió, serio y profesional. Luego empezó a divagar.

—Inspectora Delicado, aunque últimamente hayan surgido diferencias entre nosotros, en fin, creo a pesar de ello poder decir que... bueno, que existe en nuestro caso una cierta amistad.

—Sí, por supuesto que existe.

—En atención a esa amistad yo quería pedirle una disculpa y después un favor.

119

—Olvídese de la disculpa y centrémonos en el favor.

—Tengo que decidirme entre un par de apartamentos para alquilar. ¿Podría usted acompañarme y echar un vistazo? Ya se sabe que la opinión de una mujer...

—¿Y para eso tanto rodeo?, ¡pues claro que puedo acompañarle!; pero antes de irnos, entérese de cuántas peluquerías hay en el barrio de San Gervasio.

—¿Masculinas o femeninas?

—Pues no lo sé. Contabilice ambas, luego ya veremos.

Fuimos aquella misma tarde a escoger el dichoso apartamento de Garzón. Uno estaba en el barrio de la Sagrada Familia, y otro en el de Gracia. Me gustó más este último. Era un agradable piso antiguo restaurado del que se habían suprimido algunos tabiques para conseguir espacios más amplios. Tenía una amplia terraza desde la que se veían las abigarradas manzanas de edificios vecinales, las palomas y gaviotas que descansaban en los techos de la ciudad. Estaba decorado de modo ecléctico y funcional, con muebles de madera clara y estores crema en las ventanas. Calculé que el subinspector podía ser muy feliz allí recibiendo por turnos a su pequeño harén.

—Creo que éste es perfecto para usted.

—¿De verdad lo cree?

—Sí, lo creo.

—¡Estoy tan nervioso!

—¿Por qué?, no le entiendo.

—Vivir solo, llevar una casa... no sé si sabré.

—¡Pues claro que sabrá! ¿Ve ese congelador?, sólo tiene que llenarlo de comida. Contrate a alguien que limpie una vez a la semana y planche la ropa. Si es necesario, cómprese más camisas. ¿Cómo está de fondos?

—Tengo mucho dinero ahorrado, ¡como no gastaba nada!

—Ahora gastará más. Tener casa y novia sale caro, ¡no le digo nada si las novias son dos!

120

—No se burle.

—¡Es que, joder Fermín, me ha salido usted muy bravo en eso del amor! Me habría dejado más tranquila si me hubiera dicho que tenía dos amigas y no dos enamoradas.

—Sí, ya sé, pero ¿qué le vamos a hacer?, yo las siento como algo más que amigas.

—¿A las dos?

—¡A las dos! Valentina me divierte y Ángela me halaga, nunca había conocido antes esas sensaciones. Mi difunta esposa me deprimía como un paso de Semana Santa, y a ratos me hacía sentirme como un gusano.

—¡En fin!, supongo que ya son las dos mayorcitas. La que acabe con el corazón roto sabrá superarlo.

—Inspectora, aún quería pedirle otro favor. ¿Me acompañará usted la primera vez que vaya a un supermercado? Le aseguro que lo he intentado yo solo. El otro día entré en uno y tenía la sensación de que todo aquel montón de latas y cajas de colores iba a echárseme encima. No supe por dónde empezar, no sé qué necesito, ni siquiera sé qué es cada cosa. Ya me hago cargo de que es abusar de usted, pero por razones evidentes no puedo pedirles eso a Valentina o Ángela.

—Cuente con ello. Soy una especialista en compras rápidas y abundantes.

—Se lo agradezco en el alma.

—Olvídese, para algo estamos las amigas.

¡Pobre Garzón!, el juego sempiterno de los roles sexuales lo había convertido en un inútil, en un ser tan incapacitado para organizar las cosas mínimas de la vida que tenía que pedir ayuda para lo primordial. La época gloriosa había sido mala para las mujeres, pero también para los hombres. Los tiempos habían cambiado, dejando a algunos mal preparados para lo que se avecinaba. Una broma pesada, ¡pobre Garzón! Incluso aquellos amores suyos tan a destiempo, tan deslumbrados e infantiles, eran también producto de su

121

inadecuación anterior. Jamás se había planteado una separación de aquella esposa suya que tan desgraciado lo hacía. Y claro, ahí estaba ahora, divertido y halagado, paladeando como maná lo que hubiera tenido que ser plato de diario. De cualquier manera, poco podía decir yo, a quien a pesar de llevar dos divorcios a las costillas, nadie divertía ni halagaba. Era preferible no inmiscuirme en aquello, no opinar, y mucho menos elaborar complejas teorías sentimentales. Por mi parte haría mejor en buscar alguna rosca que masticar; mis mandíbulas empezaban a estar desentrenadas.

El sargento Pinilla quiso hablar conmigo personalmente tras recibir el encargo de Garzón. Me miraba con cara de reproche, leyéndome la cartilla profesional.

—Pero inspectora, usted tendría que saberlo, en la Guardia Urbana no admitimos denuncias de perros desaparecidos o robados.

—¡Bueno, Pinilla, pues no lo sabía! ¿Y a quién hay que acudir cuando te falta un perro?

—A la policía autonómica.

—Ya.

—Los Mossos la atenderán. Ésa no es una de nuestras competencias.

¡Vaya con Pinilla!, ¿por qué los policías, sean del Cuerpo que sean, resultan al final tan puntillosos? También Garzón protestó un rato cuando lo envié solo a investigar en las peluquerías de San Gervasio. «Es que la mayoría son femeninas», argumentó. No me conmovió, una cosa era que me apiadara de su condición de «inútil hombre maduro», y otra bien distinta que aprovechara mi buena disposición para lograr prebendas.

—Estoy segura de que le atenderán muy bien, subinspector. Ya ha demostrado tener buena mano con las señoras. Mientras usted investiga yo iré a hablar con los Mossos d'Esquadra.

Que no fueran los agentes de la Guardia Urbana quienes se ocuparan de los perros desaparecidos no fue la última sorpresa que me llevé. Al hablar con Enric Pérez, jefe del departamento de Medi Ambient, tuve que enfrentarme a una buena batería de datos inesperados.

Para empezar, el joven y amable policía autonómico me informó de que las denuncias sobre perros y gatos tampoco eran estricta competencia suya. Ése era un asunto que se llevaba en colaboración con el llamado Centre de Protecció Animal de la Generalitat. El problema de base resultaba sencillo de entender: robar perros no es delito en España. Asombro mayúsculo. No, no lo es, tales robos se consideran como «falta administrativa» y en algunos casos como «falta contra la salud pública», pero al no figurar en el Código Penal no pueden enviarte a la cárcel si las cometes. ¡Cuando se lo contara a Ángela Chamorro!, ¡cuando supiera que aquellos perros a los que ella atribuía sutiles cualidades espirituales eran legalmente considerados por debajo de los objetos! El policía se dio cuenta de que me escandalizaba y abundó en el tema.

—Es más, sí está penado robar o comerciar con especies protegidas, animales salvajes. Sobre eso sí hay legislación, pero los bichos domésticos carecen de tales consideraciones. La verdad es que cuando algún propietario de perros acude a nosotros es porque ya lo han echado de todas partes. Se los quitan de encima en la Guardia Urbana, y no digamos en la Policía Nacional.

—¿Y ustedes qué hacen?

—Poca cosa. Tomamos nota por consideración, por si nos enteramos de algo al paso, pero no hay investigaciones.

—¿Y la gente qué opina de eso?

—Verá, si hay algún programa de televisión en el que dicen que nos ocupamos de los perros desaparecidos, al día siguiente un montón de ciudadanos llama para protestar. ¿Cómo es posible que con tantos delitos como se cometen nos dediquemos a semejantes tontadas? Pero si el mismo programa trata sobre pobres perros inocentes sustraídos por desaprensivos, otro montón de ciudadanos llama para ponernos verdes por no hacer nada.

—O sea que el ciudadano siempre anda tocando las narices.

—Ya sabe cómo es la opinión pública.

—¿Puede proporcionarme una estadística de los robos?

—Voy a darle un listado de ordenador, pero debo advertirle que si quiere una estadística completa, tendrá que ir al centro de la Generalitat que le he mencionado.

—¿Qué se consigna en ese listado?

—El nombre del dueño, su dirección y la raza del animal. Ahora mismo le haré una copia.

Desapareció dejándome muy desanimada. Volver a empezar. Pasos y pasos quizás inútiles, como en un estúpido baile de moda. Tuve la fatídica corazonada de que nunca aclararíamos aquel maldito caso. Volvió con varios folios impresos.

—Aquí tiene, perros robados o desaparecidos desde hace dos años. Ahora le apuntaré la dirección del centro de protección de la Generalitat. ¡Ah!, y si quiere una estadística más fiable, sería conveniente que fuera también a una empresa privada que se dedica a recuperar perros desaparecidos.

—¡No me diga!

—En serio. Se llama Rescat Dog. La gente que tiene medios económicos acuden a ellos.

—Increíble.

Agaché la cabeza, me quedé quieta y callada.

—Inspectora, ¿se encuentra mal?

—No, sólo estoy algo cansada.

—Si quiere puedo traerle un café de la máquina.

—No se moleste, sólo ha sido un momento de debilidad.

Me incorporé. Cogí la lista de perros. Él me miraba un poco apenado.

—Este trabajo a veces es cansado, ¿verdad?

—Es siempre cansado —respondí. Nos sonreímos.

En el Centre de Protecció Animal de la Generalitat me facilitaron una lista casi tan larga como la que ya tenía. Y aún faltaba la condenada empresa privada de detectives caninos. ¡La de Dios! Me zambullí en el duro sillón de mi despacho. A las cuatro llegó Garzón. Acababa de comer, así que hicimos una sobremesa con café aguado, ambos mostrando síntomas de hartazgo existencial.

—¿Ha tenido suerte con los peluqueros?

Dejó su vasito de plástico sobre la mesa, buscó tabaco en los bolsillos.

—Desde que trabajamos en este caso se me ha olvidado lo que es la suerte.

No me sentía con bríos para infundirle confianza. Le alargué un cigarrillo ya que él era incapaz de encontrar los suyos.

—Cante, Fermín, no estoy para quejas.

—¡Bah, poca partitura tengo! Hay un montón de peluquerías, pero un montón, inspectora. Parece que eso de cortarse el pelo es muy importante.

—¿Cuántas ha visitado?

—¡Puf!, varias de ellas. Una estaba regentada por un matrimonio joven, otra por un gay, otra por dos chicas, otra...

—Ahórreme detalles, ¿algún resultado?

—Nada. Lucena les sonaba a chino. Cuando les enseño la foto ponen cara de alucinados. No tienen ni idea de nada, lo único que saben de perros es que ladran y tienen rabo. Oiga, ¡he visto una cosa increíble!; en una de esas peluquerías a una chica estaban tiñéndole el pelo de verde, ¿puede creérselo?

—Hoy puedo creerme cualquier historia.

—Pues eso es todo lo que hay. Mañana seguiré, aunque no sé qué decirle, inspectora, para mí que todas esas peluquerías tan finas poco tienen que ver con el cutre de Luce-na. Igual estamos metiendo la pata como en los laboratorios.

—Nunca se sabe, Garzón, los palacios y las chabolas es-tán conectados por alcantarillas.

Soltó el humo del cigarrillo como una potente olla ex-press.

—Sí, ¡quién sabe!, ¡con este mundo en que vivimos!

Un mundo curioso, donde comerciar con un ser vivo, incluso robarlo, no es ilegal. Donde la gente se tiñe el pelo de verde. Donde se pagan cantidades elevadas a un detecti-ve privado para que recupere un triste gato. Donde puedes asesinar a golpes a un pobre tipejo sin dejar ni siquiera un rastro seguible.

6

No contaríamos con una estadística absolutamente completa de perros robados hasta poder incluir los datos que nos facilitara Rescat Dog, de modo que el siguiente paso era conseguirlos. La insólita empresa estaba situada en un piso anodino del Ensanche, un entresuelo con ínfulas de oficina comercial. Las paredes se veían llenas de carteles representando hermosos cachorros de orejas caídas que jugaban apaciblemente con gatos algodonosos pletóricos de encanto. La organización no parecía tener más empleados que la secretaria que nos atendió, una hermosa joven rubia de larga cabellera, y el propio dueño. Para ser sincera diré que toda la compañía presentaba el aspecto de ser limitadamente próspera. Su titular, Agustí Puig, era rubicundo y con cara de sapo. Se reía a cada dos por tres sin motivo alguno, como si le siguiera a todas partes una tropilla de bufones invisible para los demás. «¡Yo siempre he pagado mis impuestos!», soltó en cuanto supo que éramos policías. Luego, se extendió en explicaciones sobre la legalidad a toda prueba de su negocio y juró que nada tenía que ocultarnos.

Rescat Dog se erigía como único centro de su especialidad en Barcelona y quizás incluso en España. Puig estaba muy satisfecho con los resultados que podía exhibir: un sesenta por ciento de perros recuperados entre el total de casos a su cargo. Dadas las dificultades del cometido, era, según él, impensable una marca mejor. Conseguían tales éxitos por los procedimientos más o menos habituales: búsqueda por el barrio, colocación de carteles, contactos varios, preguntas a posibles testigos... La suma de todos esos procedimientos era superior a cualquiera de los medios que pudiera tener a su alcance un particular.

—En el caso de los perros robados a veces nos encontramos con una curiosa situación: los localizamos pero no podemos probar que hayan sido robados, de modo que se quedan donde están. Ya conocerán ustedes cuáles son las lagunas en la legislación.

—Esa laguna los beneficia en el fondo; si la policía se hiciera más responsable de ese problema, usted perdería clientela.

—De mi clientela no puedo quejarme.

—¿No pasa entonces por crisis alguna?

Se echó a reír con notoria falsedad.

—Todos sabemos que las crisis son como tormentas de verano, igual vienen que se van.

—Señor Puig, usted guardará ficha de todos sus clientes, ¿me equivoco?

—Sí, guardo todos los datos.

—¿Recuerda haber recuperado los perros de algunas de estas personas?

Le alargué las listas oficiales de perros desaparecidos a las que echó una mirada descorazonada.

—Aquí hay muchos nombres, inspectora, muchísimos.

—Es información de toda Barcelona.

—¡Justamente!, para comprobarlo necesitaré un poco de tiempo.

—Tendrá que hacernos también una estadística de todos sus casos resueltos o sin resolver.

—Más tiempo aún.

—¿No está informatizado?

—Inauguraremos el sistema dentro de una semana.

—En ese caso, ¿por qué no se queda una fotocopia de estas listas y les dedica una tarde libre?

—Está bien, supongo que en dos o tres días lo tendré listo. Tengo que seguir ocupándome de mi trabajo, inspectora, sólo soy un pobre trabajador y mi único empleado es la secretaria.

Se reía como si también su penuria empresarial fuera graciosa. Con un gesto resignado saqué de mi bolso la fotografía de Lucena.

—Antes de marcharnos, ¿conoce usted a este hombre?

La miró con indiferente aplicación.

—No, no lo he visto en mi vida.

Salimos del despacho con las listas originales y la foto comodín. Quisimos hacerle la misma pregunta a la secretaria, pero ya había desaparecido. Estaba claro que con semejantes empleados difícilmente podían navegar en la prosperidad.

—¿Sospecha de él? —me preguntó Garzón como cumpliendo un trámite.

—Pues sí, sospecho de él, tiene una actitud demasiado franca y risueña. ¡Y tres días para comprobar las fotocopias! Es como si intentara ganar tiempo por algún motivo. Además, ¿usted no sospecharía de algo tan ridículo como un detective de perros?

Me miró sorprendido.

—A mí ya me da igual ocho que ochenta. Con lo que llevamos visto, si me dicen que hay profesores de latín para tortugas estoy dispuesto a creérmelo.

Interpretaba ahora el papel del escéptico, el hombre maduro que juega, protestando, a ser más viejo. La excentricidad del mundo no acababa con su santa paciencia y su equilibrio. Como si él mismo no formara parte de la tripulación enloquecida de la esfera terrestre. Como si tener dos amores locos a su edad y en sus circunstancias fuera un rasgo de aposentamiento emocional.

—¿Hacia dónde va ahora, subinspector?

—Tengo que visitar la última de esas malditas peluquerías a las que usted me manda.

—Esta vez le acompañaré; pero dígame, ¿qué tienen de malo?

—Demasiadas mujeres.

—Creí que la abundancia de mujeres no constituía un problema para usted.

—La conozco lo suficiente como para saber por dónde va y es mejor que no siga.

—Retiro lo dicho y repito la pregunta: ¿por qué le pone tan nervioso visitar esas peluquerías?

—Porque la verdad es que, sinceramente, no sé qué demonio buscamos ahí.

Garzón estaba en lo cierto, ¿qué buscábamos en lugares como aquéllos? Allí no había sino sofisticadas peluqueras atendiendo a sus variados clientes: amas de casa que se dejaban masajear durante horas el cuero cabelludo para relajarse, ejecutivas con el tiempo justo que ojeaban papeles mientras les teñían mechas y algún que otro tímido caballero perdido entre la mayoría femenina. ¿Qué pintaba Lucena, pingajo humano, en aquella placidez de terma romana? Sólo había que contemplar las caras de los dueños cuando les enseñábamos la foto del hombrecillo baldado. Era como pretender encontrar peces en un establo. Perdíamos el tiempo. Yo también salí del elegante local cabreada y con la moral hecha trizas.

—Tenía usted razón, perdemos el tiempo miserablemente. Y de acuerdo en que no se ganó Sagunto en un segundo o comoquiera que usted lo diga, pero el caso es que el tipo que se cargó a Lucena sigue suelto, y a estas alturas debe de estar ya seguro de que quedará impune.

—¡Mejor, así se confiará y empezará a cometer errores!

—Da igual, por el momento estamos tan alejados de su pista que puede permitirse todos los que desee.

—Quizás no estemos tan lejos como usted cree.

Apunté con la colilla a un imbornal, sin acertarle.

—Veremos. ¿Le dejo en alguna parte?

—Si no es abusar... he quedado con Ángela en su tienda. Vamos a cenar juntos.

—¿Se le pasó el enfado por lo de la otra noche?

—No del todo, aún está rara. Le molesta que Valentina figure también en esta historia.

—Es lógico, ¿no le parece?

—Hasta cierto punto. Ninguno de nosotros es ya un niño, ni siquiera un adolescente, y entre las chicas y yo sólo existe amistad e ilusión. Yo tampoco exijo nada. Si las cosas llegaran a ponerse más serias, pararía enseguida el doble juego.

—Es un detalle. Y Valentina, ¿no protesta por lo mismo?

—No.

—¿Sabe de la existencia de Ángela?

—Sí, sí sabe, pero es de otra manera. Pregunta directamente lo que quiere conocer sobre mi trabajo, mi pasado. Ángela es más reservada, más discreta. Aparte, Valentina tiene sus razones para no molestarse. En fin, cada una de las chicas pertenece a un mundo distinto, así es la vida.

El muy frívolo las llamaba «las chicas», en plan experimentado Bogart, como si hubiera pasado la totalidad de sus días repartiendo favores entre una legión de coristas rubio platino. Le lancé una dura mirada por el rabillo del ojo. Se dio cuenta, en realidad sí era cierto que empezaba a comprenderme bastante bien.

—Y a usted, ¿qué tal le van las cosas con Juan Monturiol? —preguntó sin sombra de inocencia.

—De ninguna manera, no van.

—Y de sus dos ex maridos, ¿tiene usted alguna noticia?

—Hable claro, Garzón, ¿qué pretende insinuar, que yo también soy una Mata-Hari? Al menos siempre he tenido mis historias por turno, sin felices coincidencias por parejas.

Hizo gestos de falso escándalo.

—¿Yo, insinuar yo? Se equivoca, inspectora, ¡Dios me

libre!, ¿quién soy yo para juzgar a nadie? Yo ya ni siento ni padezco.

—Muy bien, Fermín, recibida la puya, yo tampoco le juzgaré. ¿Es eso lo que quiere decir?

Sonreía de tapadillo bajo su viejo bigote descolorido por la nicotina y la cerveza.

—¿No puede relajarse, Petra? ¿Es imposible que hablemos sin susceptibilidades, como buenos amigos? Voy a invitarla a una fiesta para ver si reconoce de una vez mi buena fe.

—¿Una fiesta, va a dar una fiesta?

—En realidad voy a dar dos. En una, la invitada especial será Ángela, y en la otra, Valentina. Pero me gustaría que usted y Juan Monturiol estuvieran presentes en ambas; lo cierto es que no tengo muchos amigos.

—No le aseguro que a Juan le queden ganas de verme, pero se lo diré.

—Y al supermercado, ¿me acompañará al supermercado?

—¡Joder, Garzón, ya le dije que sí! ¿Qué piensa que es eso del supermercado, una expedición al Himalaya con sherpas incluidos?

Llegamos a la librería cuando Ángela estaba a punto de cerrar la verja. Sonrió al verme.

—¡Qué sorpresa, inspectora! ¿Vienes a cenar con nosotros?

—Me temo que no puede ser.

Nelly movía el rabo amistosamente a su lado.

—Quédate a tomar un café por lo menos.

Señaló el bar de enfrente.

Todos los camareros la conocían, y ella se movía por entre las sillas de linóleo como la mundana esposa de un presidente. Estaba encantadora con su mirada sincera y un elegante vestido malva.

—¿Cómo estás, Petra?

—No puedo decirte que bien.

—¿La dichosa investigación?

—¡Esa dichosa investigación que me ataca los nervios!

—¡Y eso que no ha visitado usted más que una peluquería, si hubiera tenido que pateárselas todas como yo...! —terció Garzón entre gárrulo y rencoroso.

—¿Peluquerías? —preguntó Ángela con curiosidad.

Le pegué un buen tiento a mi cerveza, hablándole después entre la espuma.

—¿Quieres creerlo, Ángela?, tenemos una importante pista en el caso de los perros que nos lleva hasta alguna peluquería de San Gervasio. Sin embargo, somos incapaces de encontrar la más mínima relación entre todas esas señoras bien peinadas y el crimen de Lucena. ¡Es desesperante!

—¿No se tratará de una peluquería canina? —dijo Ángela con el candor propio de su nombre.

Noté que la cerveza tragada se me agolpaba abruptamente en el gaznate mientras que un calor sofocante subía hasta mi cara. Miré a Garzón, él también estaba colorado y alerta como un pavo a punto de ser sacrificado.

—Llámeme estúpida, subinspector, se lo ruego.

—¿Estúpida?, nada de eso. Llámeme usted a mí gilipollas.

—No, Garzón, es una orden.

—Está bien. ¡Estúpida!, ahora usted a mí.

—¡Gilipollas!, gilipollas los dos, hay que ser gilipollas, y negados y nos mereceríamos que...

—¡Que nos expulsaran del Cuerpo!

—E incluso del alma, Garzón, e incluso del alma.

Ángela asistía a aquella extraña representación circunstancial con sus hermosos ojos color avellana tamizados por la sorpresa.

—¿He dicho algo interesante? —exclamó encantada.

Naturalmente había una peluquería canina en San Gervasio. Grande, lujosa, llamativa, con enormes carteles en los escaparates y un nombre inequívoco encuadrado en letras de neón: Bel Can. Y era una, una sola, sin competencia y sin que ni siquiera tiñeran a los perros de verde. Garzón, muy acorde con el contexto, se tiraba de los pelos pensando en todas sus inútiles visitas. La explicación a nuestra falta de sagacidad deductiva podía encontrarse en un ataque de simple idiotez. Sólo siendo positivos y caritativos cabía comprender que, no familiarizados con el mundo del perro, se nos escapaba la magnitud del entramado que la sociedad de consumo había montado en torno a este animal. Peluquerías, cuidadores, veterinarios, entrenadores, piensos, productos de higiene... Ángela Chamorro nos aseguró que la industria del perro ya mueve millones en nuestro país estando aún en sus primeros pasos. «La cosa irá a más... —declaró taxativa—, porque cada vez habrá más perros y estarán mejor cuidados. Ése es uno de los índices que señala el grado de desarrollo de un país», concluyó con orgullo.

Debía de ser verdad. Aquella peluquería canina presentaba un aspecto incluso más sofisticado que las humanas. Alicatada completamente con losetas de color verde claro, tenía varias mesas donde los chuchos eran atendidos por señoritas de uniforme impecable. La regentaba una francesa de unos treinta y tantos, sonriente y amable, de bello rostro pecoso y pelo negro brillante. No se negó a contestar nada de cuanto le preguntamos y se llevó las manos a la boca con infantil gesto de horror cuando supo que investigábamos un asesinato. No, no conocía a Lucena pero si queríamos esperar, su esposo, dueño junto con ella de todo aquello, tendría mucho gusto en hablar con nosotros y no tardaría en llegar. Mientras tanto, se ofreció a mostrarnos la rutina del establecimiento.

—Por aquí ingresan los perros... —dijo imprimiendo a las erres un escalofrío francés— y aquí reciben un largo baño con mucho champú... —señaló una pileta digna de Cleopatra—, luego se les da un buen masaje antiparasitario y pasan a cortar. Yo soy la única que corto el pelo. Ya saben ustedes que cada raza tiene su estilo y que hay que contar además con el gusto del propietario. No es algo demasiado fácil de hacer, si me permiten la inmodestia.

—¿Qué hace usted si un perro se rebela e intenta morderle?

Sonrió y cruzó una imaginaria mejilla de perro con la punta de los dedos como si quisiera retarlo a un duelo.

—Los perros saben quién domina —afirmó.

Más tarde nos enseñó las mesas donde las bellas señoritas trabajaban armadas con cepillos y potentes secadores de mano. En una de ellas había un minúsculo chiffon enano de largos pelos grises que parecía a punto de volar a cada embestida de aire caliente. Nos miró con notorio mal talante.

—Ése es *Óscar*, un viejo cliente de la casa. Y aquélla, *Ludovica*, un magnífico ejemplar de pastor inglés.

Intuimos unos ojos fijos en nosotros tras la cortina peluda de *Ludovica*.

—¿Y éste? —preguntó Garzón señalando un tercer perro encaramado a la mesa de atrezzo.

—¡Ah, ése es *Macrino*!, un costosísimo galgo afgano.

—¡Cielos, se parece a mi antigua patrona! —soltó Garzón en un arranque de espontaneidad.

A la francesa le hizo gracia la salida y ambos rieron un rato.

Garzón preguntó:

—¿Se sabe usted de memoria los nombres de todos los animales que le traen por aquí?

—Así es, aunque sólo hayan venido una vez.

—¡Increíble!

—¡Oh, no crea, no tiene tanta importancia!

—Sería usted una excelente relaciones públicas. Lástima que los perros no se enteren.

Ella rió de nuevo, esta vez alborozadamente. Vaya, aquello era el colmo. ¿Pensaría Garzón ligársela también, o es que había ya adquirido una arrolladora capacidad para la seducción que ni él mismo controlaba?

—Después les damos colonia, y abrillantador para el pelo y...

Un hombre había entrado en la sala y, con tres pasos, se plantó a nuestro lado. La francesa interrumpió su explicación.

—Les presento a mi esposo, Ernesto.

Se dirigió a él en francés.

—*Écoute, chéri, ces monsieur dame sont des policiers. Ils voudraient bien te poser des questions.*

Ignoro si intentó evitarlo o no, pero su rostro se contrajo un instante. Después mostró un gesto de abierto disgusto. La parte amable de aquella visita había terminado. Nos pasó a un despacho sin pronunciar palabra. Espetó secamente:

—Ustedes dirán.

—Disculpe que hayamos venido a interrumpirlo, señor...

—Me llamo Ernesto Pavía.

—Estamos investigando el asesinato de Ignacio Lucena Pastor y nos gustaría que...

Saltó como un rayo.

—¿Un asesinato?, pues no sé qué demonio buscan aquí.

—El caso es que existe un testimonio que le involucra, señor Pavía, de modo que...

—¿Yo involucrado en un asesinato? ¡Seamos serios, por favor!, quiero que me expliquen inmediatamente...

—Está bien, señor Pavía, le ruego que no se altere, ni siquiera me ha dejado terminar. Se trata de un asunto relacionado con el robo de perros de raza. Alguien ha testificado que usted tenía tratos profesionales con Ignacio Lucena Pastor.

—No sé quién es.

—Quizás usted lo conociera por otro nombre, por Pincho, Susito, cualquier mote. Se trata de este hombre.

136

Le enseñé la fotografía. La miró con displicencia durante un momento, pero yo hubiera jurado que le relampaguearon los ojos, que respiraba con dificultad.

—No he visto a este tipo en mi vida.

—¿Está usted seguro?

—Sé a quién conozco y a quién no. Ahora me gustaría que me explicaran cómo es posible que alguien me haya involucrado en un crimen si ustedes ni siquiera sabían mi nombre.

—Lo señaló como un peluquero de San Gervasio.

—¡Estupendo!, ¿y por qué no lo han traído para que me reconociera personalmente?

—Él no lo conoce personalmente, pero dice que...

—¿No me conoce personalmente y me acusa de un asesinato?

—Tampoco se trata de que le acuse directamente pero...

—¡Oigan, esto es el colmo! ¿Tienen una orden judicial para interrogarme? ¿Tienen alguna prueba en la que basarse? Creo que he tenido mucha paciencia. Ahora les pido por favor que salgan de mi negocio. Cuando sepan ustedes algo concreto que me inculpe en el robo de perros o en cualquier otra cosa, vuelvan y deténganme. Mientras tanto sería mucho mejor que no molestaran a la gente honrada que se gana la vida trabajando.

Se levantó y abrió la puerta con brusquedad esperando a que saliéramos.

—¡Fuera! —masculló.

Estaba blanco. Su mujer se acercó enseguida.

—*Qu'est qu'il arrive, chéri?*

No le contestó. Su índice, trémulo, nos indicaba la salida.

—¡Fuera! —gritó esta vez.

Las peluqueras caninas miraron sorprendidas y hasta los propios canes se volvieron para curiosear. El afgano rugió por lo bajo. Salimos sin despedirnos.

—Todo un carácter, ¿verdad?

—¡Un tipo con mucha clase! ¿Ha visto el buen gusto de su ropa cara, su bronceado artificial, sus zapatos italianos?

—En el fondo pienso que lleva razón al cabrearse, inspectora; las pruebas que tenemos son muy poco contundentes. Quizás hubiera sido mejor no alertarlo sobre lo que sabemos.

—¡Ni hablar! Hay que procurar ponerlo nervioso para que ejecute algún movimiento sospechoso. Ordene que lo vigilen a él y a su mujer durante las veinticuatro horas.

—Parece convencida de que ese tipo está en el ajo.

—Sea lo que fuere el ajo, puede asegurar que está en él. Ahora hay que ver cómo lo cazamos.

—No será fácil, me ha dado la impresión de que es listo.

—Listo, pero sin suficiente sangre fría. Hay que forzarle los nervios. Pídale al juez una orden para obtener datos de sus clientes. Creo que cometerá algún error.

—¿Tiene una intuición?

—Lo que tengo es un buen dolor de cabeza.

—¡Lástima!, ahora que están abiertas las tiendas...

Lo interrumpí poniéndole las manos sobre las solapas.

—¡Tranquilo, inmediatamente vamos a ir! ¿Lleva usted dinero, tarjetas de crédito?

—¡Ni hablar, inspectora, sólo faltaría que doliéndole la cabeza...!

—He dicho que vamos a ir a ese maldito supermercado y lo haremos, o que en este momento me caiga muerta.

Garzón no estaba en el fondo equivocado. Un gran supermercado no deja de ser un lugar ligeramente temible. Nunca, salvo en aquella ocasión, influida por sus palabras, lo había visto así, pero algo había de eso. Aquellas hileras de latas y paquetes brillantes, impolutos, inertes, entre las que te movías arrastrando un carrito, producían un cierta angustia existencial. Algo así como una visión simbólica de la vida: avanzas lastrado desde el principio por un peso muerto, vas escogiendo las cosas que piensas son buenas para ti, descartando otras que quizás fueran mejores, cada vez te encuentras más cargado con tus elecciones y, al final, todo se paga.

—Se me olvidó decirle que esta mañana hubo una llamada del doctor Castillo.

Como andaba sumida en mis filosofías contingentes le hice repetir el dato.

—¿Es que no le recuerda?

—¡Por supuesto que sí! ¿Qué demonio quería?

—Nada, preguntar por los avances del caso. Dijo que sentía curiosidad.

—¡El ansia de saber del científico!

Eché varios paquetes de azúcar en el carro.

—¿Cree de verdad que se trata de eso? A mí me parece sospechoso que se interese hasta el punto de llamarnos. ¿Por qué compramos tanto azúcar?

—Tiene que tener un acopio sólido de productos básicos: azúcar, arroz, aceite, harina... eso no se compra cada semana. ¿Qué motivos tendría un hombre como Castillo para matar a Lucena?

—No sé, los sabios tiene fama de excéntricos. ¿Y levadura, inspectora, compro levadura?

—¡No!, ¿para qué coño quiere usted levadura?

—¡Joder, no sé, para amasar pan! ¿Y si Lucena sabía algo de Castillo y le amenazó con divulgarlo? Oiga, macarrones sí cojo, ¿verdad?

—Compre si le gustan. No, no me parece verosímil. Además, si fuera culpable, telefonearnos sería enseñar demasiado las cartas. Eche al carro esos tarros de tomate en conserva.

—Para los macarrones, ¿a que sí?

—Acierto total, ya va usted aprendiendo.

139

—Yo, de cualquier manera, no lo dejaría de lado como posible sospechoso. Oiga, inspectora, ¿y queso rallado para los macarrones?

—¡Carajo, Garzón, me tiene usted admirada!

Pasamos a la sección de productos perecederos. Le hice una somera explicación que pudiera entender.

—Mire, hay cosas que tendrá que congelar. Hágalo poniendo un cartelito que indique el contenido del envoltorio y la fecha. Si necesita verduras, cómprelas ya congeladas; es más fácil y son de buena calidad.

—De acuerdo, ¿dónde están las lechugas congeladas? Me gusta comerme una buena ensalada de vez en cuando.

—No hay lechugas congeladas, subinspector, ni tampoco puede usted congelar las frescas; y no busque entre las latas, tampoco existen. Para comer lechuga hay que comprarla en el día.

Me miró con desánimo.

—Creo que nunca me apañaré, es demasiado complicado.

—Déjese de coñas. ¿Ve esos filetes de buey? Tenga siempre uno o dos kilos listos para descongelación. Como vive usted solo será mejor que los envuelva pieza a pieza. ¡Y no me diga que eso es demasiado complicado!

Observaba los pedazos de carne roja como si se tratara de fórmulas einsteinianas.

—¿Han acabado de confeccionarnos el mapa informático de los robos?

—Falta la lista de Rescat Dog.

—Se me había olvidado ese asunto. Esta tarde tenemos que pasarnos por allí.

—He llamado varias veces por teléfono y nunca había nadie. Un contestador automático recogía las llamadas.

—Recuérdeme que hay que ir. Ahora daremos una vuelta por la sección de productos para la limpieza.

—¿Qué?, ¿encima productos de limpieza?

—¡Joder, Garzón!, bien tendrá que echarle detergente a la lavadora. Y su asistenta necesitará limpiacristales, y lejía, quizás también amoniaco; hay algunas asistentas muy partidarias del amoniaco.

Se restregó los ojos, suspiró. Supuse que sólo la visión prometedora de las dos hermosas «chicas» entrando en el flamante apartamento, lo disuadió de volver *ipso facto* a su pensión.

—¿Para cuándo es esa fiesta? —pregunté con el ánimo de motivarlo.

—Creo que haré primero la de Valentina, y eso puede ser mañana mismo. ¿Me ayudará con los preparativos o le parece que me estoy excediendo?

—Se excede, pero le ayudaré.

—No sé cómo darle las gracias.

—No me las dé. Ya buscaré un favor completamente desmesurado con el que pueda resarcirme. ¿Sabe usted pintar paredes, deshollinar chimeneas, desatascar cañerías?

—Desde luego que sé.

—Entonces algún día estaremos en paz.

En Rescat Dog no había nadie que nos abriera la puerta por mucho que insistiéramos. Preguntamos a los vecinos y una señora dijo que la oficina llevaba un par de días cerrada. Era extraño. Algunos paquetes se amontonaban junto al umbral, y el buzón de correspondencia rebosaba de papeles y cartas. Si habían tomado vacaciones, era un modo inusual de hacerlo. Para forzar la puerta necesitábamos una orden judicial, así que fuimos a buscarla. Aquello me daba la peor de las espinas, todo me inclinaba a conjeturar que Puig y su secretaria habían levantado el vuelo justo después de nuestra visita. También podíamos meter la pata e irrumpir en la sede de una empresa limpia y legal organizando un lío innecesario. ¿Era la sospecha lo suficientemente sólida como para reventarles la puerta a los rescatadores de perros, o sería más prudente esperar a que volvieran de dondequiera que pudieran estar? Pensé que no cabía andarse con remilgos; si se producía una denuncia de resultas de nuestra actuación, asumiríamos la culpa.

Dos horas más tarde, ya provistos de todos los plácets legales y de un par de guardias que forzaron la puerta, hicimos nuestra teatral entrada en Rescat Dog. Nada más echar una mirada al interior, comprendimos que la teoría del vuelo era impecable. Los ficheros habían sido vaciados a toda prisa, había papeles por el suelo y el estado de desorden general evidenciaba una huida precipitada.

—Nosotros mismos pusimos en fuga a la presa —dije entre dientes.

—Voy a averiguar los datos personales del tipo, su domicilio particular.

—Quédese hasta que completemos el registro, Garzón, me temo que sea inútil apresurarse, el pájaro debe de estar ya lejos.

Me agaché sobre los papeles que tapizaban el suelo: facturas, pasquines de publicidad, cartas comerciales... Si hubiera habido algo comprometedor, sin duda ya no estaría allí. Lástima, lo habíamos tenido al alcance de la mano sin percibir la menor sospecha. Eso a lo que llaman instinto policial no estaba obviamente grabado en nuestros genes. Ahora echarle el guante a aquel prófugo resultaría complicado. De repente nos sobresaltó el timbre del teléfono. Tanto Garzón como yo quedamos clavados en el suelo sin hacer el menor movimiento. A la segunda llamada el contestador automático se activó. Oímos el mensaje de respuesta: «Habla con Rescat Dog. Ahora no estamos disponibles. Nos pondremos en contacto con usted en cuanto podamos. Deje su nombre y número de teléfono». Después de una señal acústica un hombre empezó a hablar. «Señor Puig, soy Martínez, el persianero. Ya le tengo preparado el

142

presupuesto que me pidió. Llámeme y me dice algo. Hasta luego.»

Corrí hasta el aparato. Pulsé la tecla de reproducción y le hice una señal a Garzón para que se acercara. Con la respiración contenida empezamos a escuchar los mensajes grabados. Una señora preguntaba por su perro. La compañía de gas. Un hombre pedía informes sobre los servicios de la empresa. El propio Garzón se daba a conocer y dejaba nuestro número. De pronto, un mensaje nos llamó la atención. Era una voz masculina que no se identificaba en ningún momento. Hablaba apresuradamente: «¿Dónde estás, qué ocurre? Han estado por aquí y no les he dicho nada, ¿comprendes? No saben nada, así que eso no es grave. ¿De acuerdo? No llames aún».

Garzón dio un apreciativo silbido barriobajero. Volví la cinta atrás. Oímos de nuevo las equívocas frases.

—¿Tiene alguna idea de quién está hablando, Fermín?

—No, habla en susurros, en algún momento hasta he dudado de que fuera un hombre. Aparte de saber que tiene un cómplice, dudo mucho que esto pueda ayudarnos.

—A no ser que...

—¡No me diga que le suena a alguien conocido!

—¿Sabe qué es un galicismo, subinspector?

—Una palabra francesa.

—¡Exactamente!, una palabra tomada del francés que se emplea traduciéndola al castellano directamente. Una palabra o expresión, como por ejemplo: *«c'est pas grave»*. En francés viene a significar algo así como «no tiene importancia», pero mal pasado literalmente a nuestro idioma sería: «eso no es grave». ¿Y sabe usted quién podría meter un galicismo en su vocabulario sin darse cuenta?

—Alguien que hable francés con fre... —Dejó la frase en el aire, chasqueó los dedos—. ¡El peluquero! ¿Quiere que vayamos a detenerle?

—No se me embale, Garzón, ¿con qué pruebas?, ¿con

143

la suposición de un galicismo? Será mejor que pidamos una orden al juez para que el tipo nos enseñe sus cuentas. Si no encontramos nada, al menos se pondrá nervioso. Creo que estamos en el buen camino.

—¿Y si se nos escapa mientras tanto?

—¿Está de broma? Tiene un negocio demasiado bueno como para abandonarlo. Además, podría jurar que su mujer no sabe nada de este asunto.

—Está usted muy inspirada, inspectora.

—Sólo con inspiración no se resuelven los crímenes.

—Sí, pero con inspiración y un buen dominio del francés...

Agustí Puig figuraba en nuestros archivos. Su verdadero nombre era Hilario Escorza y había sido condenado un par de veces a pequeñas penas de cárcel. Estafas de menor cuantía. Trabajando como vendedor de pisos se había embolsado alguna paga y señal. Lo cazaron. Dos años más tarde se colocó como relaciones públicas en una discoteca. La alquilaba para fiestas privadas sin dar noticia al dueño. Nuevo enchironamiento. Un timador de baja categoría, casos como el suyo llenan un buen montón de fichas policiales. Obviamente había decidido esta vez establecerse por su cuenta y prosperar con la historia del rescate canino.

—De acuerdo... —dijo Garzón—, pero no es el perfil de un asesino.

—Deje de pensar en la muerte de Lucena como en algo premeditado. Cada vez estoy más convencida de que se trató de un ajuste entre colegas en el que se les fue la mano con las hostias. Eso le da al caso un matiz completamente distinto. No estamos enfrentándonos a un delincuente capaz de matar, sino a un aficionado que sufrió un, digamos, «accidente».

—El dinero que guardaba Lucena en su zulo no es lo que se le paga a un aficionado.

144

—Quizás eran aficionados metidos en un asunto de mayor envergadura.

—Entonces, según eso, estamos casi al final del caso.

—Creo que sí.

—Si quiere, podemos ir ahora mismo a revisar las cuentas de Ernesto Pavía; ya tengo la autorización del juez.

—No, no hay prisa. Vamos a dejarle el fin de semana para que mueva ficha por iniciativa propia. ¿Sigue vigilado?

—Sí, pero yo no dejo de temer que se nos escabulla.

—Ni lo piense, los comerciantes auténticos actúan como capitanes de barco ante un naufragio.

—Eso quiere decir que tenemos libre el fin de semana.

—En principio, sí; pero nos mantendremos alerta.

—En relación al fin de semana... había pensado que..., bueno siempre que a usted le venga bien, creo que podríamos hacer la cena de Valentina el sábado y la de Ángela el domingo.

Lo miré irónicamente.

—Eso sí es una buena inauguración de apartamento, ¿eh Fermín?, mucho mejor que la del canal de Suez. ¿No tiene una tercera candidata para el viernes por la noche?

—Me gustaría saber hasta cuándo voy a tener que estar soportando sus tomaduras de pelo.

—Es el precio. Si quiere que le ayude con los preparativos tendrá que aguantar mi fino sentido del humor.

—No quisiera tener que recordarle quién la libró de sus dos ex maridos.

—Los caballeros andantes no pasan factura. Le diré, además, que exijo asistir a sus puñeteras fiestas acompañada de *Espanto*. El pobre se pasa la vida solo en casa o con mi asistenta, que lo considera feo y, por tanto, debe ejercer una mala influencia psicológica sobre él. De hecho creo que, a estas alturas, debe ya tener el ego perruno hecho unos zorros.

—Es usted la hostia, Petra.

—Eso ya me lo ha dicho otras veces.

Aquella misma noche llamé a Juan Monturiol para contarle la inauguración estratégicamente doble de Garzón y su nuevo apartamento. Se partía de risa. Tanto mejor, aquello rompió el hielo. Aceptó acompañarme las dos noches, encantado además, feliz. Yo no estaba segura de si su aquiescencia se debía a que aún sentía algún interés por mí, o si sólo se trataba de la gracia que le hacían Garzón y sus trasnochados ligues juveniles. No era cuestión de ponerse a filosofar sobre ello, vendría.

El sábado a las seis de la tarde, habiendo por fin descansado y disfrutado de una dilatada sesión de aseo personal, mascarillas incluidas, cogí a *Espanto*, también perfectamente acicalado, y me planté en casa de Garzón. Diez minutos después ambos pelábamos patatas como un par de quintos recién incorporados a filas. Mi compañero mostraba una mala traza increíble con el cuchillo, y en más de un momento temí por la integridad de sus gruesos dedos. Encima, como si le sobrara concentración para aquella tarea menor, elucubraba sobre el caso.

—Vamos a recapitular, inspectora. Usted sabe que a mí me hace falta una buena recapitulación de vez en cuando. Entonces, a saber, el peluquero y el rescatador están compinchados. Por todos los indicios parecen colaborar en un asunto sucio relacionado con perros. Pregunta: ¿qué asunto? Respuesta: el robo de perros de raza. Nueva pregunta: ¿qué pito toca Lucera en todo esto? Respuesta: era el ejecutor, es decir, robaba los perros.

—Me está poniendo usted nerviosa con ese interrogatorio al aire. Dése prisa con las patatas, yo ya acabé.

—Descuide, voy lento pero seguro. Y digo yo, si Lucena robaba los perros, entonces ¿qué hacía Rescat Dog?

146

Pues, tal y como su nombre indica, rescatarlos. Eso suena lógico.

—Cláveles varias veces el tenedor a las patatas. Vamos a ponerlas a macerar.

—¿A macerar?, ¡joder, qué invento! Correcto, partamos de esa base. Lucena roba los perros y Puig los recoge, los lleva a un sitio seguro y monta todo el paripé frente a los dueños cobrándoles por un falso rescate. Pero entonces ¿cuál es el papel del peluquero en todo ese proceso?

Me volví hacia él con las manos salpicadas de sangre de cordero y olorosas a ajo.

—¿Tiene whisky, Fermín?

—¿Va a echarle whisky al guisado?

—No, pero podíamos arrearnos un pelotazo. Eso siempre inspira a los cocineros.

Sirvió dos vasos con litúrgico cuidado. Luego volvió a abstraerse, su mente seguía fija en la deducción contemplativa.

—No acabo de entender qué pinta el peluquero en todo este montaje.

Me volví hacia él, abandonando el asado.

—El peluquero es básico. En un primer acercamiento yo diría que tiene dos cometidos: por un lado selecciona entre sus clientes a los perros susceptibles de ser robados, ya sea por la pasta que tienen los dueños o por la facilidad de birlar las presas. Por otro, recomienda a los propietarios que acudan a Rescat Dog para recuperarlos.

A Garzón se le resbaló la patata que tenía en las manos, la cual fue rodando por el suelo hasta que *Espanto* la interceptó para olerla.

—¡Exacto, ése es el funcionamiento de la trama!

—Sin embargo, hay ciertos «peros» en esa trama que podrían cuestionarse. Por ejemplo, resultaría demasiado sospechoso que todos los perros robados pertenecieran al mismo barrio, acabaría sin duda por saberse. Supongo pues

147

que tanto el peluquero como el rescatador tienen contacto con otros colegas que también les proporcionan material. Quizás, subinspector, nos encontremos con una auténtica red delictiva que se extiende por toda la ciudad.

Encendió un cigarrillo con las manos manchadas por el almidón de las patatas.

—Pero ¿qué hace fumando? ¡Totalmente prohibido mientras cocinamos!

—Creí que ya habíamos terminado.

—¿Terminado? Son más de las siete y aún tenemos que arreglar las verduras para la ensalada, preparar la salsa de acompañamiento, cortar la fruta para la macedonia del postre...

—Sigo pensando que todo esto de comer es demasiado complicado.

—Trinche la lechuga en trocitos bien pequeños.

—Su teoría es muy buena, Petra, porque si de verdad estamos frente a una amplia red de estafas que se extiende por toda la ciudad, eso justificaría la gran cantidad de dinero en poder de Lucena.

—¡Naturalmente, se hinchaba a robar perros! Quite las simientes de los tomates.

—¿Y el móvil, el móvil para matarlo?

—El móvil es dinero, sin duda alguna. Nos da igual por el momento saber cuáles fueron las circunstancias. Pongamos que Lucena pedía más porcentaje y amenazó con delatarlos si no se lo daban, o se quedó con alguna cantidad que no le correspondía, o pretendía independizarse poniendo en peligro la seguridad del negocio si lo pescaban, o simplemente metió la mano en la caja de Rescat Dog mientras estaban descuidados. Es completamente indiferente, en cualquier caso quisieron intimidarle o ajustarle las cuentas y se excedieron. Si hubieran querido matarlo desde el principio, le habrían pegado un tiro, o si no hubieran tenido armas de fuego, le habrían arreado un solo golpe certero en la nuca con un bate de béisbol.

Garzón se había quedado mirando fijamente un tomate que sostenía en la mano como Hamlet la calavera.

—Sí, inspectora, sí, es usted lista. Más que lista, inteligente.

—Gracias. Soy como las mujeres sabias de Molière, igual horneo una lubina, que compongo un soneto de amor. Todo menos capturar criminales.

—Ríase, que yo sé lo que me digo.

—Vamos, Garzón, siga con sus labores culinarias. Por cierto, no está fijándose en nada de lo que hacemos, así nunca aprenderá.

—¡Ni hablar!, hoy he aprendido algo muy importante: el lingotazo del cocinero. ¿Cree que está suficientemente inspirada? Vamos a atizarnos otro por si nos falla la musa.

Me eché a reír. ¡Inefable Garzón!, estaba contento como un pajarillo. A sus cincuenta y tantos empezaba algo parecido a una nueva vida: estrenaba apartamento, gozaba de los placeres del amor frívolo y había descubierto que era capaz de valorar las virtudes femeninas en general. Bebí el whisky que me había ofrecido mientras lo observaba pelearse abiertamente con un rábano escurridizo. *Espanto*, instalado en un rinconcillo de la cocina, nos lanzaba de vez en cuando una lánguida mirada y luego suspiraba cerrando los ojos. Pensé que en aquellos suspiros profundos y resignados estaba contenida la opinión que le merecíamos como seres humanos. Ni nos envidiaba ni nos compadecía, se limitaba a vivir junto a nosotros, que es ni más ni menos el único modo posible de mostrar comprensión.

—Inspectora, he pensado que voy a intentar localizar también a aquella secretaria rubia y guapa que estaba en Rescat Dog. Quizás sabe algo. En cualquier caso es un cabo suelto que hemos dejado sin atar.

—Muy bien, hágalo. Aunque dudo que...

—*Cherchez la femme!* ¿No se dice así?

—Me temo que eso se le dé mejor que a mí.

A las nueve en punto una lozana ensalada reposaba en la nevera y toda la casa se había perfumado con el olor tibio del asado. Garzón y yo íbamos por nuestro cuarto whisky, de modo que nuestra inspiración gastronómica se había elevado hasta un grado byroniano. Él se hallaba ya en disposición de sugerir variaciones imaginativas para la macedonia de frutas, proponiendo que le añadiéramos cosas tan peregrinas como hierbas aromáticas o trocitos de galleta. Por supuesto ninguna de sus enmiendas fue aceptada gracias a mi férrea dirección.

—Estoy un poco nervioso, inspectora. Voy a inaugurar oficialmente una nueva forma de vida, nos encontramos a punto de resolver el caso... en fin, nunca había tenido tantas sensaciones excitantes al mismo tiempo.

—No corra demasiado, amigo mío, sea prudente. Necesitaremos presentar montones de pruebas para que el caso sea aceptado como resuelto.

—Las presentaremos.

—Habrá que cazar al rescatador, conseguir que el peluquero cante...

—Lo conseguiremos.

—Y a todo eso hay que anteponer que nuestras teorías sean ciertas.

—¿Aún duda de eso? Me siento fuerte, esta vez no podemos equivocarnos.

Garzón sufría un ataque de omnipotencia típico del que se siente libre tras largo tiempo enjaulado, aunque también coadyuvaba a su estado de euforia nuestra intensa sesión inspiradora a base de alcohol.

Pusimos la mesa con bastante detalle y yo iba apuntando las cosas que faltaban en la casa: un salero, una panera, cuchillos afilados para trinchar, copas de cava... Él observaba cómo la lista iba engrosándose sin la menor protesta. Estaba dispuesto a cualquier sacrificio con tal de instalarse como mandan los cánones.

A las nueve y cuarto llegó Juan Monturiol. Era cierto que cuando no lo tenía delante apenas si me acordaba de él, pero en cuanto lo veía se renovaba en mi ánimo el deseo de una aventura. Estaba magnífico con su aspecto de corsario salvaje apaciguado por la civilización. Me miró de manera franca y simpática, por lo que intuí que debía habérsele pasado el cabreo de la última vez. Una luz de esperanza surgió en el horizonte, pero no me dejé deslumbrar. En esta ocasión aceptaría la crueldad de las circunstancias, y si era imposible ligar con aquel hombre por motivos de método, no intentaría ninguna maniobra para cambiar el fatal destino. Al menos, siendo amigos, conseguiría que me hiciera una rebaja en sus honorarios profesionales cuando le llevara al perro para una revisión.

Espanto corrió a su encuentro y le dedicó varias carantoñas a las que Monturiol correspondió de modo experto.

—¿Cómo llevan ustedes el caso? —le preguntó a Garzón.

—Las cosas van adelantadas. Si todo marcha como pensamos, quizás dentro de poco tengamos que hacer otra celebración.

—¿También por partida doble?

—Le ruego que sea discreto delante de las chicas, amigo Monturiol.

Le echaba un par de pelotas, mi colega polizonte: ponía una cara angelical para pedir reserva sobre sus trapicheos amorosos. No me gustó que, frente a mis narices, estuviera gestándose un pacto de silencio entre varones. Sentí una corriente de solidaridad hacia «las chicas» que aún duraba cuando Valentina hizo su aparición. Para mi sorpresa y la consternación de *Espanto*, se presentó acompañada de su fiera *Morgana*. En el mismo instante en que mi perrillo la divisó, salió corriendo a toda velocidad para instalarse debajo de un mueble. La temible rotweiler lanzó un par de gruñidos sin decidirse a atacar. No tuvo tiempo de mucho más, su

151

ama le dirigió una orden abrupta en alemán que ella obedeció al instante. Se quedó tumbada, quieta, observando con ganas de bronca mal disimuladas cómo el morro de *Espanto* asomaba temeroso a ras de suelo.

Valentina estaba rutilante, por primera vez desde que la conocía podía verla con un atuendo de pontifical femenino y no vestida de amazona. Llevaba un traje de gasa vaporosa, verde manzana, que dejaba su musculosa espalda casi al descubierto. Zapatos verdes de tacón. En el cuello, un camafeo con un corazoncito y, engarzados a las orejas, unos grandes pendientes de esmeraldas falsas que completaban su pinta clorofílica de diosa de los bosques. El subinspector se la comía con los ojos mientras la acompañaba a visitar el apartamento. Hice un aparte con él para preguntarle si el corazoncito de Valentina también se abría por la mitad. «Me temo que, para los regalos, no tengo mucha imaginación», respondió en voz muy baja. Hubiera podido matarlo. ¿Cómo se le había ocurrido duplicar aquella pretendida muestra de amor? La verdad es que no comprendía qué pintábamos Monturiol y yo en aquella noche almibarada. Luego, mientras cenábamos, pensé que la explicación estaba en que Garzón se sentía tan contento que necesitaba testigos de su felicidad.

El vino corría por nuestras copas como por un circuito atlético. Mientras, Garzón se dedicaba con un descaro inconmensurable a dar cuenta detallada de la preparación culinaria de los platos. El muy caradura hacía ostentación de sabiduría doméstica frente a su enamorada. A mí aquella estrategia me parecía equivocada, o al menos inútil, ya que a Valentina parecía importarle un pimiento tal hacendosidad. Se dedicaba a comer con apetito, escuchaba al subinspector de refilón y mostraba las maneras autosuficientes de la mujer madura acostumbrada a vivir sola y sacar del fuego sus propias castañas. Impepinablemente, conversó sobre perros con Juan, y nos hizo una glosa de las habilidades aprendidas por *Morgana*. Era capaz de un montón de cosas: caminaba al lado de su ama sin adelantarse ni rezagarse, la esperaba en la calle mientras Valentina compraba en una tienda, seguía un rastro olfativo por el campo en las peores condiciones atmosféricas y, por mandato explícito, atacaba. Mucho más que yo en lunes. Miré conmiserativamente a *Espanto*, el cual seguía bajo el sofá, quizás afrentado por tantas virtudes caninas. Incluso Garzón cantaba las excelencias de la perra. Ésta no se daba por aludida y permanecía serena y hierática como galgo en tumba egipcia.

A los postres habían caído varias botellas de vino y el subinspector corrió a cambiar el tercio hacia el cava. Su nevera estaba bien pertrechada de alcoholes, para eso no había tenido necesidad de aleccionarlo. El resultado era que estábamos achispados, Garzón y yo más que eso. Juan Monturiol propuso un brindis: «Por la nueva vida que siempre comporta una nueva casa». Me percaté de la mirada húmeda y profunda con la que Garzón obsequió a Valentina. Hubiera jurado sin embargo que ella no se la devolvió. Aquella frase más bien la transportó hacia sus sueños personales. Levantó la copa hasta la altura de sus ojos festoneados de rímmel y dijo: «Brindemos». Luego salió por fin de algún abismo mental y añadió:

—Alguna vez yo también tendré una nueva casa. Estará en el campo, rodeada de árboles y de césped. El jardín contará con una parte trasera para los perros. Voy a dedicarme a la cría, seguramente de rotweilers. Pero no estoy hablando de un gran criadero tipo industrial donde se fabrican perros como churros. El mío sacará pocas camadas, será un «afijo» selecto, de los que conocen los que entienden. Haré un perfeccionamiento de la raza, vendrán de todas partes a intentar comprar uno de mis ejemplares.

Hubiera jurado que para ella era algo más que un simple proyecto.

—¿Y cuándo ocurrirán esas maravillas? —pregunté.

Salió de la ensoñación, agitó su cabellera rubia extendiendo efluvios de penetrante perfume a jazmín.

—¡Ah, por el momento sólo estoy ahorrando! Como no quiero que el terreno esté muy lejos de Barcelona, los precios son caros. Además, necesito una casa grande y unas buenas instalaciones.

—Para eso va a tener que entrenar muchos perros, Valentina.

Me miró tristemente. Luego, una sonrisa borró la preocupación de su rostro.

—¡El ahorro hace milagros!, y estar convencido de que vas a conseguir lo que te propones, eso también es básico.

—Yo creo que esta mujer conseguirá lo que quiera —soltó Garzón entusiasmado. Ella protestó zalameramente.

—¡Oh bueno, Fermín, no seas halagador! ¿Es que ni siquiera tienes un poco de música en esta cueva? ¡Podríamos bailar!

Garzón no estaba lo suficientemente bien instalado como para haber previsto aquella petición, pero improvisó una solución de compromiso trayendo un transistor desde su dormitorio. Supuse que ya debía de tenerlo en la pensión, donde lo utilizaría para oír los partidos de fútbol en la soledad de sus tardes dominicales. El sonido de aquella vieja radio era criminal, pero eso no parecía importarles mucho ni a él ni a Valentina. Ambos se enlazaron y empezaron a trotar por la habitación como dos saltamontes locos. Monturiol asistía a la escena francamente divertido, jaleando el follón que los danzantes organizaban. *Espanto* sacó un poco más la cabeza de su escondite para no perderse nada. Sólo *Morgana* permanecía impertérrita demostrando que a su mente cuadriculada por las reglas teutónicas, aquello no le afectaba. Quizás yo tampoco supe reaccionar ante el jolgorio, y me limité a sonreír. Al final del baile Garzón estaba fuera de sí por causa del alcohol y el amor e improvisó un numerito. Fingiendo ser un gran perro furioso, empezó a rampar y ru-

154

gir frente a Valentina. Ella, dispuesta inmediatamente a dar la réplica, se armó con una servilleta a modo de fusta y le propinó varios servilletazos mientras vociferaba confusas voces de mando: «*Aughf!, sine grumpen!*». El subinspector había perdido el oremus y ladraba como un poseso. Probablemente se trataba de un prejuicio mío, acostumbrada como estaba a su compostura de funcionario *demodé*, pero el caso es que toda aquella escena me pareció vulgar. Por si aquel jaleo fuera poco, *Morgana* se unió a la excitación general y empezó a ladrar. Supuse que en aquel momento los vecinos estarían encantados con la llegada del nuevo inquilino. Por fin Valentina hizo callar a su perra con energía.

—¡Dichoso bicho, no nos dejará en paz! ¿Por qué no la depositamos en mi casa y nos largamos a bailar por ahí?

Garzón no escuchó nada más. «¿Bailar, he oído bailar?», repetía compulsivamente mientras se ponía la americana.

—Yo creo que no iré.

—Ni yo —dijo Monturiol.

—¡Oh, vamos, anímense!

—Les alcanzaremos después, prometido.

Se preparaban para salir cuando Garzón cayó en la cuenta y volvió muy preocupado:

—Pero no podemos dejar la mesa en semejante desorden.

—Márchense, por una vez yo la recogeré, Garzón; pero recuerde que me deberá más cosas.

—Juro pagarlas todas.

—¡Estaremos en el Shutton, me encanta ese local! —soltó Valentina poniéndose un chal verde botella.

Salieron disparados, cogidos del brazo y diciéndose frases inconexas como un dúo de sainete. Juan se reía aún.

—¿Dices en serio lo de unirnos a ellos más tarde? —me preguntó.

—¡Naturalmente que no!, como tampoco digo en serio

que piense ordenarle estos trastos. Creo que con haber hecho la cena ya ha sido suficiente. Si acaso retiraré los restos de comida de los platos.

—Te ayudaré.

—No, vete a dormir. Piensa que mañana hay que repetir esta hazaña.

—Espero que con Ángela sea más tranquilo.

Me siguió llevando platos sucios. La cocina estaba como si le hubiera caído una bomba encima. Ni siquiera quedaba espacio libre en los mostradores para soltar nuestra carga. Busqué un pequeño hueco y dejé allí los vasos. Al volverme le di un golpe involuntario a Juan.

—Perdona, todo está muy complicado.

No retrocedió. Se quedó allí, parado, impidiéndome el paso. Olí su colonia suave, el perfume imperceptible de su halo, pegado a la ropa. Respiraba pesadamente, yo también. Entornó los ojos y me besó en la nariz, luego en la boca. Aún sostenía varios platos sucios en cada mano, como un acróbata de circo.

—¡Dios, ¿qué haces con eso?!

Se agachó y los dejó en el suelo. Volvimos a besarnos.

—¿Adónde vamos? —dijo él en voz baja.

—Al dormitorio.

—¿Aquí?

—Es un terreno neutral.

—Pero pueden volver.

—No en mucho rato.

Espanto estaba en la puerta, mirándonos. Le di un hueso de cordero para que royera y nos dejara en paz.

La cama de Garzón era de matrimonio y había sido hecha primorosamente, desde luego no para nosotros. Pero ¿qué importaba después de todo?, ¿acaso mi amistad con el subinspector era tan frágil que no pudiera soportar una pequeña suplantación? Al instante dejó de preocuparme lo que pudiera pensar Garzón. Noté el cuerpo desnudo de

Juan junto a mí. Aquel cuerpo que había tenido tantas veces delante sin tocarlo, de repente se concretaba en un tacto, un calor, un volumen, una realidad. Me di cuenta de hasta qué punto había estado deseándolo, hasta qué punto anhelaba tener entre mis manos su torso desnudo, quizás el torso desnudo de cualquier hombre.

A la mañana siguiente desperté en mi habitación sola y tranquila, con sensaciones confusas en la mente y nítidas en la piel. Me sentía relajada, feliz de haber podido encontrar una pequeña Suiza donde Juan y yo fuéramos capaces de firmar un armisticio. Había sido fácil después de todo. Sólo esperaba no tener que recurrir a aquel apartamento cada vez que entre nosotros se despertara el deseo. De pronto se me presentó la situación desde otra perspectiva: recordé el estado lamentable en el que habíamos dejado el campo de batalla. Era pasable el desorden de la cocina, pero ¡la cama!, deshecha, mancillada, con los trazos del amor impresos en el abandono... aquello era demasiado. Garzón se quedaría patidifuso al entrar en su dormitorio, quizás incluso me perdiera el respeto como superior. Y ¿de qué modo podía explicarle las especiales circunstancias de diplomacia y acuerdo político que habían determinado el uso de su cama? Sería mucho peor. Había que dejar que concluyera lo más directamente deducible: que Juan y yo habíamos sufrido un arrebato de pasión que no admitía dilaciones. Pensé que me moriría de vergüenza al volver a verlo. Sólo tenía la esperanza de que su caballerosidad le impidiera hacer cualquier comentario, por más tangencial que fuera, o que al llegar a su casa de vuelta aquella noche, estuviera completamente borracho.

Desayuné y me fui a comisaría. Poca gente en domingo, tanto mejor. Sobre mi mesa había dos informes negativos de las sendas vigilancias a las que teníamos sometidas la peluquería y la oficina de Rescat Dog. Tenía también los trabajos que había encargado al departamento de informática sobre perros desaparecidos. Los observé con atención, eran impecables. Por un lado habían elaborado una lista ordenada y única con todas las que les proporcioné. Aparecía clara y fácilmente consultable. En una gran hoja adjunta estaba el plano, un sintético mapa de Barcelona en el que habían sido representados por un minúsculo fémur rojo todos los domicilios en los que constaba un perro desaparecido. Me cautivó la idea del hueso, demostraba un humor poco usual en las dependencias policiales. Visto el conjunto en una primera ojeada, los puntitos rojos se hallaban muy diseminados por toda la geografía de la ciudad. Había una mayor concentración en los barrios ricos, lo cual no era sorprendente tratándose de perros de raza. Me fijé con detenimiento en la zona de San Gervasio, en los aledaños de Bel Can. Sí, quizás existía una profusión de fémures, pero no resultaba especialmente significativa, había otros lugares con la misma densidad. La suposición más lógica me llevaba a pensar que aquel negocio estaba montado en cadena. El centro neurálgico era sin duda Rescat Dog, pero Bel Can no podía constituir el único seleccionador de perros; eso hubiera sido sospechoso y poco rentable. Si todos los perros desaparecidos fueran clientes de la peluquería, hasta los propios dueños hubieran podido atar cabos. Aquello debía de estar organizado a lo grande, un asunto lo suficientemente lucrativo como para llegar a matar a un hombre si algo se salía de los cauces previstos. Con toda probabilidad Lucena tampoco era el único ladrón de perros en plantilla, debía de haber más. Una estructura importante cuya cabeza visible estaba huida. Esperaba que la orden de busca y captura que habíamos lanzado contra Puig diera pronto resultados. Tenía razones para creer que no andaba muy lejos. Su montaje era demasiado próspero como para que no estuviera al acecho, esperando ver cómo se desarrollaban las cosas, o intentando pasar cuentas con sus socios de modo más pausado... Por muy saneados que hubieran sido sus ingresos hasta el momento, no podían darle como para instalarse de por vida en Brasil. Estaba aquí, cerca de nosotros, dejando pasar el tiempo escondido en algún sitio seguro. Teníamos que hacerlo aflorar por sí mismo, como un hongo tras la lluvia. Quizás él solo cometiera algún error, de lo contrario, habría que forzar la máquina para que así fuera. Pero todo aquello era necesario sacarlo a la luz con pruebas, hacer que las piezas encajaran en los espacios vacíos. Volví a mirar el gracioso símbolo. Barrios elegantes llenos de huesecillos rojos. Siempre sería así, ladrones, estafadores, timadores... todos aguardando los puntos débiles de los ricos: su gusto por las joyas de diseño, por los cuadros de firma, por los perros de raza. Sabían sin duda del gran apego que los pudientes toman a sus queridas mascotas. Con seguridad cualquiera de aquellos perros por los que se pagó rescate, había sido cuantitativamente más amado que Lucena. ¿Lo pensaría él alguna vez?, ¿tendría esa idea en la cabeza cuando guardó cuidadosamente todo aquel dinero en el zulo de la cocina?, ¿se sentía compensado de las miserias de su vida?, ¿acaso Lucena había pensado o sentido alguna vez? Sí, su perro lo demostraba. *Espanto* era un animal sensible, incluso reflexivo, y de tal perro tal amo. Sin duda Lucena, alguna vez, se había encontrado triste y solo, despojado de familia, de nombre, de documentos. Alguna vez se habría percibido a sí mismo como un residuo de la sociedad boyante que existía a su lado. Pero en fin, así era todo, siempre quedarían en el mundo materiales sobrantes, desechos, restos, como esos montones de cascote que se recogen, inservibles, al concluir una obra de albañilería. Yo no podía hacer nada para que eso cambiara, pero sí debía descubrir a su asesino, aunque sólo fuera para demostrar que un resto humano vale algo más que un poco de cal y arena. Tras aquellos pensamientos tan ponderables, decidí irme a casa y prepararme cualquier cosa ligera para comer.

Por la tarde salí pronto en coche. Pasé por delante del

consultorio de Juan Monturiol. Juntos habíamos pasado un rato estupendo. Todo estaba saliendo bien, quizás por fin podría tener a alguien para quien follar no fuera incompatible con la amistad. En espera de que las cosas siguieran por buen camino me encaminé hacia mi segunda y última clase de cocina. En el coche volvieron a asaltarme los recuerdos perturbadores de la cama deshecha. La reacción del subinspector al verme sería básica para determinar mi buen o mal humor el resto de la noche. Pero no hubo problema, Garzón abrió precipitadamente la puerta y salió corriendo hacia el interior del apartamento casi sin saludar. «¡Tengo algo en el fuego!», gritó por todo recibimiento. *Espanto* fue tras él lleno de curiosidad. Yo preferí aprovechar la confusión para lanzar una mirada subrepticia al apartamento. Todo estaba en perfecto orden, lo había limpiado a conciencia. En un rasgo bastante infantil, atisbé a través de la puerta del dormitorio. La cama lucía impoluta. Nada hacía pensar en el pequeño préstamo no solicitado.

Más tranquila, acudí a comprobar qué sucedía en la cocina. *Espanto*, sentado en el suelo y estirando el cuello cuanto podía, no se perdía ni un detalle del caos en el que el subinspector estaba sumido. En el fuego cocía, o sería mejor decir fraguaba, un amasijo pardusco compuesto casi en su totalidad por tupidos grumos. Alrededor de la sartén había regueros de harina y otras tantas salpicaduras de leche.

—Observo, por los síntomas del desastre, que ha pretendido hacer una bechamel.

—¡Joder, Petra, no me hable! ¡En menudo berenjenal me he metido!

Estaba despeinado, sudoroso, congestionado.

—He querido sorprenderla y compré esta mañana unos canelones ya preparados. Sólo hacía falta añadirles la bechamel, así que fui a una librería a buscar algún libro de cocina. Pues bueno, he seguido las instrucciones de la receta escrupulosamente y mire qué cristo he montado. ¡Nunca más

160

volveré a hacerle caso cuando me diga que lo doméstico es fácil!

—¡Déjeme a mí! ¡Ayúdeme a tirar todo esto a la basura!

Entre los dos reorganizamos los espacios de trabajo. Puse de nuevo la sartén en el fuego, coloqué un buen pedazo de mantequilla encima.

—¿No decía el libro que debe calentarse la leche previamente?

—¡Y yo qué coño sé! Ese maldito libro tiene un lenguaje más complicado que el de los abogados. Le he echado un vistazo y no entiendo nada: baño María, rehogar, punto de nieve, sofreír, salpimentar... ¿por qué no utilizan palabras sencillas?

Negué varias veces con la cabeza mientras deshacía la harina.

—No, no es culpa del vocabulario, Fermín, lo que ocurre es que usted piensa inconscientemente que nunca aprenderá esas cosas. Es más, en el fondo de su corazón, cree que son una mariconada y que no tiene por qué esforzarse mientras haya mujeres que sepan hacerlas.

—¡Vaya, lo que me faltaba es justo una filípica feminista!

—Piense lo que le digo, piénselo.

Se puso a rezongar por lo bajo de malas pulgas, aún no recuperado de su estrés culinario.

—No se enfade conmigo, Fermín, yo sólo he venido a ayudarle. Por cierto, le he traído algo que le gustará.

—¿Otro libro de cocina?

—No, las listas y el mapa informático de los perros desaparecidos. Los dejé en el recibidor.

—Voy a echarles una ojeada.

—¡Ah, no, ni pensarlo!, usted se queda aquí viéndome preparar la bechamel.

—¡Cómo le gusta mandar!

Me eché a reír. Aparté la sartén del fuego para poder mirarlo a la cara.

—¿De veras piensa eso, que me gusta mandar?

—No, no, inspectora, yo no pretendía decir...

—Olvide los formulismos, Fermín, dígame la verdad. ¿Cree que me gusta mandar?

—Sí —musitó.

—Es curioso —dije—, puede que lleve razón, y sin embargo, es algo de lo que no soy consciente.

—Oiga, la bechamel se está poniendo grumosa otra vez.

—No se preocupe, ahora la remontamos. Venga, lo hará usted. —Me puse tras él y le dije cómo debía ir dándole vueltas a la masa. Después de algunos movimientos inexpertos dio con el quid de la sencilla maniobra y empezó a ejecutarla con brío.

—Lo hace muy bien.

—No, si al final...

Una hora más tarde habíamos acabado con los preparativos de la condenada cena. Sentados, con un whisky en la mano, ojeábamos los informes del ordenador. Esperé su dictamen.

—¿Qué le parece?

—No sé qué pensar, hay perros robados por todas partes. La zona de San Gervasio no llama especialmente la atención. Estos tipos debían de estar extendidos por toda la ciudad.

—Esa misma ha sido mi conclusión.

—Por eso Lucena tenía tanto dinero acumulado en su casa.

—Lo único que me extraña es que no hubiera contabilizado esas sumas en otra de sus libretas.

—Quizás si esa libreta existía, se la quitaran al atacarlo.

—Eso es lo que decimos siempre al llegar a este punto.

—Pues si lo decimos siempre, será porque es así.

Encendí un cigarrillo asintiendo sin convicción.

—Creo que ya le hemos dado suficiente tiempo a Pavía. El lunes a primera hora quiero tener lista una orden de registro para Bel Can. Les incautaremos la contabilidad, y que la revisen nuestros expertos.

—Entendido, inspectora. ¡Coño!

—¿Qué pasa?

—Que son las nueve menos veinte y a las nueve llega Ángela. Voy a cambiarme de ropa y a afeitarme otra vez.

—Está bien así.

—¡Ah, no!, no para Ángela, quizás para Valentina... pero con Ángela todo tiene que ser perfecto.

No supe cómo interpretar aquella afirmación. ¿Iba Ángela adelantada en la carrera por el corazón de mi compañero, o ganaba Valentina? ¿La necesidad de autoexigencia que le imponía la librera era algo positivo para el subinspector, o prefería la despreocupación junto a Valentina que le hacía sentirse más libre? Preguntas de amor. No hubiera deseado estar en la piel de Garzón ni muerta. Amor: elecciones, decisiones, incertidumbre, inseguridad, culpabilidad, dolor... ¡En feliz momento había dejado atrás todo aquello! Levanté la copa en solitario y brindé por mi conflictivo pasado sentimental y por mi pacífico presente erótico.

—¡Por ti, *Espanto*, único y fiel compañero de mi corazón!

Espanto no estaba para simbolismos grandilocuentes y bostezó sin demostrar el menor interés. Bebí. Desde el lavabo me llegaba el sonido de la maquinilla eléctrica de Garzón. Sin las insistentes dudas y preguntas mentales sobre el caso de los perros, aquél hubiera sido un momento de calma total.

A las nueve en punto se presentó Ángela acompañada de *Nelly*. La voluminosa perra se acercó a *Espanto* y ambos se olieron y estudiaron. Luego movieron el rabo, no había que temer ningún altercado. Ángela estaba guapa, más que eso, estaba bellísima. Un sencillo vestido negro con amplio cuello blanco enmarcaba la serenidad de su rostro. El pelo recogido en la nuca dejaba ver la grisura plateada de las sienes, Sobre el escote le caía el infamante colgante de Garzón, idéntico al de Valentina. Lo odié por eso. Miré a nuestros perros.

—*Espanto* se lleva muy bien con tu perra, a ella no le tiene miedo como a... —rectifiqué sobre la marcha— como a los otros perros grandes.

¿Es posible meter la pata justo cuando deseas fervientemente no hacerlo? Ella me miró con amargura y dijo:

—Los perros de defensa intimidan mucho, sobre todo en un pequeño apartamento como éste.

¡Dios, lo sabía, sabía que Valentina había estado allí con su rotweiler, o al menos lo sospechaba! Sólo esperaba que al menos no se lo hubiera contado el bestia de Garzón quedándose después tan fresco. Me invadió una nueva corriente de solidaridad hacia la librera, y cuando entró mi colega, repeinado y pimpante como un niño a la hora de la merienda, le hubiera estallado el vaso de whisky en el cráneo.

—¡Ya era hora, Garzón! Ángela hace un buen rato que está aquí.

Me miró sin entender nada, se acercó a la dama y, en el mejor estilo versallesco, le cogió la mano y se la besó brevemente. Ella sonrió, pareció relajarse.

Dos minutos más tarde llegó Juan Monturiol. El subinspector lo recibió con cordiales golpeteos en los omóplatos y comentarios jocosos sobre la necesidad táctica de contar con otro hombre en la reunión. No me hizo ninguna gracia. Afortunadamente la visión del hermosísimo veterinario logró devolverme la benevolencia. ¿Cómo podían exhibirse aquellos ojazos verdes y aparentar normalidad? Me embargó un sentimiento de orgullo por ser la depositaria pasajera de semejante belleza.

Fue una velada agradable, de conversación moderada y fluida como siempre que Ángela se encontraba entre nosotros; pero, a pesar de las buenas formas, flotaba en el ambiente un cierto enrarecimiento. La librera lanzaba de vez en cuando alguna puya dirigida al subinspector en forma de alusión al futuro incierto, a la soledad o a la incapacidad de los hombres para comprender el corazón femenino. En esos momentos Juan bajaba los ojos sintiéndose cómplice, yo descargaba un pensamiento iracundo contra Garzón y Ángela se mostraba triste. El único que parecía seguir tan campante era el propio Garzón, que las encajaba sin darse públicamente por enterado. ¡Joder con el poli provinciano, no sé cómo no me había dado cuenta antes de que era un sátrapa, un rompecorazones, un casanova! Sin duda había desarrollado la tendencia al exceso que muestran las personas largamente privadas de algo. Ayunadores habituales que de pronto sucumben a la gula más extrema, puritanos convertidos sin transición en ciudadanos de Sodoma. Mal asunto para él, mal asunto para todos.

Tras los postres nos sentamos a tomar una copa en el sofá y el malestar difuso que había capeado sobre toda la cena se concretó en algunos carraspeos innecesarios. Ángela decidió romper el silencio.

—¿Cómo va el asunto de los perros?

—¡En pleno meollo! —respondió Garzón.

Yo lo miré con severo escepticismo y rectifiqué.

—Digamos únicamente que no está parado. Acaban de pasarme una estadística completa y un mapa hecho por ordenador donde se indica la localización de los perros desaparecidos.

—¡Qué curioso! ¿Crees que podría verla?

Garzón fue a traérsela y ella se quedó mirándola con interés.

—Parece que los perros se han convertido en protagonistas de buenos negocios turbios —comentó.

—Como todo lo que se compra y se vende.

Garzón se había levantado y volvió al instante portando

la radio. Pedí a Dios que no se organizara una nueva sesión de baile. Dios me escuchó, porque mi compañero buscó una música suave y volvió a sentarse. Miró soñadoramente a Ángela, que seguía absorta en la lista. De pronto ésta levantó los ojos y se dirigió a Juan Monturiol.

—¿Has visto qué curioso? Mira las razas: snauzer gigante, pastor alemán, pastor de Brie, rotweiler, bóxer, dóberman...

—Sí, todos son perros de defensa.

—Son las razas que más se repiten en la lista, con gran diferencia sobre las de guarda, caza o compañía.

Dejé mi copa sobre la mesa, me incorporé en el asiento.

—¿Cómo interpretas eso, Ángela?

Agitó la cabeza de un lado a otro, algo azarada.

—No sé, no pretendía dar ninguna interpretación, sólo me resultó llamativo.

—¿Es más caro un perro de defensa, más vendible quizás?

Ambos expertos caninos intercambiaron una interrogación con la mirada.

—Puede ser, ahora están de moda.

—¿Le das algún significado a eso? —volví a preguntarle. Se aturulló como una niña a la que exigen demasiadas explicaciones tras una ocurrencia.

—¡Sólo hablaba por hablar!

—Lo sé, pero después de tu brillante intervención en lo de la peluquería canina...

Se rió, halagada, lanzando miradas coquetas a Garzón. Él no parecía interesado en el asunto de los perros; cuando estaba en compañía de sus «chicas» el trabajo le venía grande. Probablemente pasaba por un proceso de dejación de sus responsabilidades y yo me daba cuenta. Poco podía hacer sin embargo; no era por lo visto el momento idóneo para la pasión investigadora. Quizás era yo misma quien extendía en exceso el deber hacia mi vida personal; de hecho ni siquiera me había percatado de que la velada estaba agotándose, y de que Monturiol me miraba con ojos inquisitivos. Sí, se imponía una retirada, Ángela y Garzón estaban ausentes y acaramelados. Nos despidieron en la puerta entre agradecimientos y promesas de volver a vernos pronto.

Juan y yo caminamos por la calle oscura hasta el coche. *Espanto* nos seguía.

—Todo es extraño, ¿verdad? —le dije a Monturiol. Me observó sin entenderme—. Quiero decir mi relación con el subinspector, sus amoríos con Ángela y Valentina, nuestro propio ligue.

Dio un respingo al oír eso.

—¿Te molesta la palabra «ligue»?, podemos llamarlo de cualquier otra manera: enganche, *flirt*, flechazo...

—Preferiría dejarlo sin nombre.

Comprendí que podíamos volver a caer en dificultades pasadas. Lo cogí por un brazo vapuleándolo un poco.

—Tienes razón, las palabras todo lo matan. ¿Adónde vamos, a tu casa o a la mía?

—Donde tú quieras.

—Me es indiferente.

Sonrió y sonreí. Una batalla evitada. En el fondo era agradable dejarse la armadura olvidada de vez en cuando.

7

Garzón y yo nos reunimos el lunes a primera hora en comisaría. Ambos lucíamos unas ojeras dignas de Iván el Terrible. Demasiadas inauguraciones, demasiado amor físico. Yo me había jurado que, excepto en lo tocante al amor físico, no volvería a prestarme a más celebraciones solemnes. No estaba el horno para bollos. Llevábamos un retraso eclesiástico en la investigación y, en vez de concentrarnos o siquiera descansar, no se nos ocurría otra cosa que enzarzarnos en un programa de fiestas patronales. Antes de salir hacia la peluquería canina tomamos un par de tazas de café tan cargado como un tren en la India. Garzón se hundió en la suya dándose un baño salvador. Sondeé hasta qué punto podía contar con él.

—¿Se encuentra en condiciones de trabajar?

Agitó la cabeza al modo de un perro mojado.

—Estoy como una rosa —dijo, y yo lo miré pensando en esas rosas que languidecen durante lustros prensadas en las páginas de un libro.

—¿Tenemos la orden de registro?

Echó mano al bolsillo de su americana y le dio unos golpecitos con la palma.

—Con mención específica para incautar las cuentas.

—Creo que deberíamos consagrarnos al caso en cuerpo y alma, Garzón.

—Estoy de acuerdo.

—Las cosas pintan bien y, con un poco de suerte, quizás podamos resolverlo de manera fulminante.

—También estoy de acuerdo.

—No se me disperse en el trabajo, por favor.

—Ni pizca —soltó, y se quedó tan ancho.

¿Qué más podía decirle para remover los posos de su conciencia profesional? Nada, debía suponerle la suficiente madurez. Sin embargo, mientras íbamos en el coche sentí una punzada de inquietud al oírlo decir sin venir a cuento:

—Ángela es un sueño de mujer, un sueño.

Guardé silencio. Entonces preguntó:

—¿Y a usted qué tal le va con el veterinario?

Me molestó el compadreo amoroso. Me puse tensa y contesté:

—Le agradecería que cambiáramos de tema.

—¡Por supuesto que sí!

Tampoco mi brusquedad le afectó lo más mínimo, su euforia resistía cualquier embate. Afortunadamente cambió de actitud cuando llegamos a la peluquería. Su rostro cobró una expresión seria y las cejas que eran momentos antes un par de paréntesis soñadores, se convirtieron en amenazantes circunflejos.

Ernesto Pavía estaba en su negocio, junto a su encantadora esposa. Nos recibió sin demasiada sorpresa, con una frialdad calculada. Pasamos a su despacho. Las empleadas se mostraban más pendientes de nosotros que de las pelambreras que atusaban. Tomamos asiento civilizadamente.

—Señor Pavía, tenemos una orden judicial para inspeccionar su establecimiento y revisar las cuentas.

Adoptó una sonrisa cínica.

—Muy bien, no voy a oponerme a las decisiones de la justicia.

La francesa intervino.

—Nunca hubiera pensado que nos tratarían de esta manera.

—No es nada personal, señora.

Pavía la tranquilizó con unas palmaditas. Quedó callada.

169

—Mire, señor Pavía, yo creo que todo esto sería mucho menos desagradable si usted cooperara con nosotros.

—Ya les he dicho que no tengo inconveniente en que revisen lo que quieran.

—No se trata de revisar o no revisar, el caso es que vamos a acusarle de robo y estafa, algo grave. Y digo que es grave porque esa acusación comporta necesariamente otra acusación de asesinato en la que puede ser imputado como cómplice o incluso como principal responsable.

Se puso en guardia, apartó el cuerpo de su sillón gerencial y extendió ambas manos hacia delante.

—Un momento, un momento, tendrá que explicarme qué es todo eso, ¿verdad?

—Vamos a acusarle de complicidad con un tipo llamado Agustí Puig en un asunto de estafa continuada, y también de haber intervenido en el asesinato de Ignacio Lucena Pastor.

—¿Otra vez con eso? No sé de qué me habla.

—Tenemos pruebas, Pavía; dejémonos de historias.

—¿Que tienen pruebas?, ¿pruebas de qué?

—Tenemos la grabación del contestador automático de Puig en el que aparece su voz alertándolo sobre nuestra presencia. Un error fatal, de aficionado. No contó usted con que Puig iba a darse el piro.

Yo intentaba hablar con tranquilidad, bastante despacio, y lo observaba para registrar sus más mínimas reacciones. Aparte del lógico nerviosismo, no hubo ninguna. Era obvio que esperaba todo aquello, que estaba preparado para negarlo.

—Sigo diciéndole que no sé de qué me habla.

—¿No conoce a Agustí Puig?

—No.

Con pocas esperanzas de sacarlo de sus casillas empecé a rebuscar en mi enorme bolso de bandolera. Saqué una pequeña grabadora, la coloqué sobre la mesa y la activé. La voz del desconocido, tan parecida a la de Pavía, soltó íntegro el mensaje hallado en Rescat Dog. Mientras sonaba, yo no perdía de vista a la francesa. Sería útil saber si estaba enterada de todo el asunto. Parpadeó mínimamente, ejercitando un autocontrol quizás menos elaborado que el de su marido. Sí, ella estaba al corriente. Perfecto, otro frente por el que presionar. Pavía sonrió tras escuchar la cinta. Supuse que no debía recordar el contenido exacto de sus palabras y lo encontró más tranquilizador de lo que esperaba. Enseñó su dentadura perfecta en una mueca autosuficiente.

—¿Y ese que habla soy yo?

—Eso pensamos.

—¡Vamos, inspectora, seriedad!, esa voz puede ser de cualquier hombre.

—Pero es la suya.

—¿Pretende hacerme creer que va a utilizar esa estupidez como prueba para acusarme de un asesinato? ¡Ya está bien, por favor, hasta los niños de pecho saben que una grabación no se admite como prueba en ninguna parte!

La esposa intervino de nuevo, esta vez colérica.

—¡Esto es un insulto y un abuso! Esa voz de ninguna manera pertenece a mi marido. Nosotros somos empresarios honrados que trabajamos y damos trabajo, y ustedes se presentan aquí acusándonos de conocer a estafadores y hasta de asesinatos. Pienso pedir protección al consulado de mi país.

Pavía no intentó aplacarla en esta ocasión. Guardé la grabadora.

—¿Podemos echar una ojeada?

—¡Adelante!, quizás encuentren algún cadáver.

—También necesitaremos una copia de toda la contabilidad de los dos últimos años.

—¡Por supuesto, no tengo nada que ocultar! Hace poco recibí a un inspector de Hacienda, no creo que ustedes vayan a ser más exigentes.

Estaba dignamente ofendido. Miré a Garzón, ordenándole con un pestañeo que se pusiese manos a la obra. Lo hizo, buscó por las estanterías del despacho, en los cajones de la mesa. Salió al local y hojeó los libros donde se apuntaban las citas de los clientes. Por supuesto aquél era un trabajo inútil, y me percaté de que Garzón también lo sabía viendo el modo rutinario en que realizaba la operación. Nada sospechoso íbamos a encontrar allí, pero se trataba de un trámite obligado que podía contribuir a cierto derrumbamiento psicológico del sospechoso. Aunque todo en él parecía indicar gran entereza psíquica. Él mismo nos facilitó una copia de ordenador con todas las cuentas del período que le habíamos pedido.

—No es que desconfíe de usted, pero ya que lo tiene todo informatizado vendrán nuestros expertos para echarle una ojeada *in situ* a su contabilidad.

—¡Oh, sí, naturalmente, serán bien recibidos!, incluso les daremos de merendar. ¿Y no le apetecería a ninguno de sus hombres quedarse a pasar la noche? Tenemos mantas para perros.

—No, gracias, será suficiente con unas cuantas horas.

Ni se me hubiera ocurrido entrar en un juego de ironías con aquel gilipollas. En el coche le dije a Garzón:

—La cosa va a ser más dura de lo que esperábamos, ese cabrón no está dispuesto a cantar. Que intervengan sus teléfonos.

—Me encargo de eso.

—Tendremos que someterlo a algún tipo de presión psicológica.

—Lo haremos, y quizás mientras tanto nuestra gente le eche el guante a Puig.

—No podemos confiar en eso. ¿Ha cogido una lista de los clientes de la peluquería? Habrá que localizar a alguno a quien le desapareciera su perro y lo recuperara por medio de Rescat Dog. Lo interrogaremos.

—De eso también me encargo yo. Llevaré a alguien para que me ayude.

—Hágalo. Yo voy a darle todas estas cuentas al inspector Sangüesa. Le pediré que envíe dos hombres a Bel Can; no tengo muchas esperanzas de que encuentren algo, pero así comenzaremos la presión mas intensa.

—Nuestra visita ya ha sido un buen apretón.

—¿De verdad lo cree? Entonces hay que reconocer que esos tipos aguantan bien las tensiones.

—No hay aguante que cien años dure, inspectora.

—Ni que lo jure, quizás seamos nosotros los que nos cansemos primero.

—¡Eso jamás!

—No sea maximalista. Le veré luego en comisaría.

Me preguntaba cómo Garzón podía mostrarse tan seguro de sí mismo. No había motivos. Nos arrastrábamos de asunto cutre en asunto cutre sin dar con el asesino de Lucena y a él le parecía que el mundo estaba a nuestros pies. ¡Y metido como se encontraba en un buen lío amoroso! Pero Garzón era incombustible, se paseaba en pelotas por el Paraíso encantado de figurar como único Adán.

Sentada en la mesa de mi despacho revisé las cuentas de Pavía antes de dárselas al departamento de economía. Ni con café y un cigarrillo lograba entender nada. ¿Qué estaba buscando?, ¿coincidencias con la segunda libreta de Lucena? ¿Acaso su porcentaje era tan generoso como para haber acumulado tanto dinero en el plazo de un año? ¿Cuántos perros podía haber robado aquel desgraciado? Llamaron a la puerta; un guardia metió la cabeza en mi despacho.

—Inspectora Delicado, fuera hay una mujer que quiere verla.

—¿Una mujer?

—Dice que se llama Ángela Chamorro, que usted la conoce.

—Hágala pasar.

¡Tenía que suceder! Ahora la librera me pediría intercesión frente a mi compañero, o se quejaría de mujer a mujer sobre su proceder, o haría cualquiera de esas cosas que hacen las enamoradas que ven peligrar su amor. ¡Maldito Garzón!, ésta me la pagaría. Si hubiera tenido una ventana practicable habría huido por ella. El habitual aspecto sereno de Ángela me tranquilizó un poco.

—¡Ángela!, ¿has abandonado tu tienda?

—He dejado un rato a mi ayudante. Sólo estaré un momento, sé que tienes cosas que hacer.

Se sentó frente a mí recogiéndose la falda de cuadros verdes. La encontré algo demacrada.

—¿Te traigo un café?

—No quiero molestarte.

Salí a buscar un par de cafés mientras intentaba prepararme para el mal rato. Al volver, Ángela me recibió con una sonrisa triste. Removimos las tazas en un ambiente de cierta violencia y por fin empezó a hablar.

—La verdad es que ayer me quedé un poco preocupada después de que nos viéramos en casa de Fermín.

Me dio un vuelco el corazón. Aparenté naturalidad y despiste.

—¿Por qué?

—No he dejado de darle vueltas al gran número de perros de defensa desaparecidos que hay en tu lista. No existe proporción con el número de ejemplares de esas razas censados en Barcelona. ¿Comprendes lo que quiero decir?

La comprendía, francamente tranquilizada al ver que el motivo de su visita era nuestro caso.

—A raíz de eso he estado pensando y pensando hasta ligar el dato con lo que me dijo el otro día mi amigo Josep Arnau. Arnau tiene un criadero de rotweiler cerca de Manresa, aislado en el campo, como suelen estar todos los criaderos. Dice que desde hace tiempo vienen robándole perros por las noches. Buenos ejemplares adultos que él guarda para la reproducción. El pobre está harto, son animales de mucho valor.

—¿Relacionas eso con nuestro caso?

—No tengo ni idea, Petra, pero mi amigo también me dijo que otros compañeros criadores se han quejado de lo mismo. ¡Y todos crían razas de defensa! Al fin y al cabo, vosotros andáis tras el robo de perros, así que pensé...

—Es cierto, pero nuestra motivación es el asesinato de Lucena, y no veo qué relación pueden tener esos criadores con el muerto.

Se quedó levemente desconcertada. Cabeceó.

—Sí, supongo que llevas razón. Vosotros sabéis de estas cosas. Ha sido una tontería por mi parte venir.

—No, no lo es en absoluto. Más que eso, si me das la dirección de tu amigo iré a charlar con él. Lo de las razas de defensa es una coincidencia curiosa y, por más casual que parezca, debe investigarse.

Bajó los ojos agradecidamente.

—¡Oh, bien, tú decidirás lo que sea conveniente!

—Fijarse en las razas de los perros en vez de en su localización por barrios fue una aportación interesante, Ángela, y te aseguro que indagaremos por ese camino. ¿Llevas encima la dirección de tu amigo o se la darás a Fermín?

—La he traído, como no estaba segura de ver hoy a Fermín... —Buscó en su bolso y me tendió un papel—. Petra, con relación a Fermín...

Y bien, todos mis temores confirmados, llegábamos por fin al núcleo de la visita.

—¿Sí?

—Bueno, tú estás al corriente de que sale con otra mujer, ¿verdad?

—En fin, yo...

—No temas desvelar ningún secreto, yo sí lo sé. Él mismo me ha contado la situación.

Fui a encender un cigarrillo sin darme cuenta de que el anterior ardía a medio consumir en el cenicero.

—En lo último que pienso es en crearte ningún problema, pero sé que conoces bien a Fermín, que lleváis trabajando juntos desde hace tiempo.

—No es un conocimiento muy íntimo.

—Quizás sea suficiente para que me expliques por qué Fermín hace una cosa así. No puedo comprenderlo, se comporta conmigo como un auténtico enamorado. Me llama, exige verme, me llena de palabras tiernas... y sin embargo, sigue con esa tal Valentina sin ocultármelo ya, sin sentir remordimientos, como la cosa más natural.

—Sí, ya me he dado cuenta de esa actitud.

—¿Cómo puede tomarse el amor con semejante frivolidad? Yo desde que murió mi marido... en fin yo nunca había vuelto a enamorarme hasta ahora, Petra. Fermín es un hombre sencillo, bueno, divertido, lleno de vitalidad, pero no consigo saber qué es lo que quiere de mí, ni acostumbrarme a esta manera de vivir.

—Te comprendo muy bien, Ángela, de verdad. Pero me gustaría que te dieras cuenta de que Fermín no pretende jugar contigo. Tiene una edad a la que ya corresponde una cierta madurez; y lo cierto es que es maduro en muchos aspectos, pero no en cuestiones amorosas. Se ha pasado la vida junto a una mujer a quien no quería y sin preguntarse en qué podía consistir el amor. Y ahora, cuando menos lo esperaba, surgen dos mujeres maravillosas al mismo tiempo. Ni siquiera se plantea cuestiones de fondo, sólo cree que eso es estupendo. Está descubriendo el sentimiento amoroso, y no sabe aún lo que el amor comporta. Es muy probable que no tarde mucho en darse cuenta, pero hoy por hoy es incapaz de atender a nada que no sean sus propias sensaciones.

Había escuchado con recogimiento total. Asintió gravemente.

—Sí, te entiendo.

—Sin embargo, si tú quieres, yo podría decirle que al
menos...

Dio un violento respingo y se parapetó tras sus dos brazos extendidos hacia mí.

—No, por favor, te ruego que no le digas nada. Te su-
plico que ni siquiera le digas que hemos hablado.

—Está bien.

Se levantó, me tendió la mano y comenzó a caminar en
dirección a la puerta.

—¡Ángela!

Dio media vuelta.

—Te agradezco que hayas venido. El dato de tu amigo
el criador es sugerente, hablaré con él. —Sonrió con melancolía—. ¡Ah!, y créeme, Fermín no es un mal hombre.

—Lo sé —susurró, y desapareció dejando una estela
suave de buen perfume francés.

No, Garzón no era un mal hombre, era simplemente el
más condenado hijo de puta que me había echado jamás a la
cara, y si lo hubiera tenido delante en aquel momento, habría dado testimonio de ese hecho atizándole una soberbia
patada en el bajo vientre. ¡Aquello era el colmo, tener que
pasar semejantes tragos por su culpa! ¡Asuntos amorosos en
comisaría! Claro que me lo tenía bien merecido por haber
dejado que me involucrara en sus líos. Aunque, ¿qué coño
hubiera podido hacer para evitarlo? A ambas enamoradas
las había conocido en el transcurso de aquel maldito caso.
En fin, era inútil lamentarse por el pasado; pero debía hacerle saber a Garzón en la primera ocasión propicia, que de
ninguna manera aceptaría seguir metida en su azarosa vida
privada. Volví a mirar las cuentas indescifrables que tenía
sobre la mesa y me invadió un mal humor homérico. Decidí
informarme de si había novedades sobre la búsqueda de

Puig, más que nada por salir de aquel despacho en el que me sentía atrapada como en una ratonera.

Los días siguientes transcurrieron a la espera del resultado de la auditoría policial a Bel Can. Un hombre de Sangüesa aparecía cada mañana por la peluquería y se pasaba la jornada entera husmeando. Investigación y presión psicológica al mismo tiempo. Era evidente que la presencia del experto y nuestras visitas de vez en cuando, incordiaban a los Pavía; pero sus signos de nerviosismo, mínimos, no hacían pensar ni mucho menos en una confesión inminente.

Por su parte, Garzón había empezado a ver a los clientes de la peluquería. La mayoría no había recuperado a su perro desaparecido; sin embargo, a partir del tercer día, hubo algunos que aseguraron haber utilizado los servicios de Rescat Dog con resultados positivos. Nadie pensaba que en su trato con la empresa hubieran existido detalles sospechosos, todo se desarrolló de manera normal. Pagaron unas cien mil pesetas por rescate, y no les pareció caro; la alegría de tener de nuevo a sus animales fue tan intensa que se manifestaban dispuestos a haber pagado incluso más. ¿Cómo habían «perdido» a sus perros? La mayor parte no tenía una idea clara; los habían soltado un momento en el parque, los dejaron en el coche mientras entraban en el supermercado... ¿Cómo se habían enterado de la existencia de Rescat Dog? Quien lo recordaba afirmó haber encontrado pasquines de publicidad en su buzón. Una señora recibió la sugerencia de su peluquero canino, el señor Pavía. Garzón había hecho cuidadosas transcripciones de todos estos testimonios, y estaba contento con el fruto de los interrogatorios. Le aconsejé que no lanzara las campanas al vuelo por ese lado, era difícil probar algo con aquellos clientes, por ahí nunca daríamos con nada definitivo sobre el vínculo Puig-Pavía. Yo seguía confiando con más fuerza en el desmoronamiento psíquico del peluquero, que no se producía.

Una tarde, sentados ambos en mi despacho, le propuse

a mi compañero: «Vámonos de excursión al campo». Como no conseguía entenderme sin explicaciones, fue necesario hacerle un somero resumen de la visita de Ángela, de sus dudas sobre los perros de defensa y de su amigo el criador. Garzón se quedó patidifuso. Que Ángela hubiera venido a verme sin contarle nada lo dejó fuera de juego, pero tuvo aún la entereza de disfrazar su reacción con una pátina profesional. «Me parece ridículo mezclar a ese criador con nuestro caso», dijo, y yo sabía que, disimulos aparte, era verdad que le parecía mal. Él era enemigo declarado de iniciar nuevas líneas de investigación cuando teníamos otras en curso.

—¿Qué podemos perder? —le argumenté—. Además, le aseguro que estoy harta de esperar, de intentar poner nervioso a Pavía. ¡Soy yo quien está consiguiendo volverse histérica! ¡Y encima Sangüesa y sus hombres, lentos como caracoles! Llevan una semana para decir algo sobre esa puta contabilidad, en la que por cierto no confío demasiado.

—O sea que no confía usted en nada de lo que estamos haciendo.

—No plenamente.

—Pero sí le da por confiar en una corazonada de Ángela.

—Es más que una corazonada, es una sospecha.

—¿Ha pensado en la posibilidad de que las sospechas de Ángela no sean completamente desinteresadas?

—¿Qué quiere decir?

—Bueno, supongo que a Ángela le gustaría que nos diéramos cuenta de su perspicacia, de lo mucho que se preocupa por nuestro trabajo.

—Lo que quiere decir es que está intentando hacer méritos frente a usted.

—En cierto modo.

—Pues no lo había pensado, la verdad, como tampoco había pensado que pudieran existir individuos tan presuntuosos, fatuos y desalmados como para sacar esa conclusión.

—¡Inspectora!

—¡Ni inspectora ni leches! Usted me ha metido en su vida privada y eso me da derecho a opinar. ¿Y sabe lo que le digo, Garzón?, que su actuación de dios del amor en plan «dejad que las niñas se acerquen a mí» me parece impropia de su edad, ¡patética! Debería darse cuenta de una puta vez de que las personas a su alrededor tienen un corazoncito y pueden sufrir, ¿se entera?

—¿Es que ella le dijo algo cuando estuvo aquí?

—Pues, aunque le parezca increíble, no dijo nada de usted. Se limitó a brindarnos su colaboración ciudadana, eso es todo.

Garzón se mordió la comisura interna del labio. Procuré serenarme un poco. Fui hasta el perchero y cogí mi americana.

—¿Nos vamos, o prefiere quedarse?

Me siguió, mohíno. En el coche, más que enfadado, iba pensativo. Le pedí que me diera los cigarrillos que estaban en el bolso. El paquete estaba sin abrir. Lo hizo por mí. Sacó uno y me lo ofreció, me dio fuego intentando no taparme la visión frente al volante.

—Siento haberle chillado, Fermín, discúlpeme. No tengo ningún derecho y lo siento. Me he dejado llevar por un arranque.

—No, está bien lo que me ha dicho. Y lleva razón, además, lleva razón.

Continuamos viaje en silencio. La gravedad de los pensamientos del subinspector atravesaba su cráneo y se dejaba sentir en el aire. Miré el campo. El invierno había quedado atrás y todo estaba verde. Si no hubiéramos sido policías trabajando en un caso, la situación habría podido resultar idílica. Pero lo éramos, y nuestro caso se movía en la quintaesencia de la fealdad. ¿Qué hacía yo persiguiendo ladrones de perros y asesinos a golpes, mientras la hierba crecía allá fuera? Puse la radio. Nada de música clásica que embelleciera aún más falsamente nuestra cruda realidad. Un programa deportivo. Voces enajenadas denunciaban la injusticia de los árbitros. Aquello estaba más ajustado a nuestra vida. Todo el trayecto hasta Santpedor lo pasamos en aquella compañía reivindicativa de estupideces.

El criadero de Josep Arnau era un gran rectángulo vallado, solitario en medio del campo. Tenía un amplio jardín interior en cuyo perímetro se alineaban hileras de casetas adosadas. Unos cincuenta perros compartían aquellos habitáculos. En cuanto pusimos un pie en el interior del recinto, se organizó tal algarabía de ladridos que tuvimos que taparnos los oídos. Quedé impresionada por la fiereza que mostraban aquellos animales. Cincuenta perros rotweiler, todos juntos, todos negros, todos enseñando sus dientes tras las rejas, formaban un espectáculo excitante. Parecía en principio inverosímil que alguien se atreviera a entrar allí para robar alguna de aquellas fieras.

Arnau estaba ya informado de nuestra llegada y salió a darnos la bienvenida. Era un hombre enjuto y menudo, nervioso, sobre quien enseguida te preguntabas cómo era posible que lograra poner orden entre tantos bichos furibundos. Entre señas nos hizo pasar a su pequeño despacho. Allí hizo altavoz con sus manos y gritó: «¡En un par de minutos se callarán!». Nos sentamos los tres en silencio. Aproveché para echar un vistazo a las paredes, llenas de fotos de perros y diplomas de concursos caninos. Al cabo de dos minutos justos, el fragor exterior de ladridos cesó de pronto. Entonces Arnau nos dio las buenas tardes y empezó a hablar con cierta incontinencia. Se quejaba de robos; robos, según él, extraños. No eran masivos sino concretos. Solía faltar un solo perro, siempre macho, casi siempre joven o adulto. Eran ejemplares especialmente valiosos que había dedicado a la cría debido al temperamento natural que demostraron desde pequeños. Le parecía extraño que le robaran un solo perro y que nunca fuera un cachorro. Tenía cachorros de varias camadas siempre que habían entrado a robar, ¿cómo era posible que no los hubieran tocado si querían después comerciar? Un cachorro es definitivamente más negociable. Nos miró como esperando hallar en nosotros respuestas para estos enigmas.

—Sí que es extraño, señor Arnau, pero a mí me resulta aún más extraño que alguien sea capaz de robar uno de estos perros tan bravos.

—Quienes entraron sabían lo que se llevaban entre manos, y un buen conocedor puede hacerlo.

—¿No tiene usted sistemas de seguridad?

—Dejo un perro suelto por el jardín toda la noche. Es un guardián especialmente adiestrado.

—¿Hay algún sistema de alarma?

—Al estar al aire libre todos los sistemas son complicados y muy caros. Además, estando tan aislados dudo de que sirvieran para algo. Prefiero perder un perro de vez en cuando.

—¿Causan los ladrones daños al entrar?

—Ninguno, son de guante blanco.

—¿Han dejado marcas o huellas o...?

—Nada. Tampoco a los otros compañeros.

—¿Otros compañeros?

—No sé si Ángela se lo ha dicho, pero en otros criaderos de la provincia también han robado perros, y de la misma manera que a mí. Ya saben que en el mundo del perro nos conocemos todos.

Garzón se atusó el bigote con el meñique antes de hablar.

—Pero oiga, Arnau, a mí sigue sin cuadrarme el que, por mucho que entiendan los ladrones, entren aquí y despisten por las buenas a su perro guardián. ¿No será que lo narcotizan?

—No, lo he llevado al veterinario para ver si le encontraba rastros de medicamentos en un análisis y nunca salió nada.

—Entonces, ¿cómo demonios lo hacen? Tengo entendido que uno de esos perros con las órdenes convenientemente dadas ataca sin pensárselo dos veces.

Obviamente el subinspector había aprendido mucho de perros. Arnau se levantó y comenzó a dar espasmódicos paseos por el despacho.

—No crea que no me he preguntado eso mismo muchas veces y verán, he llegado a la conclusión de que sólo existen dos maneras de hacerlo. Una, que los ladrones se presentaran aquí con una perra en celo. Eso anula cualquier orden. Es una posibilidad, rebuscada pero no imposible. Otra es que el tipo, o mejor dicho los tipos que saltaron la verja, mantuvieran a mi perro en alerta pero sin darle motivos para el ataque final.

—¿Y cómo se hace eso?

—Pues empleando movimientos pausados, lentos, sinuosos. Así uno de los ladrones mantendría al perro ladrándole de cerca pero sin morder, mientras el otro se dirigiría a las jaulas y cometería el robo. Aunque para eso y, usted perdone, inspectora, hace falta un par de cojones.

—Yo no lo haría, desde luego —dijo Garzón.

—¡Ni yo! —añadió Arnau enseguida para no dejar sólo al subinspector en sospecha de falta de hombría.

—Es mucho riesgo, y todo para robar un solo perro. ¿Por qué no le pegan un tiro a su amaestrado?

—Ni deben tener armas de fuego ni les interesa. Si hicieran eso la policía tomaría el asunto en serio y perderían el chollo.

—¿Ha denunciado alguna vez los robos? —intervine.

—Al principio, pero para el caso que me hicieron... ¿Van ustedes a investigar?

—Nosotros estamos investigando el asesinato de este hombre, señor Arnau, ¿lo conoce?

Se quedó mirando la foto de Lucena con ojos alucinados.

—No, ¿quién es?

—Un ladrón de perros al que han matado de una paliza.

—¡Carajo!, no creí que las cosas estuvieran tan mal.

—Pues ya ve.

Hicimos ademán de marcharnos.

—¡Eh, un momento! Hay que despedirse aquí. En cuanto salgamos al jardín ya no tendremos manera de entendernos.

En el viaje de vuelta Garzón estaba cabreado.

—Tenemos localizados a dos sospechosos de primera magnitud y a usted sólo se le ocurre largarse a visitar criadores en el campo. A veces no la entiendo, inspectora, parece que le haya tomado el gusto a ir solucionando cosillas de paso.

Sonreí irónicamente. Estaba cansada, no tenía ganas de discutir.

—Quizás está en lo cierto y las cosas importantes me vienen grandes.

—¡Yo no he querido decir eso!

—Lo sé, Garzón, lo sé. ¿Tomamos una copa al llegar a Barcelona?

Se removió en el asiento, incómodo.

—Lo siento, pero es que he quedado para cenar.

—Desde que es usted un casanova no hay manera de estrechar lazos laborales.

—No me joda, Petra, no me joda —dijo como un niño culpable, y se puso a mirar por la ventanilla, donde ya sólo se percibía oscuridad.

Cuando el inspector Sangüesa nos dio los resultados del chequeo contable en Bel Can, nos invadió el desánimo. Si habían existido partidas grandes de dinero que hubieran entrado o salido irregularmente, no quedaba ni rastro de ellas. Todo llevaba a pensar que se había procedido a un concienzudo blanqueo. Sí encontramos por el contrario cantidades sueltas sin justificar que de hecho coincidían con las cifras de Lucena. Poco podía probarse con aquello. Ignoro lo que Garzón había esperado, obviamente más que yo, pero el caso es que se llevó un berrinche al comprobar que, tampoco gracias a los números, íbamos a salir del atolladero. Estaba indignado.

—Ya me dirá usted cómo coño acusamos a alguien de un asesinato con esta mierda de pruebas.

—Intentaremos presionar a Pavía con esas pequeñas cantidades flotantes.

—Sabe usted perfectamente que todo eso es basura, inspectora.

—La suma de pruebas no demasiado determinantes ha servido en más de una ocasión para imputar a sospechosos, o al menos para forzarlos a una confesión.

—Ese jodido Pavía pasa de coacciones psicológicas. Llevamos varios días apareciendo por su tienda, preguntándole cosas, pidiéndole papeles, tocándole los cojones por todos lados, y ¿qué hemos conseguido? Nada, ahí lo tiene tan pimpante.

—¡Usted era quien decía que la cosa estaba madura!

—¡Y no creo haberme equivocado!, sólo que ese tipo necesita otro tipo de coacción que no sea psicológica.

—¿Qué propone, un apaleamiento?

—Es una idea.

—No sea bruto, Garzón, eso tampoco nos sacaría de problemas.

Rezongó un buen rato mientras yo procuraba no hacerle caso, pero sin duda llevaba razón. Si ni Pavía ni su esposa habían cantado ya, las posibilidades de que lo hicieran mermaban día a día. A cada momento irían sintiéndose más seguros, convencidos de que estábamos maniatados frente a la sospecha de su culpabilidad. Y, para colmo, tampoco aquella sospecha había tomado forma clara en la hipótesis.

185

¿Quién había matado a Lucena? ¿Puig, Pavía, o ambos? ¿O quizás ninguno de los dos? ¿Y aquel importante montón de millones que Lucena guardaba? Ese dinero continuaba siendo una pincelada inarmónica en aquel cuadro casi completamente terminado. Pero en fin, no podíamos permitirnos el lujo de añadir interrogantes nuevos. Debíamos trabajar con lo que teníamos, de modo que decidí hacer un último intento de intimidación citando a Pavía en mi despacho.

Solemos pensar en pilotos de avión o jugadores de póquer cuando nos referimos a tipos con nervios de acero. Después del interrogatorio a Pavía, sería necesario incluir peluqueros caninos en la lista. No hubo manera de hacer que se tambaleara. Aguantó. Aguantó las preguntas que hacían referencia a las pequeñas cantidades no controladas y aguantó cuando le dije que algunos de sus clientes habían recibido la recomendación de él para acudir a Rescat Dog.

—¡Vaya! —exclamó—, ¿y eso le sorprende? Tengo carteles de publicidad de esa empresa colgados en mi tablón de anuncios. Igual que los tengo de grupos teatrales, de fiestas fin de carrera, de cualquier particular que me pida colgar una nota gratuita. ¿No se había fijado?

Exultaba de alegría contenida y de impertinencia. Se sentía liberado. Estaba seguro de que nada sabíamos y de que no podíamos acusarlo firmemente. Dio otra vuelta de tuerca.

—¿Siguen empeñados en acusarme de asesinato?

—Desde luego, del mismo modo que vamos a acusarle de estar metido en una trama dedicada al secuestro de perros.

Le dio un ataque de risa. Las falsas carcajadas galvanizaron su cuerpo. Le observé sin cambiar de expresión. Garzón vibraba, nervioso, a mi lado.

—¡Ah, disculpe, inspectora, pero es tan gracioso! Y dígame, cuando los secuestramos, ¿qué se supone que hacemos? ¿Enviamos a los dueños un mechón de su pelo, o retratamos a los chuchos junto al periódico del día para que se sepa que están bien? O no, mejor que eso, quizás llamamos a casa de los dueños y hacemos ladrar un poco al perro por el auricular.

Continuó riéndose como un loco. Garzón se levantó de improviso y fue hacia él con la energía de un búfalo.

—Oiga, gusano, le juro que cuando lo coja por mi cuenta no le van a quedar putas ganas de reírse más en la vida.

Tuve tiempo justo para incorporarme y retenerlo por un brazo. De lo contrario, con toda seguridad hubiera estampado su grueso puño contra la nariz de Pavía. Éste se asustó seriamente, pero logró recomponerse enseguida.

—Inspectora, no soy un pardillo, no toleraré ni un abuso de autoridad. Me quejaré oficialmente. ¿Puedo marcharme ya?

—Sí, váyase, señor Pavía, y no le quepa duda de que estaremos en contacto.

Garzón continuaba enfogonado cuando salió el sospechoso. Me miró casi con odio.

—¿Cómo ha consentido que ese figurín, que ese esquilaperros hijoputa se cachondee de nosotros? ¿Por qué no me ha dejado intervenir?

—¿Intervenir? ¿Pero no se da cuenta, Garzón? Ese esquilaperros como usted dice está asesorado por un abogado. Sabe muy bien que no tenemos pruebas suficientes para acusarle. ¿Qué quiere, buscarse un follón aporreándolo?

Le dio un golpe a la silla donde Pavía había estado sentado.

—¡Mierda! No sabe las ganas que le tengo.

—Pues conténgase.

—Estamos varados, inspectora; es usted la que parece no darse cuenta. Si ese cabrón no confiesa se acabó el caso.

—¡Serénese!, algo se nos ocurrirá.

Se dirigió hacia el perchero y cogió su astrosa gabardina.

—Vámonos a tomar una copa, estoy hasta los cojones de todo esto.

—Lo siento, Fermín, pero hoy soy yo quien ha quedado.

—¿Ha quedado?

—Sí, también tengo derecho, ¿no le parece?

Se marchó aún furibundo. Con la gabardina arrugada y el ceño fruncido parecía un paquete postal que hubiera viajado mil kilómetros en una saca. ¡Los arranques de Garzón! Si era igual de fogoso en el amor, comprendía su éxito con las mujeres. Recogí los papeles de la mesa y me marché. Era suficiente por el momento, no hubiera sido prudente llegar tarde a la cita.

Monturiol me esperaba en la puerta de mi casa, montado en su furgoneta con rótulos como un comerciante de pro. Lo encontré quizás menos atractivo enmarcado en su realidad económica. Al entrar, comprobé que mi asistenta había dejado las cosas limpias y arregladas, por lo que sentí un arrebato de adoración hacia ella. *Espanto* también hubiera pasado sin mácula una revista del ejército ruso, y la cena resplandecía en el microondas como una joya medieval. No me quedaba por hacer nada que no fuera mostrarme seductora y hechicera con mi hermoso visitante, así que me puse manos a la obra y serví un par de copas que ayudaran a comenzar. Sonreí, consciente de un sensual parpadeo que aprendí a ejecutar durante mi juventud. Monturiol también sonrió, y contra todo pronóstico lógico en aquella situación, exclamó:

—Te preguntarás qué ha sido de mi vida sentimental hasta hoy.

—No —respondí en un desesperado intento de cerrar su peligrosa pregunta que esperaba retórica.

—Es discreto que digas eso, pero yo sé que no es así.

Fue inútil; cualquier esfuerzo por mi parte estaba condenado de antemano. Juan Monturiol había decidido cometer el error insalvable de deslizarse por las resbaladizas lomas de las confidencias. Semejante desliz sólo es comparable en el área femenina con una mujer que se decidiera a presentarse frente a su amante ataviada con un traje de primera comunión. No hay nada que mate con más rapidez el deseo que la relación de matrimonios desgraciados de la que nos hace partícipes un galán. Pero le escuché, ¿qué carajo podía hacer sino escucharle? Le escuché durante el aperitivo, y durante la cena, y seguía escuchándole cuando, ya resignada, serví el café. Monturiol me contó su historia, un primer matrimonio con una bellísima profesora de instituto a quien le dio por evolucionar hacia oscuras posiciones orientalistas. Estaban presentes en el argumento todos los ingredientes esperables: el progresivo alejamiento, la falta de comunicación, los objetivos vitales divergentes... Luego venía el hecho fatal: su ex esposa se había largado con una especie de budista nada cuidadoso de su aspecto físico. Y tras el hecho fatal se planteaba la auténtica pregunta englobadora y afrentosa: ¿está mejor vendiendo collares en las Ramblas con ese individuo que conmigo en la tranquilidad de un hogar?

La segunda esposa había sido un flechazo. Una joven divorciada con una hija de tres años. Amor a primera vista y decisión de matrimonio a instancias de ella. Todo perfecto: niña, perros, desayunos en la cama los fines de semana... una postal de Navidad. Hasta que al segundo año, sin que hubieran mediado signos de decadencia, ella se le presenta hecha un mar de lágrimas con el cuento de que piensa volver con su ex marido. Estupor, indignación, pero sobre todo, curiosidad: ¿por qué volver con un tipo con el que has estado peleándote por teléfono durante cuatro años por los pretextos más fútiles? Respuesta de agarrarse: se ha dado cuenta de que no todo estaba perdido y de que lo mejor para la niña es tener de nuevo una familia normal.

—¿Tú lo entiendes? —inquirió Juan—. ¿Entiendes por qué las mujeres acaban huyendo de mí?

Yo andaba ya por mi quinto whisky de supervivencia y estuve a punto de responderle con sinceridad, pero una última luz de sensatez me hizo seguir la senda esperada.

—No deberías atormentarte por eso, Juan —canturreé gangosamente, y él apuntó un último lugar común:

—Lo intento, pero al final siempre surge la duda de si la culpa está en mí.

Todas las historias sentimentales son la misma desde que William Shakespeare dejó de escribir; así que cuando quiero sumergirme en lagos amorosos, releo alguna tragedia y en paz. Pero eso es algo que ningún hombre podrá jamás comprender; ellos siguen empeñados en reinventar la pólvora cien veces, en sentirse siempre los primeros, como Amundsen enfundado en su traje polar.

—¿Quieres que nos vayamos a la cama? —le pregunté como único recurso aún viable.

Accedió, pero la cosa no funcionó del todo bien, porque él estaba aún sumido en sus pasadas desdichas y yo tenía la cabeza llena de confidencias y alcohol. Para colmo, a las siete de la mañana sonó el teléfono despertándome con un sobresalto.

—¿Inspectora? —Oí la voz despejada de Garzón al otro lado del hilo como si fuera un pájaro trinando.

—¡Garzón!, pero ¿qué coño...?

—Tengo una buena noticia que darle, inspectora. Pavía ha confesado.

—¡¿Qué?!

—Lo que oye. He conseguido que confiese.

—¿Que ha conseguido?, ¿qué ha pasado?, ¿qué demonios le ha hecho?

—Tranquila, no le he tocado ni un pelo, ni siquiera me he acercado a él. Todo ha sido por métodos psicológicos, como a usted le gusta.

—Quiero saber dónde está y qué ha pasado.

—No se altere, Petra. Estoy en comisaría y todo va bien.

—¿Ha confesado haber matado a Lucena?

—No, eso no lo ha confesado. Es más, jura que no ha sido él.

—¿Entonces?

—Es mejor que venga ahora mismo, inspectora. Pavía está dispuesto a firmar su declaración. Ya le explicaré los pormenores.

Creí que Juan estaba dormido, pero en cuanto colgué el teléfono sus brazos me atenazaron y sentí una ristra de besos bajar por mi espina dorsal.

—Lo siento, Juan, pero tengo que irme.

—¿Ahora?

—Es posible que hayamos atrapado al asesino de Lucena.

—Pues si lo habéis atrapado no se moverá de ahí, quédate un ratito más.

Salté de la cama, molesta por aquella frivolidad. Acabé de vestirme en la cocina y me preparé un apresurado café. Mientras conducía hacia comisaría notaba el corazón desasosegado por la resaca y la inquietud. ¡Métodos psicológicos!, a saber qué entendía Garzón por «métodos psicológicos». Con seguridad me encontraría al peluquero con la piel hecha tiras después de haber sufrido todos los suplicios de la Inquisición.

Sin embargo, tal y como el subinspector me había jurado, Pavía estaba intacto. Físicamente intacto, quiero decir, porque en realidad sus nervios se hallaban completamente destrozados. Después de atender a las explicaciones de mi compañero, comprendí que lo que él entendía por métodos psicológicos hacía referencia a una auténtica tortura mental. Garzón, el bestia de Garzón, había esperado a Pavía hasta el cierre de Bel Can. Cuando se encontraba bajando la valla metálica del establecimiento, lo abordó y le pidió que lo acompañara hasta el coche. Una vez allí, lo hizo subir y lo condujo hasta un descampado. ¿Cómo había conseguido el subinspector que un hombre seguro de sí mismo, asesorado con seguridad por un abogado, nada estúpido en definitiva, le siguiera mansamente en lo que tenía todos los visos de ser un procedimiento muy irregular? Fácil, Garzón no estaba solo. A su lado, atada a su muñeca por una correa corta, gruñía amenazadoramente *Morgana*, la perra de Valentina Cortés.

—¡Hostias! —grité.

—Déjeme acabar, Petra, no se precipite. Yo sé cómo manejar a *Morgana*, Valentina me ha enseñado. No existía ningún peligro de que el animal se me desmandara.

Para enterarme del resto tuve que contenerme apretando dientes, puños y todos los músculos de mi cuerpo.

—Al principio, y para que Pavía viera que no iba de farol, le di a *Morgana* unas cuantas voces de mando que ella obedeció al instante. «Ya ve, Pavía... —le dije después al tipo—, cuando yo quiera este bicharraco le salta al cuello y le corta la yugular. Así como suena, limpiamente. Luego vamos a ver cómo se descubre quién se lo cargó a usted.» Aún aguantó un rato más sin contestar mis preguntas, nervioso pero firme. Entonces le grité a *Morgana*: «*Gib laut!*», lo cual quiere decir: «¡Ladra!». La perra se dirigió al sospechoso con un ladrido ronco, preciso, justo. Pavía empezó a aterrorizarse. Fue el momento en el que le dije con todas mis fuerzas: «*Voran!*», que significa «¡adelante!». ¡Ah, si hubiera visto cómo se portó *Morgana*! Se abalanzó sobre él, yo sujetándola con un esfuerzo tremendo, gruñía, babeaba, daba dentelladas al aire. Ahí el sospechoso ya se desmoronó del todo y me pidió que contuviera a la perra. Estaba dispuesto a hablar.

—¡El sospechoso!, deje de llamarle el sospechoso, mejor llámele el mártir, o la víctima. Pero ¿cómo se le ha ocurrido hacer una cosa así?, ¿no sabe que las confesiones obtenidas bajo coacción policial no tienen validez?

—¡Nada de eso! Pavía se ha concienciado y está dispuesto a soltarlo todo. Dijo que lo que ha hecho no es lo suficientemente grave como para que lo encierren de por vida. Se dio cuenta de la envergadura del caso al ver hasta qué punto estaba yo dispuesto a llegar. *Morgana* lo devolvió a la realidad de su situación. Entonces yo le grité a *Morgana* «*Aus!*», que quiere decir «basta» y se quedó quieta automáticamente.

—¡Deje de pegar berridos en alemán como un maldito nazi! Así que se ha concienciado, ¿eh? En cuanto Pavía tenga delante a su abogado va a lloverle una demanda que puede incluso apartarlo del servicio. Pero ¿no se da cuenta?

—Ya verá como no. El abogado comprenderá que hemos descubierto la culpabilidad de su cliente, deducirá que pueden venirle mal dadas y que lo mejor es no verse envuelto en una acusación de asesinato.

Me senté. Me pasé las manos por la cara.

—Ha sido un error, Garzón, y una imprudencia.

—¡Estaba hasta los cojones de que ese señorito se cachondeara de nosotros! Ya no le han quedado ganas de reírse, se lo garantizo.

—Veremos quién ríe el último.

—¿Es que no le interesa saber qué me ha contado Pavía?

Asentí gravemente sacando fuerzas de flaqueza.

—Entérese, Petra: todas nuestras suposiciones eran exactas. Puig y Pavía son cómplices. Tenían contratado a Lucena, a quien le pagaban de vez en cuando de treinta a cincuenta mil pesetas por robar los perros que el peluquero le señalaba. Eso sí coincide con las cantidades en la segunda libreta de Lucena, ¿se percata? Pavía dice que él no era la única fuente de información de Rescat Dog. Puig tenía otros informantes estratégicos. Además, ellos dos colaboraban en otro negocio sucio, algo relacionado con el blanqueo de dinero.

—¿Y la muerte de Lucena?

—Él jura y perjura que no lo mató. Tampoco acusa a Puig de ello. Dice que ambos dejaron de ver a Lucena hace

193

un año. El propio Lucena se largó del negocio, convencido de que su cara ya era demasiado conocida y podía resultar peligroso. Pasó a hacer otra cosa.

—¿Qué cosa?

—No lo sabe.

—Naturalmente, no lo sabe.

—Yo creo que no está mintiendo, inspectora. Puede que sea verdad que perdieron de vista a Lucena, ya ha pasado anteriormente. El tipo tenía tanto pánico que me pareció sincero.

—¡Claro que era sincero!, total, con una fiera de sesenta kilos enseñándole las fauces ensangrentadas... ¡Seguro que hubiera confesado el asesinato de Kennedy con tal de quitársela de encima!

—¡Justamente!, y entonces ¿por qué se plantó en un punto no queriendo reconocer de ningún modo que había matado a Lucena?

—¿Quiere decir que siguió achuchándole a la perra aun después de haber confesado?

—¡No había confesado lo principal!

—Es usted como Nerón; como Nerón y Calígula juntos.

—Soy como quien usted quiera, pero gracias a mí vamos a poder desatascar el caso.

—Eso siempre que no le echen de la policía, lo cual empiezo a pensar que se tiene bien merecido.

Interrogué yo misma a Pavía. Su cara estaba aún pálida como la de un muerto. Reiteró punto por punto toda la confesión que le había hecho a mi compañero. Se negó en redondo a admitir que hubiera matado a Lucena, al cual Puig y él conocían exclusivamente con el sobrenombre de Retaco. Hacía un año que no le veían. Con respecto a Puig, su cómplice, dijo saber que andaba metido en un montón de asuntos fraudulentos con los que él nada tenía que ver. Tampoco sabía cuál podía haber sido la ocupación de Lucena en el que había resultado ser el último año de su vida.

La historia se repetía de un modo inquietante, porque si perdíamos el rastro de Lucena, ¿qué teníamos en realidad? ¡Nada!, un nuevo delito cutre de estafadores y robaperros. A no ser que la confesión de Pavía fuera incompleta y no estuviera dispuesto a declarar que había matado a Lucena ni con perro rabioso incluido. El caso no estaba tan desencallado como Garzón pensaba. Sólo existía un modo de comprobar más o menos fehacientemente que Pavía estaba diciendo la verdad, pero era complicado de ejecución y de resultado incierto. Aun así, se lo propuse al subinspector y estuvo de acuerdo. No teníamos muchas más opciones.

Dos días más tarde, le brindamos un pacto al abogado de Pavía. Era sencillo, si Pavía consentía en hacer una llamada a Puig (estábamos convencidos de que sabía dónde se encontraba), su defendido no sería acusado de nada hasta la captura del segundo sospechoso. Eso le permitiría no estar en la cárcel todos aquellos días. Si de verdad Pavía era inocente, la verdad se derivaría del testimonio de Puig, con lo que el primero no sería acusado de asesinato. La segunda parte del plan era obvia: Pavía le propondría a Puig saldar cuentas atrasadas, le daría una cita en algún lugar tranquilo y nosotros lo trincaríamos en ese momento. Después podríamos interrogarlo y comprobar que su versión no contradecía la de su cómplice. Suponíamos que Puig no dejaría de aceptar una cita semejante, puesto que el dinero era, en su condición de huido, demasiado valioso como para despreciarlo.

El abogado aceptó. Tampoco sus posibilidades eran excesivas y el hecho de que su cliente no fuera inculpado de asesinato, parecía importante para él. Faltaba confirmar si Pavía conocía el número en el que podía localizar a Puig. Por supuesto, lo sabía. El que en sus teléfonos intervenidos no hubiera quedado registrado ningún intento del estafador por ponerse en contacto con él lo demostraba. Claro que el hecho de haber podido hablar ambos en cualquier momento restaba validez al posible testimonio de Puig. Quizás se habían puesto de acuerdo sobre una versión común de los hechos. En cualquier caso, el interrogatorio de Puig me parecía básico, y también a Garzón.

Pusimos el cebo. La pieza no podía tardar en caer. Le juré a mi compañero que si esta vez la pista de Lucena volvía a perderse entre las brumas, ingresaría en la orden de las Carmelitas Descalzas. Él se solidarizó y dijo que haría lo propio con los benedictinos. Confiábamos en que nuestros priores nos dejaran reunirnos a tomar una copita de licor estomacal de tanto en tanto.

8

Pavía le dio cita a Puig en un bar de Casteldefells, a las diez de la mañana de un miércoles. Dos guardias se instalaron en el local con monos azules de currante. Como Puig nos conocía, Garzón y yo esperamos en el coche, a varias manzanas de distancia. A las diez veintitrés vimos llegar a nuestros dos hombres con Puig en el centro, esposado. No estaba nervioso ni colérico, hasta nos saludó como si nos hubiéramos encontrado casualmente. La presa había entrado en la trampa por su propio pie.

Lo interrogamos en comisaría durante más de tres horas. Para nuestra desgracia, corroboró palabra por palabra la versión de Pavía. Lucena había dejado de hacer negocios con ellos un año atrás, por motivos de seguridad y porque pensaba dedicarse a otro asunto. ¿Qué asunto? No tenía ni la menor idea, Retaco no hacía nunca demasiados comentarios. En ningún momento aquel curioso estafador sintió la tentación de inculpar a su compinche de la muerte del robaperros. Supuse que si en realidad hubieran estado pringados en eso, alguno de los dos hubiera lanzado las pelotas al tejado ajeno. Mucho más contando con los lógicos deseos de venganza que Puig debía de sentir en aquel instante, después de verse atrapado con la connivencia de Pavía. Pero no sucedió. Ahí acababa la información. Lo amenazamos con cargarle a él solo la muerte de Lucena. Estaba asustado pero no varió su declaración. Todo daba a entender que, en efecto, no estaba mintiendo. Descartamos un careo por el momento, aunque siempre quedaba la posibilidad de que se hubieran conchabado telefónicamente. Improbable; después de ver que Pavía lo había traicionado, cualquier acuerdo previo al que hubieran llegado hubiera caído por la desconfianza y el odio generados.

Con infinita paciencia seguí interrogándolo sobre el posible destino de Lucena después de haber abandonado el secuestro de perros. Garzón observaba mis esfuerzos con escepticismo; si por él hubiera sido, le hubiera lanzado al sospechoso una jauría entera de rotweilers en vez de ir dándole oportunidades de exculpación. Me di cuenta de que a Puig empezó a sorprenderle mi interés por conocer los pasos posteriores de Lucena. Se percató de que dejaríamos en paz su asunto. Aquello variaba su guión mental. Empezó a esforzarse realmente por recordar algo que pudiera darnos una pista. Por fin nos proporcionó un dato por si podía ser de utilidad.

—Cuando me despedí de Retaco... —dijo— le deseé suerte y buenas ganancias. Ni me dijo a qué iba a dedicarse ni a mí me importó saberlo, pero recuerdo que comentó: «Las ganancias nunca están aseguradas, aunque por lo menos ganaré en salud, voy a estar en el campo...».

—¿Eso es todo?

—¡Se lo aseguro!, no volví a verlo más. Ni siquiera me había enterado de que estaba muerto.

—¿Qué ha pasado con su secretaria? —preguntó Garzón.

—Cuando ustedes me localizaron la despedí, pero no sabe nada.

—¿Dónde vive?

—Ni lo sé.

—¿Y su número de teléfono?

—Nunca me lo dio.

Aquel asunto no iba a dar mucho más de sí. Lo pasamos al juez que haría las acusaciones legales pertinentes y conti-

198

nuaría la investigación del posible blanqueo de dinero. Garzón se subía por las paredes.

—¡No puede ser, inspectora, no puede ser que estemos de nuevo en el mismo punto! Es como una pesadilla, ¿no ha tenido usted nunca una de esas pesadillas en las que te persigue un toro y, por mucho que corras, siempre tienes los pies clavados en el mismo lugar?

Ahora me tocaba a mí tirar del carro del ánimo y los buenos propósitos, aunque malditas las ganas que tenía.

—No estamos en el mismo lugar, Garzón, hemos ido siguiendo la pista de las libretas.

—Pero ahora no hay más pistas, Petra, ni más libretas. Aclarada la libreta número uno, aclarada la libreta número dos, y ni idea acerca de dónde sacó Lucena tanto dinero. Se nos acabaron los hilos de los que tirar y seguimos sin tener idea de quién cojones se cargó a ese tipejo.

—Hemos reconstruido dos años de su vida, ahora sólo nos falta hacer lo mismo con el tercero y último.

—¡Como si fuera fácil! No han surgido nuevos caminos por los que caminar, inspectora. Si esos hijoputas dicen la verdad se acabó el caso. Ya podemos ir ingresando en el convento.

—Subinspector, ¿tiene aquí el teléfono de Valentina?

—¿Cómo?

—Debería llamarla y pedirle que venga a vernos. Creo que puede ayudarnos con sus conocimientos.

Le había pillado por sorpresa, pero la mención de una de sus enamoradas lo azaró lo suficiente como para no preguntar nada.

Valentina Cortés estaba como siempre: rozagante, hermosa y llena de vida. A ella no parecía pesarle demasiado el triángulo amoroso. Me escuchó con sus enormes ojos claros abiertos de par en par, apartándolos sólo para lanzarle a Garzón miradas cariñosas. En su pecho palpitaba el corazoncito de oro.

—¿Criadores de perros de defensa? Sí, están todos en el campo. ¡Por supuesto que los conozco!, al menos los del perímetro de Barcelona. A veces he hecho negocios con ellos, quiero decir que me han traído perros para que los adiestre. Hay algunos a quienes no conozco personalmente, pero tengo las direcciones y los teléfonos de todos los criaderos. Es algo relacionado con mi profesión.

—¿En qué crees que podría estar metido Lucena dentro del mundo de los criadores?

Se echó el pelo hacia atrás con un cabezazo enérgico.

—La verdad, es raro que estuviera metido en algo. Un tipo sin importancia como ése, un simple ladrón de perros... Los criadores de defensa son gente que se gana bien la vida. Cualquiera de los perros que venden vale un buen dinero, y en cuanto un criadero cobra algo de fama, va gente de todas partes para comprarles. ¿Para qué querría ninguno de ellos a un ladronzuelo como Lucena?

El razonamiento era impecable.

—Quizás robaba perros en la ciudad y se los vendía a los criadores.

—¡Pero, Petra, los criadores sólo comercializan cachorros o perros muy jóvenes! No veo qué salida podrían darle a un perro robado del que no sabrían ni la edad.

—Te recuerdo que estamos haciendo la hipótesis sobre un criador que no tuviera muchos escrúpulos.

—No, no lo creo, todos son buenos profesionales. No se trata de gente que compra un par de perros y los aparea en el jardín de su casa. Los criadores profesionales consiguen lo que se llama un «afijo», algo así como una denominación de origen. Sólo después de muchos cruces, cuidados y purificaciones de la raza obtienen la calidad necesaria. El prestigio es básico para ellos. ¿Crees que se arriesgarían a perderlo vendiendo perros robados?

—Quizás lo que hacía era robarles a los criadores y vender él los perros en otra parte.

Se rascó su potente cabeza con cara de incredulidad.

—No lo veo claro. No se me ocurre qué puede tener que ver Lucena con criadores. ¿Por qué os ha dado por ir en esa dirección?

—Un testigo dice que Lucena estaba metido últimamente en algo que se hacía en el campo —contestó Garzón.

Se encogió de hombros como una niña.

—Valentina, ¿tú puedes facilitarnos una lista de todos los criadores de perros de defensa que haya en la provincia?

—Creo que sí.

Garzón me miró con desconfianza.

—No se le habrá pasado por la cabeza que los visitemos a todos, ¿verdad, inspectora?

—Eso es justo lo que pienso hacer.

—¿Sólo por la pista insegura de que Lucena tuviera algo en el campo?

—¿Le parece absurdo intentarlo?

—No lo sé.

—Ya estábamos encaminados por ahí antes de saber lo del campo, ahora continuaremos. Vamos a ver a cuántos criadores les han faltado perros, y a buscar pistas dejadas tras esos robos. ¿Cuándo puedes tener esa lista, Valentina?

—Mañana mismo. Pero ¿qué pasa si me olvido de alguno?

—No te preocupes, pediremos a la Sociedad Canina que verifiquen tu lista y la completen. Ellos deben de tener esos datos.

Bien, la resolución imposible del caso de Lucena nos había permitido aclarar otros problemas policiales de menor importancia. No era una mala marca. Habíamos salido a cazar jabalíes y volvíamos con el morral lleno de caracoles. De cualquier modo, no presentábamos nuestras manos vacías a la superioridad. Si nos encargaban un par de asesinatos más, podíamos dejar la ciudad limpia de delitos intrascendentes. ¿Nos ascenderían por aquella hazaña impensada, o quizás nos echarían de Homicidios? No sería exacto sentenciar que mi ánimo toleraba bien la frustración, posiblemente afinaría más diciendo que me había acostumbrado a caminar sin llegar nunca a la meta. Llevábamos tanto tiempo enfangados en aquel jodido caso, que seguirle la pista a Ignacio Lucena Pastor se había convertido en nuestro trabajo habitual, como quien se sienta cada mañana a su mesa en una agencia de seguros. Sin embargo, durante aquellos meses detectivescamente estériles Garzón había encontrado el amor por partida doble, yo había ligado con un veterinario y entrado en el club de los propietarios de perros. ¿Qué más podía pedirse? Funcionábamos como una gran familia, y Lucena era el abuelo muerto, siempre presente en el recuerdo uniendo desde el Más Allá a sus criaturas terrestres. Podíamos seguir así el resto de nuestras vidas, tanto más cuanto todo tenía un viso transitorio que liberaba de cualquier angustia: Garzón no se decidía por ninguna de las dos «chicas», mi ligue seguía sin ser concreto, el caso no se resolvía y *Espanto* estaba conmigo provisionalmente. No había lugar para la desesperación.

Al día siguiente, Valentina nos hizo llegar la lista que le pedimos. Contenía un nombre más que la de la Sociedad Canina. Garzón y yo nos sentamos para dilucidar esos datos. Él no tenía ninguna confianza en la línea de investigación que iniciábamos. Era inútil ponerle delante la concatenación de indicios que a mí me parecía una serie posible: estadísticas que señalan abundancia de perros de defensa robados, criadores de defensa que declaran robos, criaderos que se hallan en el campo, último asunto de Lucena que se desarrollaba en el campo. Dinero abundante que surge de pronto. Era un silogismo bien concatenado. Todos los hombres son mortales, Sócrates es un hombre, luego Sócrates es mortal. Claro que había variaciones sobre el tema. Todos los perros son mortales, Sócrates es mortal, luego, Sócrates es un perro. Me privaría de comunicarle a Garzón esos juegos de lógica. Él no hacía más que decir que la ilación era endeble. Yo le argumentaba la evolución «profesional» de Lucena. Había ido prosperando. Al principio robaba perros callejeros, después perros de raza. Era lógico pensar que más tarde viniera una especialización: perros de defensa. Nuestro hombrecillo encontró un contacto dentro de ese mundo, y había afrontado mayores riesgos a cambio de mayores dividendos. En ese punto el subinspector se iba por los cerros de Úbeda.

—¿Y cómo llegaba hasta el campo un hombre sin carnet de conducir?

—Iría en una moto de pequeña cilindrada.

—¡Eso!, y los perros robados los sentaba en la parte de atrás.

—Le recuerdo lo que dijo el criador amigo de Ángela: hacen falta dos personas para realizar un robo así.

—De acuerdo, inspectora, de acuerdo; admitamos que Lucena estuviera metido en ese asunto, pero dígame, ¿cómo se le hinca el diente a eso, con qué pruebas contamos?

—¡Está usted mal acostumbrado! La policía no sólo sigue pistas, cuando no las tiene debe buscarlas. Y eso es justo lo que vamos a hacer, buscarlas.

Resopló con desánimo.

—Si no se encuentra con ganas puedo pedir que le releven, Fermín. Le aseguro que no voy a enfadarme por eso.

—Déjese de bromas, Petra. ¿Diga, por dónde empezamos?

—Por leer esta dichosa lista.

—Adelante.

—Veamos las razas: bóxer, pastor belga, pastor alemán, dóberman, rotweiler, schauzer gigante, dogo alemán, pastor de Brie, bouvier de Flandes, pitbull y stadforshire bull terrier.

—¡Dios!, ¿hay criaderos de todo eso cerca de Barcelona?

—Sí, pero no se asuste; el pastor de Brie y el bouvier de Flandes pertenecen al mismo criador. Lo mismo pasa con el bóxer y el pastor belga.

—Parecen platos de un restaurante francés.

—Pues para nosotros serán como una especie de picnic. ¿Tiene usted botas camperas, subinspector?

—¡Y cantimplora!

—Entonces ya no nos falta nada para empezar.

Me mostraba contenta y llena de ímpetu como recomienda el *Manual del mando policial*, pero mi realidad interior no correspondía a ese talante. El subinspector llevaba más razón que el santoral completo, seguíamos una pista débil. Sólo la seguridad de que Lucena no había abandonado el mundo canino me impulsaba a seguir buscando su hipotética «especialización». Estaba convencida de eso, Lucena poseía un don para los perros. La vida está llena de cosas así, alguien nace pobre, feo, con pocas luces y poca suerte, pero sin embargo tiene una habilidad innata para tararear canciones, para hacer cálculos mentales o para escalar fachadas. Lucena había aprovechado la suya empleándola en el mundo del delito. Lástima, podía haber sido un buen veterinario o un entrenador notable; pero robaba perros, y haciendo eso había amasado un buen montón de dinero. Y yo, aunque fuera lo último en que me empeñara, averiguaría cuál había sido la fechoría perruna que llevó a la muerte a aquel minúsculo ser marginal.

Un martes por la mañana, incipientes los calores de junio, visitamos a un tal Juan Moliner en su criadero de dóbermans. El subinspector se había plantado para la ocasión una vistosa camisa color pistacho que, en condiciones normales, le hubiera creído incapaz de llevar.

—Es un regalo de Valentina —informó.

—¿No le regala nada Ángela?

204

—Libros. Me ha comprado las poesías completas de Neruda, dos novelas americanas y una guía de perros.

—¿Ninguna novela policial?

—Dice que son una tontería. Ángela es una mujer muy culta, muy selecta.

—¿Se aburre con ella?

—¡Ni pensarlo!, sólo me pregunto si estoy a su altura.

—Yo no me preocuparía por eso.

—No, si tampoco me preocupo demasiado.

Era difícil obtener indicio alguno sobre su conflicto emocional, de modo que no le hice más preguntas. Ante nosotros teníamos ya a Juan Moliner, un hombre recio y simpático, antiguo agricultor reciclado en criador de perros. Nos mostró sus instalaciones mientras cantaba las excelencias de los animales con los que trataba.

—Tenemos que soportar la ignorancia de la gente —dijo—. El dóberman es un perro de fama horrible azuzada de vez en cuando por los periódicos y nosotros sufrimos las consecuencias.

—Los perros locos —dijo Garzón.

—Se han divulgado cosas espantosas. Que les crece el cerebro desproporcionadamente, que provienen de un cruce que supone genéticamente la locura; barbaridades.

—Pero es cierto que ocurren accidentes serios con esta raza.

—No más que con otros perros de defensa, pero el dóberman excita el morbo de los periodistas. Miren.

Se levantó la manga de la camisa y dejó al aire una tremenda cicatriz que le recorría el antebrazo en sentido longitudinal.

—¿Ven?, esto me lo hizo un dogo alemán, y eso que era de un amigo y me conocía muy bien. Llevo veinte años trabajando con dóbermans y nunca han hecho amago de morderme.

Garzón y yo nos quedamos mirando con aprensión los trazos de la herida.

—¿Le dolió? —pregunté.

Levantó la cara con orgullo de excombatiente.

—¿Nunca le ha mordido un perro?

Negué hipnóticamente.

—La mordedura del perro produce un dolor especial, sorprendente, profundo como si te llegara a las entrañas.

Pensé en los, para mí, ignotos sufrimientos del parto. Luego fijé la vista en los estilizados dóbermans que se agitaban en las jaulas, inquietos por nuestra presencia.

—¿Por qué no nos cuenta algo de los robos que ha venido padeciendo, señor Moliner?

La información que nos dio no difería mucho del relato que ya habíamos oído. El objetivo eran machos jóvenes, uno o dos a lo sumo. El ejecutor, alguien que entendía de perros. No quedaron pistas ni huellas. Lo único que podía deducirse con facilidad era que habían saltado la tapia porque estaba algo hundida en un punto.

—¿Para qué cree que querían sus perros?

—Eso mismo me he preguntado yo. Si es para venderlos sería más lógico que hubieran cogido un cachorro, o incluso una hembra para la cría.

—Quizás los ladrones tenían un cliente previo que les había hecho un encargo.

—Es posible.

—¿Cómo cree que pudieron sacarlos del recinto vallado?

—Encaramándolos y dejándolos caer del otro lado. No hay altura suficiente para que se lastimen.

—¿Cree que podrían bastar dos personas para realizar toda la operación?

—Puede que sí. Quizás son niñatos en busca de emociones, simples gamberros.

—¿Cómo explica entonces que otros de sus compañeros hayan sufrido robos similares?

—Será una moda.

206

—Aunque sus perros no estén específicamente entrenados, ¿podrían atacar?

—No, dudo que atacaran. A no ser que intentaran quitarles un cachorro o algo por el estilo.

Pasó la mano por entre los barrotes y acarició la cabeza de un perro.

—¡Tóquelo usted, inspectora!, verá como no es tan fiero.

Alargué mi mano y la pasé repetidas veces por entre las orejas del animal. Su lengua se desplegó afablemente y me lamió. Sonreí. Luego saqué del bolso la foto de Lucena y se la mostré al criador.

—¿Lo conoce?

—No. ¿Qué le ha pasado?

—Le atacaron, pero no fue un perro.

—Si hubiera sido un perro su estado sería aún peor.

—Su nombre es Ignacio Lucena Pastor. ¿Está seguro de que este hombre nunca le ha prestado ningún servicio en el pasado?

—Creo que no, pero puedo mirar en los archivos. Esperen un momento.

Se alejó hacia su oficina. Garzón me miró con malicia.

—¿Se atreve a acariciar al perro ahora que el dueño no está delante?

Podía ser como un maldito niño, como un pandillero adolescente y buscabollos. Metí el brazo entero en la jaula y volví a acariciar al dóberman, que movió el rabo, complacido.

—¿Está contento?

Oímos la voz de Moliner a nuestra espalda.

—¡Se lo dejo a buen precio!, es una protección perfecta para un policía.

—Gracias, pero ya tengo perro.

—¿De defensa?

—El mío más bien necesita ser defendido. Lo prefiero así.

—Contra gustos...

Cuando llegué a casa aquella noche el teléfono estaba sonando. Era Juan Monturiol. Quería hablar conmigo. Sostuve el auricular con la barbilla y mientras lo saludaba fui quitándome la ropa, necesitaba urgentemente un baño.

—Petra, me gustaría hacerte una pregunta. ¿Todo está bien para ti tal y como está ahora?

—No te entiendo.

—Me refiero a nuestra amistad, relación o como demonio pueda llamarse.

Debía de haber tenido un mal día.

—En fin, si no te refieres a nada concreto... yo creo que sí, todo está bien.

—Petra, nos vemos de vez en cuando, vamos a los saraos de tu compañero, hacemos el amor algunas veces... sí, todo está bien en apariencia. Lo que pasa es que las cosas no se hacen así.

Debía de haberle mordido algún perro.

—¿Qué cosas?

—La gente, la gente normal, habla un rato, se dice lo que siente, llama por teléfono, charla de su vida.

—Lo siento, la verdad es que mi trabajo...

—Sé que tu trabajo es complicado, pero el teléfono es fácil de usar.

—No tenía nada especial que decirte.

—Eso es lo malo.

Empecé a impacientarme.

—Juan, ya habíamos hablado de este tema y los dos parecíamos de acuerdo. El matrimonio es un mal rollo que...

—Entre casarte de blanco en una basílica y echar algún polvo ocasional hay un montón de posibilidades intermedias. ¿No lo habías pensado?

—¿Con cuál te quedas tú?

—Con ninguna, tienes razón. Es inútil explicar a quien no quiere entender.

Colgó el teléfono y yo me quedé estupefacta, ridículamente en pelotas rodeada de mis prendas desordenadas. ¿A qué venía aquello, tantos días llevaba sin llamarlo? ¿Habíamos estipulado un número determinado de llamadas? ¿Tenía alguna importancia? No, supuse que lo que le sucedía era que no toleraba seguir con una relación que no se concretaba en nada conocido. Qué pena, era probable que no volviéramos a salir juntos y que no volviéramos a hacer el amor. Echaría de menos su belleza. Lástima, pero no era el fin del mundo. De acuerdo, yo no le había dicho lo que sentía, pero ¿cómo iba a decírselo? Los hombres se toman muy a mal que les alabes su hermosura, no les gusta, les sienta fatal. Además, estaba el caso. Uno no queda absorbido por un caso veterinario, pero sí puede quedar atrapado por un caso policial. Daba igual, al carajo. Los problemas sentimentales pueden esperar, mi baño no podía. Demasiado cansancio como para ponerse a pensar.

De buena mañana Garzón me esperaba con el coche aparcado delante de casa para una de aquellas excursiones campestres a las que sólo les faltaba la fiambrera. Dos minutos después de estar juntos ya se había dado cuenta de que me encontraba deprimida.

—¿Aún sigue enfadada conmigo?

—¿Enfadada con usted?

—Sí, por ser un donjuán y todas esas cosas que me dice.

—Le prometí que no me metería más en sus asuntos.

—No se preocupe, le aseguro que voy a solucionar pronto el problema.

Los temas de amor acechaban insidiosamente por todas partes. Pretendí no haberlo oído.

—¿Cuál es nuestra ruta de hoy?

—Vamos hacia Rubí, a un criadero de stadforshire bull terrier.

—¿El perro asesino del que Valentina nos habló?

—¡Exacto!, el propietario se llama Augusto Ribas Solé.

Veamos si alguien ha tenido cojones para robarle uno de esos perros sanguinarios.

Fingí dormirme para que Garzón no reincidiera en materias sentimentales. Tenía suficiente con las propias. Mi representación fue tan perfecta que al cabo de un momento estaba dormida de verdad. Me desperté al pararse el coche. Descubrí que estábamos en una zona muy solitaria donde se alzaba un cercado relativamente grande. Una puerta corredera era toda su abertura al exterior. Leímos en un cartel: «Cuidado con el perro. Llamar». Una flechita roja señalaba el timbre.

—¿Preparada para el juego de la verdad, inspectora?

El maléfico Garzón utilizaba un tono escéptico para todo lo que concernía a la investigación. Pulsamos el timbre. Sorprendentemente no se produjo el habitual coro de ladridos. Nadie acudió a abrir. Llamamos de nuevo, sin resultado.

—¿Está seguro de que este criadero sigue abierto al público?

—Figura en la lista.

—Pues no parece haber nadie. Llame otra vez.

Garzón realizó una larga y estridente pulsación que tampoco obtuvo respuesta.

—¡Después de haber venido hasta aquí! —dijo de mal talante.

Cogí el picaporte de la puerta corredera y tiré. Cedió enseguida, dejando un espacio suficiente para pasar.

—¿Entramos? —pregunté.

—Vamos a dar unas voces.

Traspasamos el umbral. Ante nosotros se abría un patio amplio con varias moreras plantadas en el centro.

—¿Hay alguien aquí? —gritó Garzón.

Como contestando al requerimiento del subinspector, y sin que pudiéramos advertir por dónde había salido, vimos a unos pasos de distancia cómo un enigmático perro estaba

210

mirándonos fijamente. No ladraba ni se movía. Era pequeño, fuerte, compacto cual pedrusco. El temible stadforshire. Sus ojos destellaban con una intensidad paralizante. Oí
como Garzón me decía muy bajo:

—¿Dónde tiene su arma reglamentaria?

—En el bolso —respondí con un hilo de voz.

—Pues no se le ocurra hacer ningún movimiento para
sacarla.

—¿Y la suya?

—En mi americana, y mi americana se ha quedado en el
coche.

—¡Joder!

La mínima elevación de tono que comportó mi reniego
hizo que el perro empezara a rugir. Era un rugido grave,
bajo, salido directamente de aquel pecho de hierro.

—Estoy asustada, Fermín.

—No se preocupe. No haga ningún gesto brusco, no se
mueva, no hable alto.

—¿Es uno de esos perros asesinos?

—Es un stadforshire. Espero que éste en particular
nunca haya asesinado a nadie.

El perro se adelantó hacia nosotros y rascó con sus pe-
zuñas sobre unas losas del jardín.

—Subinspector...

—Tranquila.

—Se supone que ha aprendido usted de perros.

—Acaba de olvidárseme todo.

—¿Qué hacemos?

—Intente empezar a recular hacia la salida. Despacio,
muy despacio, sin darle nunca la espalda. Vamos.

Me cogió del brazo. Noté su firme presión.

—Ahora.

Hicimos un movimiento mínimo, un deslizamiento hacia atrás. Era poca cosa, pero el perro se percató y gruñó con
más fuerza.

—¡Fermín!

—No haga caso, está intentando intimidarnos. Vuelva a recular despacio, un poco hacia la izquierda. Ahora.

Las piernas me flaqueaban, no conseguía saber si estaba desplazándome o no.

—Dígale algo en alemán.

—Déjese de traducciones y recule.

El nuevo movimiento creó más inquietud en el animal. Cambió de lugar, hizo el rugido intenso, sostenido. De sus fauces vi manar una baba densa que caía al suelo en forma de gruesos hilos. Me miraba a mí específicamente, apenas si podía respirar. Entonces, como si se tratara de un alma escapada del infierno, lanzó un primer ladrido bronco y yo, sin poder evitarlo, dejé escapar un grito medio ahogado. Fue entonces cuando se produjo la auténtica eclosión de la fiereza. El bicho, enloquecido, ladró con rabia, se inclinó sobre sus patas traseras, estaba dispuesto a saltar. Busqué desesperadamente la pistola, pero en ese momento un alarido potente y concreto emergió desde nuestras espaldas.

—*Aus!* —Luego repitió con menor aire imperativo—: *Aus!* —El perro, como un león de circo romano frente a cristianos en gracia divina, bajó la testuz, perdió la mirada en varios puntos diferentes, se movió sin rumbo como intentando disimular las terribles intenciones que un segundo antes había albergado.

—Pero ¿quién coño son ustedes?

Un hombre alto, fuerte, de unos cincuenta y tantos, con la piel tostada por el sol, estaba en jarras frente a nosotros, que aún no habíamos podido reaccionar.

—Somos policías —logró articular Garzón con una voz multitonal.

—¿Y cómo demonios...?

—Deje en paz a los demonios y saque a este perro de aquí —ordené al recuperar el habla.

Augusto Ribas Solé nos ratificó que habíamos corrido

un riesgo serio. Nunca hubiéramos debido entrar. Había faltado cinco minutos del recinto y no se le ocurrió que nadie se presentara a media mañana. Pero era inútil discernir por parte de quién se había cometido la mayor imprudencia. Estábamos a salvo y el criador nos invitó a tomar algo fuerte en la parte de atrás de su establecimiento. Había organizado allí una pequeña terraza muy agradable. Creo que, por primera vez en mi vida, tomé whisky de un trago a las once de la mañana.

—Está usted muy bien instalado —dijo Garzón.

—Me gusta recibir bien a quien me visita.

—Después de someterlo a la tortura de sus perros.

Se echó a reír.

—¿Se imaginan los titulares de los periódicos? «Policías destrozados por perro asesino.» ¡Hasta hubieran hecho una película!, es el tipo de cosa que le gusta a la gente.

—¿Y por qué diantre cría usted perros asesinos?

—¡Vamos, inspectora!, no existen perros asesinos, son los hombres quienes crean perros asesinos en los entrenamientos.

—Entonces, ¿no hemos estado en peligro de muerte?

—Me temo que sí, cualquier perro defiende su territorio. Supongo que si yo no hubiera llegado... Creo que les he salvado la vida.

—Es lo menos que podía hacer, contando con que los perros son suyos.

Rió de nuevo.

—¿No nos pregunta qué queremos, señor Ribas?

—Ya lo sé. Tienen ustedes revolucionada a toda la profesión. Mis colegas están deseando que les toque el turno de visita para contarles sus robos. Todos nos conocemos.

—¿Y qué puede contarnos usted?

—Poca cosa. Me han faltado un par de perros y di aviso a la policía. No hicieron nada, por supuesto.

—¿Dejaron los ladrones alguna señal?

—Nada, son profesionales.

—¿Por qué piensa que son profesionales?

—¿Y qué otra cosa pueden ser? Vienen, roban y se van sin dejar rastro. Se llevan animales sanos y fuertes, los mejores.

—¿A usted también le han faltado machos jóvenes?

—Sí, y no entiendo por qué eso les extraña tanto a otros criadores. Los venden a gente inexperta diciéndoles que ya están entrenados, que son fierísimos. Ejercen como ladrones y estafadores al mismo tiempo.

—¿Y por qué se llevan sólo uno o dos cada vez?

—Se llevan los que necesitan. ¿Para qué quieren estar cuidando a más perros? ¿Dónde los tendrían sin levantar sospechas? Además, con lo fácil que les resulta robarlos...

—Es como si estuvieran ustedes resignados a sufrir esos atropellos.

—¡Eso mismo pienso yo, y se lo he dicho cien veces a mis compañeros! Yo tengo muy claro lo que hay que hacer. Si la policía no hace caso tenemos que ser nosotros quienes solucionemos el problema. Nos reunimos, se forma un grupo de vigilancia y al primer tío que cacemos robando, ¡zas!, un tiro y al carajo. Luego echamos el cuerpo a un vertedero y vamos a ver quién es el guapo que sigue robando.

—¡Bueno, señor Ribas!, entonces puede que tuviéramos que intervenir nosotros.

—Nada, inspectora, nada. Hay un vacío legal en el mundo del perro, de modo que tenemos que organizarnos nuestra propia ley. Quizás un par de perros no sea mucho, pero fastidia. Somos gente trabajadora, que gana su dinero con mucho esfuerzo, ¿por qué aguantar a esos cabrones?

Eché otro sorbo de whisky antes de agitar la cabeza con rechazo.

—De todos modos... —continuó— no se preocupe demasiado. Parece que no hay arrestos suficientes, seguiremos aguantando.

—Comprendo. Y a este hombre, ¿conoce usted a este hombre?

Miró la foto de Lucena con cara de asco.

—No, no lo conozco. ¿Es un ladrón de perros?

—Eso creemos.

—Entonces se tiene merecido lo que haya podido pasarle.

Un justiciero. Un bravo justiciero que nos despidió en la puerta tras asegurarme que, gracias a la sangre fría de Garzón, habíamos salvado el pellejo frente a su perro. Fantástico, tiempo perdido y riesgo corrido inútilmente. A Garzón aquel tipo le había caído bien.

—Este tío sabe lo que dice —dijo en el coche—. Todo me ha parecido lógico. Naturalmente, los culpables son ladrones y estafadores, y nosotros tenemos enchironados a dos ladrones y estafadores. ¿Para qué buscar más? Estoy seguro de que Pavía y Puig también son culpables de esto.

—Nunca pidieron rescate por estos perros.

—Inspectora, en este caso, simplemente los robaban y los vendían después. Los delincuentes cometen miles de delitos diferentes al mismo tiempo, no son licenciados en alguna especialidad. Roban lo que tienen ocasión de robar.

—No me convence.

—Puede que no la convenza, pero ya verá como esos dos cantan ante el juez haber matado a Lucena. Igual que cantarán haber robado perros en criaderos. Las cosas irán saliendo.

—¿Cree que estamos perdiendo el tiempo?

—Creo que es usted cabezota, que el caso está ya concluido.

—Y yo creo que usted es frívolo.

—¡Vaya, ya salió otra vez!

—¿A qué se refiere?

—¿Soy frívolo porque también soy frívolo en el amor?

—¡Olvídeme, Fermín!

—Quizás cambie de opinión si le digo que ya he tomado una decisión.

Giré en mi asiento para poder verlo más claramente.

—¿Una decisión?

—Sí, inspectora. Lo que acaba de suceder me ha abierto los ojos. Cuando estábamos allí, delante de aquellos perros que hubieran podido matarnos, se me representó la realidad de mis sentimientos con toda nitidez. Ya sé de quién estoy enamorado y de quién debo despedirme definitivamente.

—¿De quién?

—De Ángela.

—¿De Ángela qué, está enamorado o se despide?

—Me despido, Petra, me despido con gran pesar. Ángela es encantadora pero estoy enamorado de Valentina. A ella es a quien hubiera querido ver por última vez antes de ser devorado por un perro.

—A lo mejor deseaba inconscientemente que le librara con una orden en alemán.

—No, inspectora, no bromee, estoy seguro de lo que digo.

—Discúlpeme. ¿De verdad está completamente seguro?

—Sí, Ángela es demasiado culta, demasiado refinada, pertenece a otra clase social. Acabaría por pensar que soy un patán. Valentina está siempre contenta, me alegra la vida.

Permanecimos un momento callados.

—Bueno, Fermín, usted sabe que Valentina no era mi candidata, pero... de cualquier manera, me alegro de que se haya decidido de una vez.

—Llevaba usted razón, no puedo seguir jugueteando.

—¿Cuándo va a decírselo?

—Esta misma noche.

—No es un plato de gusto, ¿verdad?

—No. Espero saber hacerlo con delicadeza.

216

—Yo también lo espero, Ángela es una mujer extraordinaria.

—Lo sé muy bien.

Imaginaba con disgusto la reacción de Ángela. Una ilusión que se desvanecía, a su edad, quizás la última que iba a permitirse. Pero comprendía a Garzón. Estaba deseoso de gozar de la vida que al fin y al cabo acababa de descubrir. Una viuda enamorada de un inmaduro emocional. Aquello no hacía más que corroborarme hasta qué punto destila mala leche todo lo relacionado con el amor. Una peste que el género humano tiene que soportar, diezmando su coherencia y sus capacidades, siglo tras siglo.

Pasé la tarde encerrada en mi despacho de comisaría, intentando olvidar aquel asunto y centrarme en el caso. Ojeé las pesquisas obtenidas en los criaderos. ¿Estaba oculto allí el último año de Lucena? Machos jóvenes, ladrones expertos en perros que no dañaban las instalaciones. Robos selectivos, no masivos. Necesidad de dos personas para llevar a cabo la fechoría. Sin huellas. Mundo paradójico, el acto físico de robar no deja huellas mientras que sí las deja el amor. Era inútil, no podía pensar en el caso sin interferencias. Decidí marcharme a casa.

Sentada en un sillón y con un periódico en la mano no me fue mucho mejor. Le daba vueltas y más vueltas, ¿cómo se sentirá Ángela?, ¿qué pensará a partir de ahora sobre la vida? Puse música de Mozart; había observado que era la favorita de *Espanto*. Cuando sonaba, erizaba el lomo de una manera especial, se relajaba. Abrí la puerta del patio y dejé entrar el aire cálido del atardecer. Me relajé yo también. Me puse un camisón suave y anticuado. Aquello estaba mejor. Yo no era responsable de los desastres amorosos que la existencia impone. No podía hacer gran cosa por Ángela, ni por nadie, tan sólo estaba en mi mano evitarme a mí misma el sufrimiento, poco más. Suspiré aliviada. *Espanto* también suspiró.

Después de un par de horas de haber hallado la conformidad pacífica sonó el teléfono. El reloj marcaba la una de la mañana.

—Petra.

Mi nombre no fue pronunciado con interrogación, sino con resonancias patéticas.

—¿Subinspector?

—Necesito verla.

—¿Sucede algo?

—Es estrictamente personal.

—Comprendo. ¿Por qué no viene a mi casa?, aún estoy despierta.

—No, tiene que ser en un bar.

—¿En un bar?

—Perdóneme, inspectora. Esto es lo último que le pido.

—Está bien, Garzón, está bien. Creo que hay una champañería abierta cerca de mi casa, ¿la recuerda?

—Ahora mismo estaré allí.

Me daba una pereza mortal vestirme de nuevo, de modo que me puse una gabardina sobre el camisón. Enganché a *Espanto* a su correa y salí a la calle, desierta a aquellas horas. Tras diez minutos de pasear frente a la champañería, vi llegar el coche de Garzón. *Espanto* se puso contento, pero él no hizo ademán de acariciarlo, ni se fijó en su presencia. Tampoco lo hubiera hecho de haber llevado conmigo una jirafa. Venía absorto, desencajado, con la cara pálida y las ojeras al carboncillo. Nos sentamos a las mesitas que el buen tiempo había colocado en el exterior. Pidió whisky con un ademán autoritario. Se trincó medio vaso en cuanto el camarero nos lo sirvió.

—¡Caray, subinspector, empieza usted con buen ánimo!

—Llámeme Fermín esta noche, por favor. Además, quiero advertirle que pienso emborracharme. El que avisa no es traidor.

218

—¿Por eso nos vemos en un bar?

—Por eso y porque no quiero controlarme, Petra. Si estuviéramos en su casa tendría que ser bien educado, mirar el reloj. Aquí es más fácil. Cuando esté harta de mí se levanta y se va.

Pidió un segundo whisky, esta vez doble.

—Ha sido duro —dijo por fin—. Nunca creí que fuera tan duro decirle a alguien adiós. Un rato antes de ir a casa de Ángela aún pensaba que resultaría fácil. Lo tenía todo ensayado. Luego enseguida me di cuenta de que no era cuestión de tanteos. —Bebió un buen trago, miró al suelo—. He sido un imbécil todo el tiempo, hasta el último momento. Petra, usted llevaba razón.

—Oiga, yo...

—No intente cambiar ahora lo que me dijo, he sido un frívolo y un gilipollas, sin más.

—¿Se enfadó Ángela con usted?

—No, no se enfadó. Dijo que lo comprendía, que nadie puede mandar sobre los dictados del corazón. Lloraba.

Quedó callado, sin poder seguir. Pidió más bebida. Decidí beber yo también.

—No se culpe demasiado, Fermín, usted era en el fondo inconsciente del dolor que causaba.

—Nunca imaginé que dejarla fuera a hacerme tanto daño. Por un lado estaba seguro de querer cortar la relación, pero por otro sentía como si aún la quisiera.

—Siempre es así, jodidamente complicado. El amor es frustrante, y doloroso, y quema y destroza... ¡en fin!, ¿por qué cree que yo me he jubilado de estos avatares?

Salió el camarero.

—Señores, nosotros vamos a cerrar, pero no es necesario que se marchen, pueden quedarse sentados aquí todo el rato que quieran.

—¿Y los vasos?

—Déjenlos junto a la puerta cuando acaben.

—Traiga antes un doble más —pidió Garzón, y buscó dinero en su bolsillo.

Poco después los camareros salieron del bar. Cerraron ruidosamente la puerta metálica y se alejaron mirándonos de reojo. El subinspector no había vuelto a abrir la boca. *Espanto* estaba dormido. Empecé a sentirme ridícula con mi camisón viejo oculto bajo la gabardina.

—No conocer el amor es malo, pero conocerlo puede significar aprender a sufrir —dije por si servía de resumen y podía marcharme. Garzón no hizo ni caso. Meditaba, o se reconcomía, o se arrepentía, o Dios sabe qué podía estar pensando sentado a plomo en aquella absurda silla de aluminio. Pero no podía marcharme, es un deber de amistad quedarse cuando el amigo está hundido, aunque nada pueda hacerse para reflotarlo.

Transcurrió una eterna hora en silencio. Al principio Garzón había ido bebiendo de vez en cuando, suspirando después. Más tarde había quedado inmóvil, mirando al vacío con ojos de vidrio. Llegados los últimos cinco minutos, cerró los ojos también y su cabeza cayó sobre el pecho. Creí que era el momento de dar por terminado el velatorio amistoso.

—Fermín, ¿qué le parece si nos marchamos?

No dio ninguna señal de estar vivo.

—Fermín, por favor, levántese.

Inútil, no se movía. Intenté devolverlo a la realidad por vía subconsciente.

—¡Subinspector, repórtese, le ordeno que se levante!

Surtió efecto. Alzó levemente las pestañas y dijo muy bajo:

—No puedo, he tomado un tranquilizante.

—¿Y de dónde coño ha sacado un tranquilizante?

Tuve que acercarme a su boca para oír qué balbuceaba.

—Me los dio un día mi antigua patrona de la pensión. La pobre iba al psiquiatra, sufría de los nervios.

No dijo más. Quedó inerte, como una piedra desplomada de un talud. Me cabreé.

—¡Eso se avisa!, ¿cómo voy a moverlo de aquí con lo que pesa?

Comprendí que renegar no me serviría de nada. Además, *Espanto* había empezado a aullar cuando me oyó enfadada. Busqué una moneda en los bolsillos del caído y fui hasta una cabina. ¿Por qué no telefonear a Juan Monturiol en una emergencia? Al fin y al cabo era un vecino.

No se presentó en pijama como lo requería el guión de película americana, pero al menos iba sin peinar. Enseguida se hizo cargo cabal de cuál era la situación y con aquellos brazos suyos poderosísimos aupó a Garzón y se lo echó al hombro. Yo le sujetaba el flanco izquierdo como buenamente podía, farfullando disculpas intercaladas a imprecaciones generales. Lo subimos al coche de Juan, que sudaba, atractivo y varonil, ataviado con una simple camisa blanca.

—¿Qué le ha puesto en este estado? —preguntó.

—Los sufrimientos del amor.

—En ese caso podría haber sido aún más grave.

Lo llevamos a su casa; subirlo hasta el apartamento fue otra pequeña hazaña de Juan. Me hice con la llave hurgando en su americana y por fin pudimos depositarlo sobre la cama y dejarlo dormir.

—Es todo cuanto podemos hacer por él —dijo Monturiol.

—Ya has hecho demasiado. Siento haberte hecho venir, de verdad.

—Ha sido agradable volver a verte.

—Eso mismo pienso yo, aunque me hubiera gustado tener una pinta más presentable.

Abrí mi gabardina al modo «exhibicionista clásico» y le mostré el horrendo camisón. Se echó a reír. ¿Fue aquélla una acción inocente por mi parte? Ni siquiera ahora lo sé, el caso es que el resultado de la misma resultó fulminante.

Juan se acercó a mí y, tomándome por la cintura, me besó, nos besamos en plan desesperado durante un buen rato. Luego buscamos acomodo en el suelo e hicimos el amor. Todo era extraño: la ocasión, el lugar y Garzón roncando como un sapo en la puerta de al lado, y sin embargo no dudaría en calificar aquel acto como algo maravilloso, especial. Tuvo el encanto de lo urgente y salvaje, una mezcla de la dulzura de los reencuentros y el desgarro de las despedidas. Al acabar, apoyé la cabeza sobre el pecho de Juan y descansé.

—De modo que tu compañero tiene penas de amor.

—Ha descartado a Ángela de su triángulo.

—Entiendo.

—Es un indefenso sentimental; por eso puede hacer tanto daño sin proponérselo.

—También pueden hacérselo a él.

—También. El amor todo lo mancha.

Se incorporó, haciendo que me apartara. Encendió un cigarrillo, se quedó mirándome.

—Eres una radical antiamorosa, ¿verdad?

—No se trata de una postura teórica.

—¿Cómo explicas la fogosidad de nuestro encuentro?

—Supongo que el apartamento de Garzón incita a follar.

Sonrió tristemente, se rió tristemente después.

—¡Ah, la terrible Petra, follar o no follar, ésa es la cuestión!

Ni se me pasaba por las mientes iniciar una discusión en aquel momento. Me levanté, me puse la gabardina sobre el cuerpo desnudo y, arrebujando el camisón, me lo metí en el bolsillo.

—Vámonos, Juan; sería un número que se despertara el subinspector y nos encontrara en su casa. Se sentiría muy humillado al tener que dar explicaciones.

—Es un detalle muy sensible por tu parte.

Encajé la ironía sin comentarla. No hablamos en el trayecto hasta mi casa. Nos despedimos con falsa cordialidad. «Adiós», dijo él con imperceptible sonoridad de despedida definitiva. «Adiós», respondí de modo casual. Entré en mi casa con sueño y mal humor. «¡Basta!», pensé, basta de mixtificaciones y de mentiras y basta de adaptaciones de lo sublime a la vida cotidiana. Lo que siente Monturiol no es más que el típico narcisismo masculino herido. ¿Adiós?, pues ¡adiós! muchacho, yo también soy dura, olvida que nos encontramos por azar en una trinchera mientras fuera caían las bombas. Me niego a protagonizar novelas románticas, confórmate con lo que hay o desaparece. *Espanto* me miraba con cara afectuosa. Creo que, aparte de Mozart, también le gustaban las películas de Bogart.

Al día siguiente Garzón llegó a comisaría puntual, pero con los ojos enlutados por dos aureolas oscuras. Sacó un café de la máquina y se tomó un par de aspirinas. Yo seguí trabajando en mis papeles sin levantar la vista.

—Inspectora —dijo por fin—. ¿Cómo consiguió llevarme anoche a casa?

—Llamé a Juan Monturiol, él le llevó.

—Siento que tuvieran que hacer eso por mí.

—Olvídese, lo hubiéramos hecho por cualquier gilipollas.

Sonrió.

—Bueno, saberlo me consuela, pero de todas maneras, lo siento, estuve imperdonable.

—Voy a desquitarme mandándolo solo a un criadero. Está cerca de Badalona, éstas son las señas. Yo me quedaré aquí poniendo orden en todos estos testimonios.

Lo vi largarse, cariacontecido y manso. Admiré la habilidad masculina para convertirse de verdugos en víctimas sólo con autoprodigarse un poco de compasión. Para él la tragedia había acabado, para Ángela justo debía de empezar entonces, en la fatídica mañana siguiente. Me forcé para vol-

223

ver a las declaraciones de criadores. Por alguna maldita razón la historia no cuadraba. Ladrones de perros que arriesgan la vida por uno o dos ejemplares y los malvenden después. ¿Había mentido alguno de los propietarios? Y si lo había hecho, ¿sobre qué, qué sentido tenía mentir acerca de los robos de sus propios animales? Aquello era un lío, un jodido lío concatenado que había comenzado muchos meses atrás. Estábamos parados en un punto, y el tiempo pasaba. ¿Clamaba venganza el cadáver de Lucena? Ni pizca, era el cadáver más silencioso que había encontrado jamás. Si no conseguíamos desenmascarar a su asesino, sería una de tantas injusticias que ocurren en el mundo, tan agraviante como las penas de amor. ¡Vaya usted a reclamar!

9

Último criador de nuestra lista visitado, interrogado, censado, investigado. Última versión contrastada con el resto de versiones. Todas obsesivamente parecidas, dramáticamente iguales. ¿Lucena?, un desconocido en los criaderos catalanes. Se notaba la acción del sol en mi cara después de tantos viajes al «medio natural», como decía Garzón. En su piel se apreciaba aún más, estaba moreno y saludable. Probablemente completaría nuestras excursiones con algún fin de semana al aire libre en compañía de Valentina. Pasaban juntos todo el tiempo que podían. Garzón sólo hablaba de ella. Yo tenía la sensación de que el caso le importaba tres pitos. A aquellas alturas lo daba por perdido. Y seguramente llevaba razón, pronto nos llegarían indicaciones superiores de que lo pasáramos al archivo. Nuestro tiempo lo pagaba el erario público y ya habíamos tenido un margen más que suficiente para resolver aquella muerte. Pero Garzón esperaba ese dictamen final con paciencia, seguía la investigación cumpliendo mis órdenes de manera rutinaria, sin sentir grandes frustraciones gracias al amparo de su vida amorosa. Visitaba e interrogaba a criadores como hubiera podido ir a buscar setas. Ignacio Lucena Pastor ya no era para él más que un punto lejano en el pasado, un pequeño garbanzo negro en su historial de policía, algo de lo que se acordaría sólo cuando una melopea le diera melancólica.

—Mañana pasaré a limpio el informe de este último interrogatorio —me dijo aquella tarde—. Y si no necesita

225

nada más voy a marcharme, inspectora. Valentina cena conmigo y tengo que prepararlo todo.

—¿Ya se atreve usted solo con una cena?

—Ensalada y libritos de lomo.

—Ha hecho muchos progresos.

—Los libritos son congelados.

—Aun así.

Sonrió con orgullo un poco infantil y se fue. Me quedé sola, sola en el despacho, en la investigación, sola con el fantasma de Lucena, si es que Lucena había existido alguna vez. Siquiera quedaba *Espanto*, único testigo de la realidad de su amo. Al llegar a casa lo observé de nuevo. En su cerebro de perro se almacenaba la imagen del asesino, pero no podía transmitírmela. Curiosa relación, podía hacerme llegar su cariño pero no toda la verdad. Debe de ser por eso por lo que el perro es el mejor amigo del hombre. Salí al patio. El aire era templado y vivificante. Lo mejor sería irse a la cama, no sin antes haberme bebido un par de whiskys que atemperaran la tristeza absurda que empezaba a invadirme. Me serví un buen vaso y, segundos después, estaba dormida.

En sueños, en sueños profundos y pegajosos, oí el insistente timbrazo del teléfono. No contesté. Después de un tiempo indefinido, me parecieron minutos pero fueron más que minutos, el aparato volvió a sonar. Esta vez hice un esfuerzo enorme por salir de mi estado catatónico y descolgué. Me llegó la voz de Garzón desde otra galaxia.

—¿Inspectora, inspectora Delicado?

—Sí, soy yo.

—¡Vaya, inspectora, menos mal que contesta! Han estado mucho rato llamándola desde comisaría. Como si no está en casa tiene puesto el contestador, pensábamos que le había pasado algo. Al final me han localizado a mí.

—Pero ¿dónde está usted?

—¡En mi casa, con Valentina, ya se lo dije!

—¡Oh, bueno, Garzón, estoy dormida! Dígame de qué se trata.

—Inspectora, se ha producido un chivatazo. Ha llamado una mujer diciendo que si queremos saber algo del asunto de los perros, vayamos inmediatamente al sector A calle F de la Zona Franca. ¿Qué le parece si nos encontramos allí?

—He dejado el coche en la oficina. Llamaré un taxi.

—No, ahora mismo paso a recogerla, iremos más rápidos. Pero no me haga esperar, por favor.

Tardé aún cinco minutos en reconstruir la realidad. Un chivatazo. Una mujer. La Zona Franca, la Zona Franca; es un polígono industrial lleno de almacenes. Era la una de la mañana. No entendía gran cosa.

Garzón había consultado una guía callejera antes de salir, por lo que condujo sin dudas ni vacilaciones.

—Cuénteme más —le apremié en el coche.

—No hay más que contar. Llamó una mujer a comisaría preguntando por usted.

—¿Sabía mi nombre?

—Sí. Cuando le dijeron que, naturalmente, usted no estaba allí a esas horas, dejó el recado que le he dicho y colgó sin identificarse.

—¿Localizaron la llamada?

—No, ni se intentó. Luego, como usted no contestaba, me han llamado a mí. Le aseguro que, después de un rato de insistir en su teléfono, Valentina y yo llegamos a estar alarmados.

—Hemos perdido mucho tiempo. ¿Ha avisado a una patrulla?

—Sí, no se preocupe, hace rato que deben de estar allí.

La patrulla había llegado diez minutos antes que nosotros, pero, al parecer, incluso para ellos había sido demasiado tarde. El lugar indicado por la mujer anónima era un gran almacén que albergaba maquinaria pesada. La puerta

227

había sido forzada. No encontraron a nadie dentro, pero algo había llamado enseguida la atención de los guardias. En un rincón de la enorme nave había un espacio acotado con vallas transportables de madera. Tenía unos cinco por cinco metros de lado, y en su interior podía verse paja diseminada por el suelo.

—¿Qué demonios es esto?

—No lo sabemos, inspectora, pero han ido a localizar al dueño del almacén para que nos lo explique.

—Está bien.

El guardia se alejó en busca de más evidencias. Nos quedamos Garzón y yo solos frente a aquel extraño cuadrado.

—¿Cree que esto pertenece al almacén? —pregunté.

—No tengo ni idea —dijo sacando un cigarrillo.

Le inmovilicé la mano.

—Espere, Garzón, no encienda, el humo a lo mejor enmascara el olor.

—¿Qué olor?

—Aquí huele a perro, ¿no lo nota?, a sudor, a tabaco, pero sobre todo a perro.

Olfateó el aire como si él mismo fuera un sabueso.

—Puede que tenga razón.

Penetré en el pequeño recinto vallado y tomé un poco de paja para acercármela a la nariz.

—Sí, estoy segura, aquí ha habido perros, y no hace mucho.

—¿Y qué podían estar haciendo?

—Despacio, subinspector, déjeme pensar. Quizás tenían algunos perros robados, quizás estaban mostrándoselos a los clientes que se disponían a comprar...

—Tiene sentido. Estaban en plena faena pero llegamos nosotros y les desbaratamos el plan.

—Alguien debió de avisarles de que llegábamos. Los olores son muy recientes.

—¿La misma mujer que nos dio el chivatazo?

—¿La misma mujer?, es absurdo, ¿por qué hubiera hecho una cosa así?

—En el último momento se arrepintió.

Cabeceé sin convicción.

El dueño del almacén había sido por fin localizado durmiendo tranquilamente en su casa. Se acercó hasta donde estábamos, sorprendido y cabreado. No había visto antes aquel cercado en su propiedad. Le pedimos que realizara una inspección general y nos dijera si faltaba algo o había cosas cambiadas. Su dictamen fue tajante: todo estaba tal como lo dejó, excepción hecha de aquel armatoste. No hubo pues robo ni destrozo. Sería necesario interrogarlo con más detenimiento aunque no me pareció que pudiera recaer sobre él ninguna sospecha. Los guardias peinarían el almacén en busca de pruebas.

Garzón repetía:

—¿Perros en un almacén? ¿Por qué forzar un almacén para guardar perros?

—Cuestión de seguridad. No tienen un lugar propio o, si lo tienen, no quieren levantar sospechas. Realizan las transacciones en sitios ajenos. Cuando se van, desaparece con ellos toda evidencia.

—Eso también entraña un riesgo.

—De no haber mediado un chivatazo, dudo mucho que los hubiéramos cazado de madrugada en la Zona Franca.

Se sentó bruscamente.

—El chivatazo. Una mujer que se chiva. ¿Quién? Quizás la secretaria de Puig. Nada hemos sabido de ella y no tenemos a ninguna otra mujer en todo el caso.

—No piense más en Puig, creo que la cosa va por otros derroteros.

—¿Y el contrachivatazo? ¿Quién dio el contrachivatazo? También es la hostia que tengamos por fin un chivatazo y no nos sirva para nada.

—Ni siquiera fue oportuno.

—¡No lo sabe usted bien!

—¿Qué quiere decir?

Miró en todas direcciones.

—Inspectora, creo que el bar del mercado de abastos estará a punto de abrir. Vamos a tomar un café, tengo algo que decirle.

El bar estaba, efectivamente, abierto. En sus mesas empezaba a reinar una cierta animación de camioneros tomando café. Pedimos nosotros también. Me encontraba alarmada, Garzón me sobresaltaba siempre cuando se ponía en plan confidencial. ¡Y encima en aquel momento! El camarero trajo enseguida los desayunos. Mordí el croissant aún caliente y carraspeé presa de un nerviosismo intuitivo.

—Usted dirá... —me atreví a empezar.

Él sonrió vagamente, partió su pasta haciéndose el interesante y dijo al fin:

—Inspectora, sé que estamos en medio de un fregado profesional y que hay trabajo. Pero sólo emplearé cinco minutos contándole esto porque creo que se lo debo.

—Adelante —dije ya totalmente presa del pánico.

—Inspectora, esta noche, cuando me llamaron desde comisaría, acababa de pedirle a Valentina que se case conmigo.

Mordí de nuevo el croissant a toda prisa para contar con un mínimo tiempo de reacción. Él me miraba expectante mientras yo rumiaba como una vaca insensible.

—¿No me dice nada?

Pasé la servilleta de papel por mi boca al menos diez veces.

—¡Hombre, Fermín!, ¿qué le voy a decir?

—¡Felicidades, por ejemplo!

—¡Naturalmente que sí, felicidades, pues no faltaría más!

—¡Diría que no le parece una buena idea!

—No es eso. Sólo que verá, Fermín, me preguntaba si Valentina y usted se han tratado lo suficiente. En realidad no hace mucho que la conoce.

—¡No me joda, Petra! ¿Qué quiere, relaciones de diez años? ¡Nunca pensé que fuera tan antigua!

—Pensaba únicamente en la dificultad de adaptarse cuando se es algo mayor.

—Sí, puede que sea más difícil, pero justamente por ser algo mayores no tenemos tiempo que perder.

—Lleva usted razón, no sé qué hago aquí sermoneándole. Le deseo toda la felicidad del mundo, usted se la merece.

—Gracias, pero primero hay que ver si Valentina acepta.

—¿Cómo, no ha aceptado aún?

—Creo que la cogí por sorpresa, me ha pedido un par de días para pensarlo.

—Estaba convencida de que esos plazos eran cosa de película.

—Bueno, lo cierto es que existe una pequeña complicación.

—¿Cuál?

Buscó al camarero con la mirada. Carraspeó.

—¿Quiere otro café, Petra?

—Estoy bien así.

—¿Otro croissant?

—No, gracias.

—Estoy seguro de que otro café le sentará bien, hemos madrugado mucho.

—De acuerdo.

Dio la orden al camarero. Permaneció callado hasta que las tazas estuvieron sobre la mesa. Entonces me miró fijamente.

—Verá, Petra, lo cierto es que cuando yo conocí a Valentina, ella estaba liada con un hombre casado.

Agradecí infinitamente tener un café delante tras el que poder ocultar los síntomas de mi sorpresa. Eché azúcar abundante, removí con una dedicación propia de experimento científico.

—Vaya —comenté al fin.

—Como entre nosotros no había proyectos de nada serio... pero ha ido viéndolo cada vez menos y, sin yo haberle dicho nada, en más de una ocasión ha asegurado que quería acabar con esa relación tan poco satisfactoria.

—¿Cuándo se enteró de eso?

—Me lo contó ella misma en cuanto nos dimos cuenta de que nos gustábamos. Todo ha sido transparente y sincero.

—¿Sabe usted quién es?

—Ni ella me lo dijo ni yo se lo he preguntado. Sólo sé que no es nadie a quien yo pudiera haber conocido anteriormente.

—¿No le ha comentado Valentina qué piensa hacer ahora?

—No, pero la conozco. Estoy seguro de que necesita estos dos días para despedirse del tipo. Tenga en cuenta que ha sido una relación larga. Pero mire si estoy convencido de que Valentina va a casarse conmigo, que ya he avisado a mi hijo para que venga de Estados Unidos.

—¿Cree que es prudente hacer eso?

—¡Desde luego, tengo que presentarlos!

Temí que Garzón estuviera metiéndose en un buen lío, pero no podía hacer nada para evitarlo. ¡Quién sabía qué era lo indicado!, quizás el subinspector estuviera encaminándose hacia su meta vital, hacia su felicidad definitiva. No sería yo la que aguara la fiesta en nombre de una abstracta prudencia.

—Bueno, Fermín, espero que me mantendrá informada de cualquier novedad.

—Descuide. Y ahora, inspectora Delicado, en otro orden de cosas y volviendo al trabajo, quisiera pedirle un favor.

—Está usted muy misterioso esta mañana.

—No, sólo se trata de rogarle que no deje de lado a la secretaria de Puig. Le pido permiso para seguir buscándola

232

y averiguar qué sabe de todo esto. Ya se imagina que no puedo quitarme de la cabeza que Puig y Pavía siguen relacionados con nuestro caso. También me gustaría poner a un hombre tras los pasos de la esposa de Pavía.

—¿Confía en que una de ellas fuera la mujer del teléfono?

—Son dos posibles implicadas que han quedado sin investigar y no creo que podamos permitírnoslo.

—Adelante, Garzón, yo me haré cargo de las pesquisas del almacén. Supongo que esta misma tarde tendremos resultados del análisis de huellas.

—¿La veo mañana?

—Me verá.

Puede que me hubiera obcecado pensando que el tándem Puig-Pavía no daba más de sí. Era posible incluso que tuviéramos a los culpables ya en chirona. Ese tipo de cosas pasa a veces, los delitos son plantas con zarcillos que suelen engancharse a cualquier lugar. La secretaria de Puig quizás seguía estando relacionada con otros cómplices de su jefe, podía hallarse haciendo intentos por salirse de aquel tema sin ser detectada. Era una buena razón para dar un chivatazo. Pero no conseguía convencerme de esa posibilidad. ¿Por qué dos pájaros como Puig y Pavía iban a estar encubriendo a cómplices en libertad? A no ser que éstos mantuvieran aún en activo la sociedad para que cuando los inculpados salieran del apuro todo continuara como de costumbre. ¿Y qué decir de la francesa? ¿No podía estar actuando de alguna manera por su cuenta? Nada era descartable, nada, ahí radicaba nuestro principal problema. Había que dejar a Garzón *chercher la femme*, ya que tan bien se le daban las mujeres en general. Aunque, pobre Garzón, quizás con el matrimonio su carrera como casanova ya hubiera acabado. Había sido corta, pero intensa; al menos no moriría con la sensación de haber desaprovechado sus condiciones de conquistador.

Me dirigí de nuevo al almacén. La Zona Franca se había animado mucho en aquel corto espacio de tiempo. Se advertía movimiento de camiones y trabajadores con traje de faena. Obviamente había corrido la voz de que estábamos allí, porque varios curiosos inspeccionaban la entrada, el coche celular. El cabo al frente de la inspección ocular me informó de que no existían hallazgos significativos. Lo único destacable era que se notaban en el suelo marcas de cigarrillos apagados; por lo cual era deducible que habían tenido tiempo de recoger las colillas y dejar limpio el lugar. Hilaban fino. Me quedé mirando el pequeño recinto de madera que no habían alcanzado a desmontar. Era como una pequeña cuadra. Guardar perros robados para realizar las ventas a los clientes seleccionados. Una operación realmente aparatosa. ¿No había otro modo de hacerlo? Era difícil conjeturar sin tener conocimientos específicos. Ordené al cabo que tomara muestras de la paja y las enviara al laboratorio de análisis. Me fui, el almacén permanecería acordonado hasta que yo volviera.

Quizás debiera haber hecho antes la visita que me disponía a hacer entonces, pero así es la vida, precipitada e injusta. Me sentí violenta al traspasar el umbral de la librería y a la violencia siguieron nervios cuando Ángela se acercó a mí con los brazos abiertos.

—¡Petra, qué alegría verte!

Lo más torturante era que su recibimiento parecía sincero.

—¿Cómo estás, Ángela?

Bajó los ojos un instante, los alzó de nuevo sin conseguir borrar de ellos un velo de tristeza.

—Ya ves, como siempre, al pie del cañón.

Intenté decir algo, encontrar una fórmula nunca escrita que expresara simpatía, disculpa, comprensión.

—Ángela... yo...

Me cogió del brazo aparentando normalidad.

—Vamos dentro, voy a ofrecerte un café.

Permanecí callada mientras ella hacía los preparativos. Luego, comprendí enseguida que debía contarle el motivo de mi presencia antes de que hiciera falsas hipótesis. Le expliqué el hallazgo del extraño cercado en el almacén, le pedí que me acompañara y le echara un vistazo. Aceptó inmediatamente pero, un instante más tarde, titubeó. Pensé que quizás no era un buen momento.

—Podemos dejarlo para la tarde si lo prefieres.

—No, no es eso, es sólo que... en fin, no me gustaría encontrarme con nadie, es pronto aún.

—Descuida, él no estará allí.

Se puso una americana que, como siempre, combinaba perfectamente con su bonito vestido. Observé que aún lucía el camafeo de Garzón prendido al cuello. Ella se dio cuenta de que lo miraba.

—Nunca me ha gustado negar el pasado; seguiré llevándolo —dijo, y sonrió con falsa bravura. Correspondí con una mueca desmayada. Maldito, maldito Garzón, casanova de pacotilla, gilipollas endémico, alguna vez me decidiría a matarlo por la espalda.

La reacción de Ángela cuando la puse frente al cercado del almacén fue por completo desconcertante. No se movía, no hablaba, no variaba de posición buscando otras perspectivas. Estaba hipnotizada, abstraída, lela. Yo la dejé hacer, sin preguntarle nada, sin intentar sacarla de su embeleso hasta que, de repente, se volvió hacia mí y dijo con inusitada firmeza:

—Ya sé lo que andáis buscando, Petra, ya lo sé.

Quedó callada, miró de nuevo; pero entonces yo ya no estaba dispuesta a esperar ni un segundo más. La cogí por ambos antebrazos y la puse frente a mi cara:

—¿Qué andamos buscando? Dime, ¿qué?

Ella dio un suspiro resignado y dijo:

—Lucha de perros.

—¿Qué?

—Lo que has oído. Peleas clandestinas, lucha de perros. Como en la época de los romanos, como en la Edad Media.

Intenté ordenar de alguna manera lo que estaba diciéndome pero era inútil.

—¿Lucha de perros como espectáculo?

—Lucha de perros como fuente de apuestas, Petra, con mucho dinero en juego.

—¿Cómo es eso, cómo funciona?

—No lo sé con detalle, pero he oído comentarios y he leído hace poco un estremecedor reportaje en una revista. Creo que aún la tengo por casa.

—¡Por todos los demonios!, ¿lucha de perros?

—Debes ir ahora mismo a la policía autonómica, Petra; ellos tendrán algún dato que darte. Yo buscaré esa revista.

—Supongo que estás segura de lo que dices.

—¡Completamente! Lo que me repatea es no haberlo pensado antes de ver este cuadrilátero.

—¡Cuadrilátero! Naturalmente, ¡eso es este artefacto! ¡Cómo no me di cuenta! Está bien, vamos allá. Localízame esa revista.

El policía autonómico me recordaba perfectamente.

—¡Vaya, inspectora!, ¿aún liada con los perros?

Asentí no muy contenta de su comentario.

—Oiga, Mateu, necesito datos sobre la lucha clandestina de perros.

Me miró con sorpresa.

—¡Ahora sí vamos entrando en materia, ése es un tinglado importante!

—Pero usted no me lo mencionó en su día.

—¡Usted tampoco me lo preguntó!

Me llevó hasta su ordenador y se puso a operarlo calándose unas gafas gruesas que disimulaban su juventud.

—Vamos a ver... Más o menos en el noventa y cuatro tuvimos un caso en Deltebre, provincia de Tarragona. No se halló a los culpables. Alguien denunció ruidos raros en una masía abandonada, pero cuando llegamos allí, los tíos ya se habían largado. Pudimos recomponer más o menos la historia gracias a testimonios, pero no se confirmó. El presunto responsable era un tipo que se había instalado en el pueblo diciendo ser entrenador de perros. Luego dedujimos que los robos de perros de defensa que se detectaron en la zona podían achacársele a este individuo. De vez en cuando enfrentaba perros en peleas, con asistentes y cruce de apuestas. Llegaron a encontrarse perros medio muertos vagando por el campo. Supongo que era un tipo bastante chapucero. Sospechamos que ahora existen redes de más categoría operando en Barcelona, pero no hay evidencias fiables, de modo que no podemos echarles el guante.

—¿Qué les ocurriría si se lo echaran?

—Les caerían multas, de doscientas cincuenta mil hasta dos millones de pesetas.

—Yo los mandaría a presidio de por vida.

Sonrió con sorna.

—Las mujeres sois radicales —dijo.

Informé a Garzón por teléfono. No podía salir de su sorpresa. A la tercera vez que preguntó «¿Lucha canina?», decidí no volver a dar datos a nadie más, era demasiado inverosímil.

—Entonces, ¿dejo lo que estoy haciendo, inspectora?

—Siga intentando dar con esa chica, pero si no lo consigue pronto, déjelo.

—Inspectora, ¿cómo se le ocurrió lo de la lucha canina?

—Alguien me puso en la pista.

—¿Ángela?

—Sí.

—¡Estaba seguro!

—¿Por qué?

—No sé, cosas mías.

—Pues bien, Garzón, deje sus cosas para mejor momento y dedíquese por completo a la investigación.

—A sus órdenes.

¡Tenorio aficionado! Acuchillado por la espalda, linchado, aguijoneado con magia negra, no importaba, cualquier cosa que lo hiciera perecer.

Ángela me localizó por teléfono poco después. Había encontrado la revista. Se trataba de *Reportaje*, un semanario de información general bastante tremendista. Volví a pedirle que me acompañara, esta vez hasta la redacción; quizás sus precisiones profesionales fueran de nuevo necesarias. Desgraciadamente no podía ponerme a considerar si para ella era doloroso seguir en el medio habitual de Garzón.

Nos encontramos en el vestíbulo de *Reportaje*. La librera seguía exhibiendo un leve aire afligido. El tipo que había realizado el reportaje era un tal Gonzalo Casasús. Pedimos verle y, mientras llegaba, estuve hojeando su trabajo. Las fotografías me estremecieron. Primeros planos de dos cabezas de perro trabadas por las mandíbulas, los ojos abiertos de par en par, sin mirar a ningún sitio. Perros saltando sobre otros perros, la ferocidad marcada en la cara, sangre goteando desde sus fauces.

—¿Quién es capaz de hacer una cosa así? —pregunté al aire con horror.

—Gente como tú y como yo —respondió Casasús apareciendo sonriente.

—Espero que no —repuse.

—El dinero remueve lo peor que hay en nosotros. Así que sois policías. ¿Qué queréis saber?

Tenía unos treinta años, el pelo casi al cero, un pendiente plateado horadaba el pabellón de su oreja derecha.

—Todo.

—Peleas de perros.

—Sí. ¿De dónde has sacado las fotos, has estado en alguna de esas sesiones?

—Supongo que habéis oído hablar del secreto de información.

—Tú debes de haber oído también sobre las acusaciones de complicidad por ocultación de datos.

—Sí, algo he oído. Oye, creo que nos lo estamos montando muy mal. ¿Por qué no empezamos de nuevo?

—De acuerdo, empieza tú.

—¿Podré publicar lo que digamos?

—Aún no, pero si colaboras te prometo avisarte antes que a nadie cuando resolvamos el caso.

—Es un principio. De todas maneras os prevengo que os vais a frustrar. En realidad nunca he estado en una de esas peleas, pero sé cómo funcionan, y que se hacen en Barcelona.

—¿Cómo lo sabes?

—Alguien me informó.

—¿Quién?

—¿Ya estamos con los nombres?

—¿Quién?

—¡Bah!, un hombrecillo, no creo que fuera muy importante en la organización.

Saqué la fotografía de Lucena, se la enseñé.

—¿Este hombrecillo?

—¡Coño, sí!, ¿qué le ha pasado?

—Lleva bastante tiempo muerto, se lo cargaron.

—Interesante, ¿quién se lo cargó?

—Eso es lo que intentamos averiguar. ¿Te pusiste en contacto con alguien más?

—No, sólo con él. Nos entrevistamos en un bar. Me cobró por la información y luego se largó sin decirme siquiera su nombre.

—¿Quién te habló de su existencia?

—No sé, uno de esos desgraciados que nos pasan datos sobre bajos fondos.

—¿Sabes cómo opera la organización?

—Está más o menos explicado en el reportaje. Parece ser que han copiado el funcionamiento de las mafias rusas. Hay muchas peleas de perros en Moscú.

—¿Y cómo es eso?

—Bueno, pues un tipo tiene varios perros entrenados para la lucha. Alguien que trabaja a sus órdenes se dedica a robar perros de razas agresivas. Unas veces los roban para usarlos como *sparring*, otras pasan casi directamente al enfrentamiento después de haberlos adiestrado un poco.

—Entiendo.

—Después buscan un sitio variable, que no pertenezca a nadie de la banda. Así ninguno de los asistentes puede testificar sobre lugares comprometidos. Entonces realizan varias peleas en una sesión y la gente cruza apuestas. Por lo visto las cantidades son fuertes, muy fuertes. A los tipos que van les gustan los espectáculos nuevos, excitantes.

—¡¿Cómo puede disfrutar alguien con algo tan horrible?! —exclamó Ángela rompiendo su silencio.

—Pues disfrutan. Y no creas, son gente normal, tíos de pasta que se aburren con las diversiones convencionales, ejecutivos, empresarios...

—Dudo que sean normales.

—Ahora estoy haciendo un reportaje sobre pedófilos; y te aseguro que comparándolos, éstos son boy scouts.

Los ojos de Ángela se agrandaron un poco. Proseguí.

—Y las fotos, ¿de dónde sacaste las fotos?

—Las compramos, son de agencia. Ni puta idea de dónde puedan estar tomadas; pero desde luego no en España, son de France-Press.

—Así no es difícil hacer un reportaje.

—También vosotros recurrís a la Interpol.

—Has visto muchas películas.

Me miró con aire pícaro.

—¿Queréis que os enseñe más fotos? Tengo varias que el director no consideró oportuno publicar, demasiado desagradables.

Se fue dejando un perfume difuso a tabaco rubio.

—Estoy impresionada de lo bien que sabes tratar con este tipo de jóvenes —comentó Ángela.

Sonreí.

—¿De qué tipo te parece este joven?

—No sé, es tan... desinhibido.

—Un pequeño cabroncete, nada más.

Volvió con un fajo de fotos en la mano. Me las tendió.

—Echadles una ojeada, os gustarán.

A medida que iba viéndolas se las pasaba a Ángela, en silencio. Eran espantosas. Colmillos que se hundían en carne, baba espesa, sangre fresca manando, coagulada sobre el pelaje... Ángela se tapó los ojos, las dejó caer sobre la mesa.

—Es terrible que dentro del hombre pueda existir tanta maldad.

El periodista la miró con suficiencia.

—Oye, no te escandalices demasiado, en el mundo hay cada día niños que mueren de hambre, y guerras, y tipos que pierden las tripas en reyertas. Al menos aquí sólo son perros.

Ángela se volvió hacia él, casi colérica:

—Pero la maldad que genera lo uno y lo otro es siempre la misma, ¿no te das cuenta?

El tipo me miró extrañado.

—Ella no es policía, ¿verdad?

—No, tienes razón, no lo es. Los policías, como los periodistas, hemos perdido cualquier sensibilidad.

Se encogió de hombros.

—Yo no he hecho el mundo.

Al salir, observé que Ángela estaba pálida.

—Creo que deberíamos tomarnos un copazo, te sentará bien.

241

Nos metimos en el primer bar que encontramos. Pedí dos coñacs. Ángela le dio un buen trago al suyo como si en realidad lo necesitara.

—Lamento haberte hecho venir, no ha sido muy buena idea.

—Pensarás que soy una vieja neurótica que se emociona por simples perros.

—No, a mí también me revuelve las tripas todo esto.

—Supongo que tampoco estoy en mi mejor momento emocional. —Me miró a los ojos, yo los desvié hacia el suelo—. Sabes lo de Fermín, ¿no, Petra?

—Sí, lo sé.

—¿Sabes también que piensa casarse con esa mujer?

—Sí, ¿cómo te has enterado tú?

—Me llamó por teléfono y me lo contó. Aunque ya hubiéramos roto no quería que la noticia me llegara por ningún otro conducto. En el fondo es un caballero.

—Mira, no sé si es un caballero o un hijo de puta, pero en cualquier caso es un imbécil; uno no se casa así, por las buenas.

—Teme la soledad. Es un hombre que se ha sentido muy solo toda la vida.

—Pero ese matrimonio será un desastre. A cierta edad la convivencia se vuelve más difícil.

—También a cierta edad se valora más la compañía.

Metí la mirada en mi copa, la hundí en el coñac, luego me lo bebí de un trago. Ángela tenía sus hermosos ojos llenos de lágrimas, pero logró recomponerse enseguida.

—¡Bueno, creo que voy a pedir una placa como ayudante del sheriff, me la merezco!

Rió con más ímpetu del que era normal, y también bromeó al despedirnos. Fantástico, pensé, viva el amor, la risa, la broma, la vida. Una mierda, en fin.

Volví a comisaría. Me senté. Preparé un informe. «Aparece testimonio de que Ignacio Lucena Pastor se hallaba implicado en la lucha clandestina de perros», escribí. Todo me parecía absurdo. Llamaron por teléfono, un hombre quería hablar conmigo. Muy bien.

—Inspectora Delicado, soy Arturo Castillo, ¿se acuerda de mí?

—Hola, doctor Castillo. Por supuesto que me acuerdo. ¿Qué se le ofrece?

—Me preguntaba si habían resuelto ya el caso de los perros. De vez en cuando siento curiosidad y como no veo nada en los periódicos...

—Doctor Castillo, ¿no se da cuenta de que con sus llamadas empieza a señalarse a sí mismo como sospechoso?

—¿Cómo?, ¡espero que esté bromeando!

—No bromeo, es algo que sucede a veces, culpables que se sienten atrincherados en su buena coartada, pero que no soportan la incertidumbre de saber si el brazo de la ley no estará quizás acercándose.

—¡Qué cosas dice, inspectora!

—¿Está seguro de no tener nada que ocultar? Quizás usted odiaba a Lucena por alguna razón.

—¡Inspectora, puedo ir a testificar cuando lo desee!

—Lo pensaré, doctor Castillo, lo pensaré.

Colgué. Mi estado de ataraxia se había convertido en un ataque rabioso. El mundo se debatía entre injusticias, perros azuzados por la avaricia se despedazaban entre sí, el amor siempre se resolvía dolorosamente pero, a pesar de todo, era imprescindible seguir siendo bien educado, ¿no es cierto? ¡Al carajo! Cerré los cajones de mi mesa haciendo un ruido infernal. Cogí mi americana y me largué sin saludar a ninguno de los compañeros que me encontraba por el pasillo. Iba a cenar sola, en algún restaurantucho de mala muerte, y escogería algo así como macarrones bien entomatados y una enorme morcilla en segundo lugar. Una risible rebelión contra lo correcto.

La mañana siguiente fue algo menos desastrosa. Nada más entrar en mi despacho, tan violentamente abandonado la víspera, hallé el informe del laboratorio sobre mi mesa. Leí con avidez y, al cabo de un segundo, con auténtico optimismo. Sí, no había ninguna duda, en la muestra de paja que habíamos enviado se hallaron restos de sangre canina y pelos de perro. La diana de Ángela había sido total. Dejé una nota explicativa a Garzón con las novedades y volé hasta el laboratorio. El jefe de servicio me ratificó todos los conceptos del hallazgo y me dio una minúscula bolsita donde se habían envasado al vacío varios pelos cortos, duros, de una coloración incierta que iba desde el beige hasta el blanco marfileño. Lo único que podía asegurarse era que la sangre y los pelos pertenecían a perros. Cualquier otra precisión debía hacerla un veterinario. No me atreví a preguntarle si existían veterinarios forenses en nuestro cuerpo; de modo que recurrí al que tenía más cerca.

Me presenté en la consulta de Juan Monturiol sin avisarle siquiera. Guardé turno entre señoras que sostenían a sus yorkshires sobre las rodillas, hombres que llevaban tiernos cachorros a vacunar. Comprobé una vez más que había una solidaridad especial entre los dueños de perros. Nadie se sentía incómodo si era olfateado imprevistamente, ni ofendido si resultaba objeto de algún ladrido poco amistoso.

La reacción de Juan al verme cuando salió acompañando a un cliente no fue halagadora, pero atribuí su gesto adusto a la seriedad ambiental. Aguardé con santa paciencia, leí revistas impensables sobre perros y gatos y cuando por fin el último paciente se había largado, el veterinario vino hacia mí y me dio la mano. Distanciamiento. No menos del que yo merecía, probablemente. Intenté ser natural y simpática en los prolegómenos personales; seria y ligeramente intrigante en los profesionales. Se enganchó enseguida a la historia. Me pidió ver los pelos. Yo los saqué del bolso con la unción del que maneja reliquias santas. Entramos en su laboratorio y colocó los pelos sobre una placa.

—Verlos al microscopio no nos daría pistas; de modo que vamos a someterlos simplemente a un fuerte aumento.

Los colocó bajo una lupa, pasó un buen rato mirándolos. Me había olvidado de su belleza. Las manos fuertes y largas, de dedos delicados. El cabello rubio, espeso. Los rasgos perfectos de nariz y pómulos. Levantó sus ojazos verdes hacia mí.

—¿Qué quieres saber?

—¿A qué raza de perro pertenecen?

Dudó un momento.

—Hay algunos que son casi dorados, otros blancuzcos. Pueden corresponder a dos o más perros; pero también pueden ser de un mismo perro que tenga colores diferentes en el manto y la panza, o de uno que sea manchado. En cualquier caso, vienen de ejemplares de pelo corto y, por la textura y lo poco deteriorados que están, yo diría que son jóvenes.

—¿No puede saberse por la sangre de qué raza son?

—No, en modo alguno.

—Sabemos que se trata de perros de defensa, y tenemos el color. ¿Crees que con esos pelos podríamos señalar o descartar alguna raza?

—Eso nos llevará una larga sesión.

—Puedo volver mañana.

—No, quédate. Iré a comprar algo para comer.

—Iré yo.

Salí a la calle y busqué un bar. Me descubrí pidiendo que uno de los bocadillos tuviera doble ración de queso. Estaba cuidando de Juan, una agradable sensación después de todo. Mi amante descontento había sido amable una vez más. Tras largas horas de trabajo en su consulta, aún encontraba tiempo para dedicármelo. Lo cierto era que yo no me había comportado bien con él. Había sido frívola. Quizás no era nada tan terrible depositar un poco de confianza en alguien. La valiosa compañía, según las palabras de Ángela.

La tarde fue larga e intensa. Después de haber consultado libros y fotografías, Monturiol estuvo en condiciones de dictaminar.

—Apunta, Petra, vamos a ver. Estos pelos pueden pertenecer a las siguientes razas: bóxer, stadforshire, pastor alemán de pelo corto, dogo alemán y perro de presa canario. Supongo que son demasiadas para que el dato sea útil, ¿me equivoco?

—Si estos cabrones funcionan como me contó un periodista, uno de los perros era robado y, por tanto, saber su raza no nos informa de nada en especial. Pero el otro era del propietario organizador, y sin duda estará entre esas razas. Por eso es determinante conocerla.

—¿Piensas en criadores?

—Es una posibilidad.

—No puedo ayudarte más.

—Me has ayudado muchísimo. ¿Qué puedo hacer yo por ti?

—Acércame a mi casa, no he traído el coche.

Y lo llevé. Quizás no era tan malo mostrarse cariñosa algunas veces.

A la mañana siguiente Garzón y yo celebramos una reunión de urgencia en mi despacho. El reportó sus avances en el *cherchez la femme*, que no escuché, y yo le expuse la situación. Nuestros esfuerzos debían ir dirigidos a los criadores de las razas que Monturiol había seleccionado.

—¡Pero si ya los hemos investigado! —arguyó mi compañero.

—Bueno, pues lo haremos otra vez.

—Sigo creyendo que nos dispersamos demasiado.

—Trabajamos con las únicas evidencias que tenemos. Ahora sabemos que Lucena estaba metido en el negocio de la lucha, y también sabemos que en ese nuevo trabajo «se pasaba la vida en el campo». ¿A qué piensa que iba al campo, a merendar?

—Pero el campo puede ser el jardín de cualquiera que tenga una casa lo suficientemente aislada.

—De acuerdo, pero ¿quién puede tener en su casa varios perros entrenados para luchar?, y ¿dónde puede realizar las pruebas con perros robados sin levantar sospechas? No, Garzón, es posible que el campo sea cualquier cosa, pero antes de buscar agujas en pajares vamos a registrar bien el acerico.

—Pues le advierto que la lista de Monturiol tiene tela.

—Podemos descartar una raza, no hay criaderos de perro canario de pelea cerca de Barcelona.

—Aun así...

—Nos los repartiremos. Usted visitará el criadero de stadforshire y el de dogo. Yo el de pastor alemán y bóxer. A usted va a corresponderle ir a buscar órdenes de registro. Esta vez vamos a abrir todas las dependencias que haya en las instalaciones, a revisarlo todo. La inspección tendrá que incluir a los propios animales, sería conveniente comprobar si alguno de ellos presenta escoriaciones o cicatrices, síntomas de haber peleado.

—En ese caso deberíamos ir acompañados de un experto. Le pediré a Valentina que me acompañe.

—Bien pensado, yo se lo pediré a Juan, o a Ángela.

—Inspectora, si Ángela tuviera que aparecer por aquí...

—No se preocupe, procuraré que no se produzcan encuentros molestos.

—Gracias. Veo que se hace cargo.

—No sabe hasta qué punto me hago cargo.

Prefirió no indagar en mis invectivas irónicas y salió presuroso del despacho, probablemente encantado de poder

247

compartir su trabajo con una experta tan idónea para sus intereses.

A las cuatro de esa misma tarde tenía sobre mi mesa las órdenes de registro. Cumplía bien sus obligaciones; Garzón el magnífico, a pesar de sus veleidades amatorias continuaba funcionando como un reloj suizo. Quedé de acuerdo con Juan Monturiol para ir juntos al criadero de pastor alemán. Fue un encuentro distendido, casi una excursión. Charlamos, comentamos y, una vez llegados al lugar, pude comprobar la emoción que sentía Juan al participar en un registro policial. El dueño era un hombre bastante mayor, apacible, que contradecía por completo el aforismo de que el dueño se parece a su perro. Él no tenía nada que ver con sus valientes pastores alemanes. Se tomó nuestra visita con tanta filosofía que incluso me preguntó por el subinspector Garzón, al que recordaba de la vez anterior. Si se trataba del culpable, había desarrollado una admirable capacidad de disimulo. Tampoco sus instalaciones parecían sospechosas: abrimos puertas, fisgamos detrás de las casetas, inspeccionamos hasta el último rincón. No existían habitaciones ocultas, ni rings que pudieran recordar a los de lucha. No había ningún animal aislado ni tratado de modo diferente. Juan iba acercándose a las perreras y observaba los perros con cuidado, las patas delanteras, el cuello... Me indicó que ésas solían ser las principales zonas atacadas en una pelea; las patas delanteras inmovilizan al contrario, el mordisco en el cuello puede causar la muerte inmediata. Había traído consigo una larga vara y a veces la introducía entre las rejas para hacer variar de posición al perro y poder examinarlo mejor. Inútilmente, porque el dictamen final fue negativo, ninguno de aquellos ejemplares presentaba indicios de haber luchado.

Para que el reconocimiento resultara exhaustivo, eché una ojeada más intimidatoria que experta sobre sus libros de contabilidad. Nada extraño apareció a primera vista. El criador nos miraba con resignación y curiosidad, pero no hizo preguntas. Sólo al final, perdida ya la timidez, se atrevió a comentar que nunca más daría parte a la policía cuando le desapareciera un perro. Juan cometió el error de preguntar por qué, y él contestó: «La policía siempre acaba tratándote como si fueras culpable de algo». Mi amigo quedó impresionado por esta frase, pero yo le advertí más tarde que era todo un clásico de repertorio, no exento de razón.

En el viaje de vuelta, la sensación de relajamiento y bienestar se hizo aún más envolvente. Juan descartaba las posibilidades de que el criador de pastor alemán fuera nuestro hombre, como si realmente trabajara en el caso. Hacía hipótesis, las sometía a preguntas de prueba que él mismo elaboraba. Lo miré sonriendo.

—A lo mejor se podía sacar de ti un buen policía.

—Te recuerdo que la paz y la tranquilidad son las cosas que considero más importantes en la vida.

—Pero puedes jugar a detectives de vez en cuando.

—Eso significa que vas a necesitarme mañana.

—Mucho me temo que sí. ¿Podrás arreglarlo? Aún tenemos un par de criadores que visitar.

—Lo arreglaré.

—¿Y ahora, puedes arreglarlo para cenar conmigo?

Me miró interrogante.

—¿Una cena sin prisas?

—Sí.

—Ya está arreglado.

Y cenamos en su casa, y después hicimos el amor mansa, cariñosamente. Quizás hay relaciones que es necesario cortar y reiniciar varias veces, pensé mientras me vestía con cuidado de no despertarlo, quizás en uno de esos comienzos se encuentra la vía adecuada.

Llegué a casa a las tres de la mañana. Oí los mensajes del contestador. Nada. Mi asistenta me había preparado verduras para cenar. Estaban frías como cadáveres sobre la mesa de la cocina. *Espanto* roía uno de esos falsos fémures fabricados con cartílago. Entusiasmado con su presa sintética ni siquiera se acercó a saludarme. Tomé un baño, me arranqué unos cuantos pelos de las cejas y cogí un libro con la sana intención de que el sueño me venciera realizando un acto cultural. Pero, transcurrido un instante, sonó el teléfono. Es Juan, pensé, uno de sus típicos detalles amorosos: «Ha sido maravilloso, te echo ya de menos». Pero era Garzón, a las tres de la mañana. Debía de tratarse de algo grave.

—¿Inspectora? Hay algo muy importante que debo comunicarle.

Sentí una punzada de ansiedad.

—¡El criador de stadforshire! —casi grité.

—No, no se trata de eso. Verá, es que preferiría ir un momento a su casa y decírselo personalmente. Ni siquiera he querido dejarle un mensaje en el contestador. Llevo toda la noche llamándola.

¿Qué otra cosa podía hacer sino decirle que viniera? Sin duda tenía algún dato tan crucial de la investigación que no se atrevía a comunicármelo por teléfono. Volví a vestirme someramente y miré si quedaba whisky en la despensa. Me senté a esperar al subinspector. Cuando le abrí la puerta enseguida comprendí que haber comprobado mis reservas de whisky había sido una precaución innecesaria: Garzón portaba en la mano, moviéndola eufóricamente, una botella de champán francés.

—Traiga un par de copas, inspectora, y perdone la intromisión, pero es que he querido que fuera usted la primera en saberlo.

Lo miré como una imbécil. Por fin él espetó:

—Valentina ha dicho sí.

Como me cogió desprevenida estuve a punto de preguntarle «sí ¿a qué?», pero enseguida caí en la cuenta de que hablaba del matrimonio. Lo único que se me ocurrió decirle fue:

—¡Eso es magnífico, Fermín!

Se coló en el salón y él mismo se hizo con las copas. Palmeó la cabeza de *Espanto* y abrió el champán como el más consumado *sommelier*. Brindamos.

—¡Por su felicidad! —exclamé sin saber si era lo adecuado. Él levantó el líquido en alto y luego se lo tragó de una tacada sin pestañear. Acto seguido nos sentamos y adoptó aires de confidencia.

—Por lo visto la cosa ha sido dura para ella, ¿sabe? El tipo ése, su amante, no la dejaba marchar así como así. La ha presionado durante estos últimos dos días, salvajemente. Ha llegado incluso ha confesarle la existencia de Valentina a su mujer, diciéndole después que la abandonaba. Naturalmente era un elemento de chantaje frente a Valentina. El muy cabrón ha pasado años teniéndola de querida secreta y ahora le ofrece dejar a su mujer, casarse con ella en cuanto obtuviera el divorcio. Por supuesto que Valentina ha resistido como una jabata. «Ya es demasiado tarde, le soltó. Has dado un disgusto inútil a tu mujer.» ¿Qué le parece? Menuda respuesta ¿eh?

—Buena.

—Por fin parece que el tipo se ha dado cuenta de que no había nada que hacer y va a dejarla en paz de una vez. En fin, ¿qué me dice, Petra?

—¡Qué le voy a decir!, todo es muy emocionante.

—Pues ahora viene lo realmente gordo. En realidad es para decirle eso por lo que me he permitido venir tan tarde.

—¡Arránquese, Fermín, me va a dar un infarto!

—En cuanto nos casemos voy a darme de baja en el servicio.

—¿Dejar la policía?

—Jubilación anticipada.

Me quedé estupefacta, sin habla.

—¿Está seguro de eso, Fermín?

—Verá, si juntamos los ahorros de Valentina con los

míos, resulta que tenemos suficiente dinero como para comprar un terreno en el campo y construir la casa y la canera que ella siempre ha deseado. ¿No es increíble?, ventajas del matrimonio. Así los dos podremos dedicarnos tranquilamente a la cría de perros y vivir en plena naturaleza. ¿Me imagina de granjero de chuchos, inspectora?

—No sé, Fermín, ¿lo ha pensado usted bien? Dejar la policía, cambiar de actividad a estas alturas... Para Valentina eso constituye el sueño de su vida, pero para usted...

Se puso serio, me miró intensamente.

—Estoy cansado, Petra, de verdad. Usted se metió en la policía porque necesitaba un cambio; siendo abogada podía haberse dedicado a cualquier cosa. Pero yo entré en el Cuerpo de jovencito sólo porque tenía que ganarme el pan. Llevo toda la vida en la calle y dígame, ¿qué hago yo a mi edad persiguiendo robaperros?

—Supongo que tiene usted todo el derecho a escoger.

—Es la primera vez en mi vida que escojo de verdad, y dos cosas importantes: mujer y trabajo. Le aseguro que me siento como un rey.

—Le deseo todo tipo de felicidad. ¡Su apartamento de soltero ha sido efímero después de todo!

—Pero muy importante. Me ha dado libertad e intimidad. Y eso se lo debo a usted.

—¡Pues págueme con otra copa de champán!

Bebimos y reímos, durante mucho rato. Nunca había visto a nadie tan contento. Sin duda iba a echar de menos al subinspector Garzón, su lealtad, su hambre lupina, el contorno abultado y jovial de su vientre. Lo había subestimado, quizás no era tan inmaduro como llegó a parecerme; había sabido encontrar lo que quería. Se marchó achispado y feliz, pimpante como un mariscal. ¿Guardaría algún pensamiento para Ángela en aquellos momentos? Desde luego que no. La felicidad amorosa vacuna contra recuerdos dolorosos. El valor de la compañía. Me senté, acaricié la cabeza de *Espanto,* que se había dormido junto a su falso hueso. Cogí el teléfono y llamé a Juan. No me importaba despertarlo. Se asustó.

—¡Petra! ¿Qué ocurre?

—Nada, sólo quería saber cómo estás.

Tardó un poco en recuperar el habla, por fin lo hizo en un tono muy dulce.

—Estoy bien, querida, estoy bien.

Esperaba que aquella llamada le pareciera síntoma de un cambio esperanzador en mi personalidad.

El sueño de aquella noche o de lo que quedó de noche fue tan intenso que, aunque corto, resultó reparador. Desperté de un humor ufano y me metí enseguida en la ducha. Al salir, mientras me secaba, oí el teléfono sonando en el salón. Cinco minutos antes hubiera sido peor, pensé. Me apresuré, una llamada tan temprana sólo podía proceder de comisaría. Así era, reconocí enseguida el inconfundible acento gallego de Julio Domínguez, un joven guardia recién destinado a Barcelona.

—Inspectora Delicado, la llamo cumpliendo una orden del inspector Sánchez.

—Dígame, le escucho.

—Es que han encontrado a una mujer muerta.

—¿Y bien?

—Pues es que el inspector Sánchez me ha dicho que la mujer, la mujer muerta, llevaba al cuello una medalla, o algo así, con la foto del subinspector Garzón.

Mi respiración se hizo fatigosa, me mareé levemente.

—¿Rubia o morena?

—¿Cómo?

—La mujer, ¿es rubia o morena?

—No lo sé, inspectora, sólo me han dicho lo que le he contado.

—¿Dónde la han hallado?

—En el patio de su casa.

—¿Y dónde está su casa, por Dios Santo?

—Tampoco lo sé. Es que no he sido yo quien ha cogido el recado. Espere un momento, inspectora. Voy a investigar quién ha hablado con el inspector Sánchez y enseguida vuelvo a llamarla.

—¡Por todos los demonios, iré ahora mismo a comisaría, será más rápido!

Me vestí con las primeras prendas que mi mano topó en el armario. Las cremalleras se trababan y los botones se resistían. Olvidé pasarme un peine por el pelo y acariciar a *Espanto*. Mientras ponía en marcha el motor del coche, notaba la adrenalina fluyendo por mi cuerpo.

10

Sánchez estaba impresionado. Era un hombre maduro, veterano y encallecido, pero él mismo lo dijo: «En todos los años que llevo de servicio no había visto nada igual». Yo contaba con muchos menos, pero quizás tampoco llegara a presenciar nunca una escena que fuera comparable. En el suelo, desmadejado y roto como un trasto viejo, yacía el cadáver de Valentina Cortés. Las partes expuestas de su cuerpo estaban cubiertas de heridas violáceas. Tenía la cara llena de sangre y los ojos fruncidos en una mueca de dolor, ya eterna. Me arrodillé a su lado. Su hermoso cabello rubio se hallaba apelmazado en mechones por efecto de la coagulación de la sangre. Sánchez se acuclilló a mi altura.

—Es amiga de Fermín Garzón, ¿verdad?

—Sí.

—Lo imaginé enseguida, con esa medalla... por si acaso preferí llamarte a ti y que echaras un vistazo.

—¿Qué son esas heridas?

—Mordiscos. Al parecer la atacó su propio perro. Está ahí, metido en su caseta, atrincherado. En cuanto nos acercamos, ruge. No creo que salga, pero tengo a un guardia con la pistola preparada. Debe de ser un bicho de mucho cuidado.

—¿Has avisado al forense?

—Y al juez para que certifique la defunción. Hemos hecho un primer registro en el interior de la casa y no hay nada anormal. Se diría que la atacó aquí fuera, delante de la caseta porque estaba atado.

—¿Han oído algo los vecinos?

—Dicen que no.

—Entonces es raro, ¿no te parece?

—Depende de qué hora fuera; además, siendo su propio perro debió cogerla por sorpresa y no gritó.

—¿Por sorpresa con toda esa cantidad de mordeduras?

—No sabemos si la mató a la primera y siguió mordiendo después.

Me puse en pie. El dolor de cabeza había empezado a apretarme las sienes.

—¿Eran muy amigos Garzón y ella?

—Muy amigos, sí.

—¡Joder!, ¿y cómo piensas decírselo?

—¿He de decírselo yo?

—¡Mujer, trabaja contigo!

Llamé por teléfono al subinspector. Era la única alternativa que tenía y, además, era mi deber. Al menos, en la escena del suceso había más gente y cuando llegara, yo encontraría alguien que me ayudara a disminuir la tensión.

—¿Subinspector Garzón?

—Diga, inspectora. Perdone si me he retrasado, pero ya iba para comisaría.

—Garzón, ha pasado algo malo, quiero que me escuche y que conserve la serenidad.

—Joder, inspectora, no me asuste.

—Han encontrado muerta a Valentina en su casa, Fermín. Creen que fue *Morgana* quien la atacó repetidas veces hasta dejarla sin vida.

No hubo más que silencio del otro lado del auricular.

—Me ha entendido, ¿verdad?

—Sí.

—¿Se encuentra bien?

—Sí.

—¿Viene para acá?

—Sí.

Llegó el forense, y llegó el juez, y por último, sin corbata y con las faldas de la americana revoloteando al viento, llegó Garzón. Evité mirarlo a la cara, evité hablar con él. Vi desde cierta distancia cómo se acercaba al lugar donde estaba el cuerpo, cómo se agachaba y levantaba una esquina de la manta que lo cubría. Sánchez le daba todo tipo de explicaciones. Escuchaba muy quieto. Entonces me acerqué, le puse la mano en el hombro. Se volvió, me miró, su cara era de palo, sus ojos estaban vacíos de expresión.

—Fermín —dije.

—Hola, inspectora —respondió con voz completamente opaca.

—El forense dice que murió a las dos de la mañana, y ha confirmado que son dentelladas de perro. Ahora se la llevarán para hacerle la autopsia —terció Sánchez.

—Su perra no la mató —afirmó muy bajo Garzón—. Inspector Sánchez, sospecho que se trata de un asesinato. ¿Puede usted ordenar un registro exhaustivo?

Sánchez lo miró con una sombra de duda, acto seguido contestó:

—Naturalmente. Ahora mismo digo que lo registren todo otra vez, que tomen huellas y muestras de tejido de alfombras y cortinas. Sacrificaremos al perro y mandaré que le inspeccionen los dientes, que busquen restos de sangre.

—No es necesario que lo sacrifiquen, yo lo sacaré de la caseta.

—Le será imposible, Fermín.

Garzón no contestó. Se dirigió hacia la caseta. Al verlo, el animal empezó a gruñir. El subinspector no se detuvo. Todos cuantos estábamos allí quedamos en suspenso, las miradas se centraron en él. Se agachó frente a la pequeña

257

puerta, alargó una mano abierta hacia su interior y dijo quedamente:

—Ven, *Morgana*, ven.

La perra salió de su escondrijo casi gateando y buscó protección bajo las piernas de mi compañero. Éste empezó a acariciarla en silencio. No se movían, y nadie se atrevía a interrumpirlos. Me acerqué.

—Fermín, tienen que llevarse a la perra, van a analizarle los dientes.

—Dígales que no la sacrifiquen, buscaremos a alguien que se quede con ella.

—Está bien, no se preocupe, se lo diré.

Tomó a la perra del collar, la desató y ésta lo siguió mansamente hasta la furgoneta. El forense le inyectó un calmante y se la llevaron. Garzón se quedó mirando cómo se alejaba el vehículo. Tenía que arrastrarlo fuera de allí aunque sólo fuera unos minutos. De ninguna manera debía presenciar el traslado del cadáver.

—Vámonos a tomar un café, subinspector.

—¿Un café? —preguntó como si hubiera olvidado el significado de la palabra.

—Sí, sólo será un ratito, vámonos.

—¿Y el registro?

—El inspector Sánchez queda al cuidado; descuide, ya ha oído que lo harán exhaustivo.

Lo empujé con suavidad pero firmemente. Entramos en un barucho lleno de estrepitosos trabajadores que desayunaban.

—¿Lo quiere con leche, Fermín?

Asintió distraído y ausente.

Bebíamos el café en silencio. Yo oía las bromas que los obreros se gastaban entre sí, la narración neutra de las noticias radiofónicas sumándose al jaleo, el sonsonete de la máquina tragaperras incitando a jugar desde un rincón. La rutina alegre de una mañana normal. Nunca he tenido dotes para lo heroico ni lo emotivo. No se me dan bien los pésames, ni los consuelos, ni las frases de ánimo. No hay nada que decir frente a la adversidad; puede que todo en la vida llegue a tener solución, pero hay algo inicuo en recordarle eso a alguien que está sufriendo. Todo lo que se me ocurrió hacer fue proponerle a Garzón:

—¿Nos tomamos una copa, subinspector?

Aceptó, y en cuanto la tuvo en la mano, se la bebió de un trago. Luego dijo:

—A Valentina la ha matado su amante.

—¿Con un perro?

—La ha matado su amante —repitió.

—¿Qué sabe usted de ese amante, Fermín?

—Nada, tiene huevos la cosa, nada. Nunca quise preguntarle, ni ella me habló. —Se quedó un segundo abstraído y añadió—: Vámonos, quiero ver cómo marcha ese registro.

Bien, el flanco profesional era un buen camino para poder afrontar la realidad. De regreso a la casa comprobé que ya se habían llevado el cadáver. Sánchez nos encaró enseguida.

—Hemos encontrado algo en la caseta del perro —dijo—. ¡Figueredo, tráigame la prueba!

—Es que ya la hemos llevado al coche, inspector.

—¿Y quién les manda...? ¡Tráigame la prueba, cojones! —Mientras el guardia se alejaba, Sánchez se volvió hacia mí y comentó con aire conspicuo:

—Cualquier día va a haber que pedirles las cosas por favor.

Cuando regresó Figueredo, llevaba una libreta en las manos. Garzón casi se la arrebató y empezó a hojearla nerviosamente. Un rictus de dolor le cruzó la cara, después me la tendió. Era la tercera libreta contable de Lucena. Sin duda alguna, su letra, sus números y, esta vez sí, una contabilidad de cifras elevadas que podían coincidir con su dinero escondido en el zulo.

—¿Dónde estaba? —pregunté.

—Dentro de una grieta profunda que hay en la pared interior de la caseta. Buen escondite, ¿verdad?, nadie hubiera tenido pelotas para meterse ahí. ¿Os dice algo esta libreta?

—Sí, Sánchez, me temo que vamos a tener que indicarle al comisario que nos hacemos cargo de esto; creo que entra dentro del caso que estamos llevando.

—Pues no sabes cuánto me alegro, este asunto pinta mal.

Garzón estaba serio como un enterrador. Cuando nos metimos en mi coche siguió un amplio intervalo de silencio. Luego, oí cómo su voz estallaba con violencia:

—¡Está bien, Petra, dígalo ya, puede decirlo cuando quiera! Valentina estaba conchabada con los asesinos de Lucena, quizás fue ella misma quien lo asesinó. Por eso congenió conmigo desde el principio, para sacarme información, para saber lo que íbamos descubriendo y pasárselo a sus cómplices. ¿Por qué no lo dice?, ¡dígalo ya!, ¡diga que soy un imbécil!

Había chillado.

—Serénese, Garzón, y no anticipe acontecimientos. Si quiere hablaremos de eso, pero con tranquilidad, cuando lleguemos a mi despacho.

—Perdóneme, pero me parece estar en una pesadilla.

—Tranquilícese, es inútil lamentarse. Investigaremos y veremos qué ha sucedido.

Una vez en comisaría ocupé mi asiento, Garzón se dejó caer pesadamente en una silla. Hojeé de nuevo la libreta. No había ninguna duda, era la tercera libreta de Lucena. Cogí el teléfono y llamé a Juan Monturiol.

—¿Juan? Tengo que pedirte un nuevo favor. No es algo agradable. Se trata de asistir a una autopsia. Hay unos mordiscos de perro que quiero que veas. Sí, quedaremos más tarde, te llamaré.

Una especie de fuerza me había acometido. El final estaba cerca. Ni siquiera entreveía cuál era, pero estaba allí, al alcance por fin. Me encaré con Garzón.

—Vayamos por partes, subinspector. Es obvio que desde que la encontramos en su campo de entrenamiento, y ahora pienso que *Espanto* sí nos guió al sitio correcto, Valentina forzó las cosas para que surgiera una amistad entre ustedes. Esa amistad le sirvió para filtrar informes a sus cómplices de por dónde iban nuestras investigaciones; así podían estar tranquilos. Pero hay dos cosas que puede dar por ciertas: primero, que Valentina no asesinó a Lucena, y segundo, que sí pensaba casarse con usted.

—¿Cómo puede estar segura?

—Piense un poco, no se deje llevar por el desánimo o el rencor. El tener esa libreta en su poder acusa a Valentina, cierto, ella estaba implicada en lo que Lucena hacía; pero al mismo tiempo la exculpa. ¿Por qué cree que conservaba esa libreta en un lugar tan seguro?

—Porque era una prueba en su contra.

—En ese caso hubiera sido mucho más seguro destruirla. No, Valentina se hizo con esa libreta al morir Lucena y evidentemente estaba utilizándola como elemento intimidatorio contra alguien. Lo más probable es que su cómplice sea ese alguien y, por tanto, el responsable de la muerte de Lucena.

Quedó mudo un momento, pensando. Proseguí con mi explicación que yo misma iba entendiendo mejor al expresarla con tanta contundencia.

—Quizás esa libreta le haya costado la vida a Valentina. Lo más probable es que cuando decidió casarse con usted, y eso demuestra que sí lo decidió, quisiera deshacer definitivamente la sociedad con sus compinches y éstos no la dejaran. Miedo a la delación, miedo a la confidencia marital, ¡imagínese, ella pasaría a ser la mismísima mujer de un policía! Hubo amenazas, ella contraatacó mencionando la libreta, se la exigieron, ella se negó a entregarla porque era su garantía de futuro... en fin, al final le azuzaron a un perro entrenado y ese perro la mató. Buscaron la libreta sin hallarla y, después, arreglaron de nuevo la casa e intentaron hacer pasar el asesinato por un accidente con *Morgana*.

—¡Dios, es toda una hipótesis!

—Es pura lógica. ¿Sabe usted si el amante de Valentina podría encontrarse entre sus cómplices? ¿Le comentó si estaba también metido en el mundo del perro?

—Ya se lo he dicho, no sé nada de ese tipo; ahora dudo de que exista siquiera.

—¿Tenía familia Valentina?

—Siempre me dijo que estaba sola en el mundo.

—¿Amigos?

—No lo sé.

—Pues investíguelo inmediatamente.

—Quisiera que me asignara un cometido más de primera línea.

—Usted hará lo que le manden, Garzón, y no personalizará este trabajo porque, de lo contrario, tendré que pedirle al comisario que lo aparte del caso.

—A sus órdenes —dijo, y salió con el ceño fruncido, enfurruñado. Eso me tranquilizó un poco, era su primer signo de normalidad en las últimas horas.

Para Juan Monturiol asistir a aquella autopsia debía de ser una faena; sin embargo, estaba tan fuertemente atraído por los misterios de nuestro caso que olvidó sus reparos y demostró gran entereza. Yo, naturalmente, esperé los resultados en el pasillo. Nadie hubiera podido convencerme para que entrara a la sala. Se me aflojaron los músculos en cuanto me senté, pero aún me dolían las cervicales. Todo aquello parecía una gran locura. Nuestro acercamiento a la solución del caso había constituido al mismo tiempo una lejanía progresiva. *Espanto* nos había dado la clave, o parte de ella, desde el primer momento. Ahora estaba claro. Su oreja mordida. Recordé la reacción del perro al ponerse el primer día frente a Valentina, pero ella había sido rápida e inteligente y tomó una decisión valerosa. Estuvimos todo el tiempo actuando ante sus ojos, ella sabía si nos acercábamos peligrosamente al meollo de la cuestión, o si permanecíamos a una distancia segura. El subinspector fue una presa fácil, el pequeño donjuán, el cazador cazado. La catarata de preguntas se precipitaba tras ese descubrimiento excediendo el caso, centrándose en la historia amorosa. ¿En algún momento Valentina se había enamorado realmente de mi compañero? ¿Pensaba casarse de verdad? Él estaba ofreciéndole la oportunidad de cumplir rápidamente su sueño de una casa en el campo, y además ella había llegado a descubrir su bondad y se sintió cautivada. Era preciso dar por buena aquella conjetura, por la lógica de la investigación, para el consuelo de Garzón. Suponía que en su mente estarían resonando los mismos interrogantes, aunque acompañados de dolorosa incertidumbre.

Cuando Monturiol y el forense salieron de la sala, yo había dejado de pensar en el caso; la terrible realidad de la muerte de Valentina estaba trabajándome el estómago. Verle la cara a Juan no contribuyó a apaciguarme. Venía blanco, con los ojos desencajados y los dientes prietos. Hay aún una pequeña diferencia entre animales y hombres destripados. O todo es cuestión de acostumbrarse, puesto que el forense estaba tan fresco.

—Un caso muy claro —dijo—. Efectivamente murió más o menos a las dos de la madrugada. He contado en su cuerpo hasta veinticinco dentelladas de perro. Una de ellas le seccionó la yugular. Es probable que el ataque se produjera en el interior de la casa y no en el patio porque, al caer, debió de golpearse con una arista, quizás de una mesa; tenía un golpe inciso en el costado. Supongo que la arrastraron y la dejaron fuera. ¿Estaba la puerta abierta?

—Sí. Y la muerta no vestía camisón. Debió de estar esperando una visita.

—Yo, en eso, ya no puedo entrar ni salir; tampoco en las deducciones zoológicas, que he dejado para este buen compañero. No lo ha pasado muy bien ahí dentro, ¿verdad? —Palmeó la espalda de Juan, riendo—. Me marcho, tengo otra autopsia. Esta tarde te paso el informe escrito, Petra.

Se largó dejando en el aire un fuerte olor a desinfectante.

—He vomitado —confesó Monturiol en cuanto estuvimos solos.

—Lo lamento, Juan, de verdad.

—Me siento como un pardillo.

—¿No has podido sacar conclusiones?

—Sí, sólo faltaría. He tomado notas. Tengo la medida de los mordiscos, he hecho croquis. Ahora hay que trabajar sobre eso en mi despacho.

—Podemos dejarlo para mañana.

—No, creo que me encuentro mejor.

—¿Estás seguro?

—Te lo diré cuando hayamos salido de este sitio tan fúnebre.

Era extraordinariamente hábil con el ordenador, una virtud más. Durante varias horas, en un trabajo de dibujo minucioso y perfecto, fue trazando el perfil exacto de las mordeduras en la pantalla basándose en sus apuntes de urgencia. Después, partiendo de esa huella ya delimitada por entero, perfiló la mandíbula completa que podía haberla producido. Yo esperé derrengada en un sillón, sintiendo un cansancio cada vez más profundo que me llevó hasta el sueño. Me despertó a una hora que ni siquiera pude calcular.

—Creo que ya tengo las cosas claras.

Me puse a su lado despejándome de golpe.

—Por supuesto no ha sido *Morgana* quien le mordió. Se trata de un perro de talla más pequeña que el rotweiler, pero incluso de más fortaleza, los mordiscos son profundos, precisos, sin desgarramiento, de un solo apretón intenso. Un perro adiestrado para hacer eso, no se cansó en el ataque, no cejó en su fuerza, todas las marcas tienen parecida intensidad.

—¿Puede ser una de las razas que seleccionamos el otro día a partir de los pelos?

—Eso es lo que vamos a ver.

Se sentó frente a mí, cogió papel y lápiz.

—Veamos. El bóxer queda automáticamente descartado. Su boca tiene lo que llamamos prognatismo inferior. Es decir, la mandíbula de abajo está más adelantada que la de arriba. Eso propiciaría una mordedura de forma característica que las de Valentina no tienen. —Hizo una raya tachando el nombre—. Descartado también el dogo alemán. Su enorme boca daría un mordisco mucho mayor.

—En ese caso sólo nos quedan el pastor alemán y el stadforshire bull terrier. Entre las mordeduras de ambos sí es imposible distinguir.

—¡Cojonudo, Juan, es un paso importante! Voy a comunicárselo a Garzón.

En comisaría me dijeron que Garzón ya se había marchado, así que, algo inquieta, lo llamé a su casa. Allí estaba, mortecino como una vieja bombilla. Le conté las deducciones de Juan y sólo contestó con monosílabos. Al final de mi relato ni pidió detalles ni hizo comentarios.

—¿Se encuentra bien, Fermín?

—Sí.

—Espero que no esté bebiendo whisky como una bestia, me gustaría que mañana se presentara entero, hay mucho trabajo que hacer.

—Descuide, no estoy bebiendo.

—¿Necesita algo?

—No, Petra, gracias.

—Buenas noches entonces.

—Buenas noches.

Juan se me acercó por la espalda y me abrazó. Me di la vuelta y nos besamos.

—Creo que como recompensa a mi labor de detective aficionado bien merezco que me invites a cenar y luego...

—Lo siento, Juan, pero estoy preocupada por Garzón. Voy a ir a verle.

—Me ha parecido entender que estaba perfectamente.

—Nunca se sabe. Ha recibido un golpe muy fuerte y está solo. Mañana te llamo.

Bajó los ojos, sonrió.

—Haz lo que debas, inspectora.

Le di un beso al vuelo y me dirigí al apartamento del subinspector. Cuando éste abrió la puerta apenas dio síntomas de reconocerme.

—He venido para comprobar que no está usted bebiendo.

—Le dije que no estaba bebiendo.

—Bueno, pues en ese caso será mejor que lo haga, pero en compañía. ¿Tiene whisky?

Me dejó pasar. Como un autómata fue en busca de la bebida y sirvió dos vasos.

—¿Qué le parecen los resultados de Juan Monturiol? Impresionantes, ¿verdad? ¿Recuerda a los criadores de esas dos razas? En la visita al del stadforshire estuvimos a punto de morir, quizás...

—Ocurre una cosa, inspectora; resulta que no tengo ganas de hablar.

—Bueno, pues entonces veremos la televisión.

Pusimos un partido de fútbol del cual yo era incapaz de desentrañar ni la más mínima jugada. Lo veíamos en silencio, tragando un poco de whisky de vez en cuando. Afortunadamente los jugadores se peleaban entre sí y discutían con el árbitro; eso, que sí era comprensible, me proporcionó el suficiente entretenimiento como para aguantar hasta casi el final. Observé que Garzón daba cabezadas. Entonces me levanté y le dije en voz baja:

—Me marcho, Fermín, le veo mañana en comisaría.

Asintió sin moverse, sin romper aquella postura que al menos le había dado la suficiente tranquilidad como para dormir.

Toda la vida me había apetecido que me sucedieran cosas como las que les pasan a los detectives en las películas. Aquella noche, al volver a casa, por fin mi deseo se hizo realidad, pero, paradójicamente, no me gustó en absoluto. Encontré la puerta reventada. El salón estaba indescriptiblemente desordenado, habían sacado los libros de las estanterías, tirado los cojines al suelo, abierto los cajones. Corrí al dormitorio para encontrarme con una escena similar. De la mesilla de noche habían desaparecido las pocas joyas que tenía. Lancé mi bolso contra la cama. Menté a todos los demonios en voz alta. De pronto, recordé a *Espanto* y me dio un vuelco el corazón. Empecé a llamarlo compulsivamente buscándolo por todas partes, pero *Espanto* no respondía. Llegué a la cocina y me costó abrir la puerta porque chocaba contra algo. Y sí, allí estaba, tras la puerta, hecho un ovillo peludo e inerte, muerto. Me arrodillé a su lado, casi no me atrevía a tocarlo. Lo hice con cuidado, casi con mimo. Se veía rígido y frío. Tenía sangre en la cabeza, debían de haberlo golpeado. Fui a buscar un cojín, coloqué a *Espanto* sobre él y lo llevé al salón. Me senté frente a su pequeño cadáver, compungida y cansada. Ahora sí, pensé, ahora ya han desaparecido de la Tierra los últimos vestigios de Ignacio Lucena Pastor. El pobre diablo y su perro feo. Una historia triste.

—Naturalmente no eran ladrones —le dije a Garzón, más sereno aquella mañana—. El robo de mis cuatro anillos casi sin valor ha sido un modo de encubrir lo que buscaban.

—¿Buscaban la libreta de Lucena?

—¡Hay que ser un auténtico aficionado para pensar que guardamos las pruebas de un caso en el cajón de la cómoda!

—Entonces lo que querían era cargarse a *Espanto*. Temían que volviera a prestarnos su mudo testimonio. Han visto a los policías de guardia en casa de Valentina y saben que no nos hemos tragado la historia de que fue *Morgana* quien la atacó. De paso han intentado encontrar algo en su casa.

—Es posible.

—Ahora que ya no tienen a Valentina para que les informe de nuestros movimientos, han de ir borrando posibles evidencias.

—Esto es angustioso, subinspector. Abordemos la recta final. Tenemos todas las cartas en la mano, empecemos a jugarlas con decisión de una vez. Es absurdo que hayamos pasado tanto tiempo pendientes de este maldito caso, es ridículo.

—El espionaje de Valentina nos impedía avanzar.

—No eche demasiadas culpas sobre Valentina, sólo las que le corresponden. Al fin y al cabo ha dado la vida por usted.

—¿Está segura de eso?

—Naturalmente, incluso empezó a actuar a nuestro favor. Ella dio el chivatazo a la poli aunque luego se arrepintiera y diera el contrachivatazo.

Garzón levantó un dedo en el aire severamente.

—¡Un momento, inspectora, un momento!, está usted pensando con precipitación con tal de consolarme y eso no conviene al caso.

—¿Qué quiere decir con eso?

—Pero ¿no se da cuenta? Valentina no pudo dar ningún chivatazo porque, simplemente, a la hora en que se produjo la llamada a comisaría, ella estaba conmigo, en mi casa. Por supuesto eso le permitió enterarse de todo lo que me comunicaron, yo mismo se lo dije. En cuanto me largué, ella lla-

mó a sus compinches y les avisó de que íbamos para allá. Ésa
es la explicación de que se hubieran pirado cuando llegamos. Lo suyo fue el contrachivatazo, no se olvide.

—¿Ha verificado las horas?

—Por supuesto que lo he hecho.

Me rasqué violentamente el flequillo en un gesto desesperado.

—Y entonces, Fermín, ¿quién cojones era la mujer que
dio el soplo?

—Valentina no, puede estar segura.

—¿Y sus investigaciones en el entorno de Valentina?
¿Hay indicios de su familia, de amigos, del presunto amante?

—Nada. Valentina no tenía entorno, era un alma solitaria. Y no ha aparecido por ninguna parte la agenda que solía llevar en el bolso, quizás la perdió antes de morir.

—¿Es posible que una mujer tenga un amante durante
años y no deje ni una huella en su vida?

—Si lo que me contó era cierto, debían llevarlo con dis-
creción, él era casado.

—De acuerdo, pero ella no, bien podía tener en casa algún regalo, una sortija grabada, una fotografía... ¿no recuerda haberse fijado en alguna ocasión?

—Supongo que cuando yo llegaba quitaba de la vista
cualquier cosa suya que pudiera tener, cuestión de buen
gusto. A no ser que...

—A no ser que quien la mató, hubiera borrado escrupulosamente de la casa cualquier cosa que pudiera delatar-
lo, incluida la agenda. Tuvo tiempo para hacerlo.

—Eso significaría que quizás amante y cómplice eran
la misma persona, suponiendo que ella no lo hubiera inventado.

—No sé por qué hubiera debido inventarse un amante.

—Para mantenerme alejado en lo amoroso.

—¡Pero no lo mantuvo alejado, ligó con usted!

—Eso es verdad.

—¿Tenemos algún hombre atendiendo el teléfono de Valentina?

—Sí, y no la ha llamado nadie.

—Eso es una prueba también. Su amante hubiera hecho por verla, a no ser que supiera que estaba muerta.

—Siempre suponiendo que exista el amante.

—Lo siento, subinspector, quizás sea doloroso para usted reconocerlo, pero mucho me temo que el amante existía. Estoy segura, yo también soy una mujer.

Bajó los ojos con aire abatido; él, obviamente, era un hombre, y reconocer un posible triunfo del oponente tocaba su moral. Salió de mi despacho cargando excesivamente las espaldas. Había envejecido varios años en los últimos dos días. La vida no es justa, pero pretender que lo sea es una ambición pasada de moda. Me pregunté si, a su edad, encontraría ánimos para superar aquello. Pero daba igual, con ánimos o sin ellos seguiría viviendo, todo el mundo sigue viviendo a pesar de las cicatrices, los cardenales, las marcas de golpes sin fin.

Telefoneé a Sánchez. El informe sobre el registro en casa de Valentina estaba listo. Habían sido encontradas minúsculas gotas de sangre sobre los muebles. Otras mayores fueron casi borradas con agua y jabón. Sin duda podíamos escribir en los papeles legales que Valentina Cortés había sido asesinada, y acusar formalmente a alguien de su muerte. Las sospechas se centraban de momento en los dos criadores. Llamaron a la puerta. El serenísimo guardia gallego entró a decirme que un hombre quería verme. ¿Un hombre?, quizás una confesión, quizás un testigo. Mi mente estaba acelerada por los últimos propósitos de impulsar el caso hacia su final, por eso no hubiera podido jamás ubicar el origen de aquel joven que me miraba con ojos redondos, moreno, un tanto chaparro, un poco abundante en carnes.

—Así que usted es la inspectora Delicado.

—Pues sí, usted dirá.

—Mi padre me habla a menudo de usted.

—¿Su padre?

—Soy Alfonso Garzón y acabo de llegar desde Nueva York.

Estoy segura de que la boca se me quedó ligeramente abierta. Lancé mi mirada sobre él con auténtica avidez, buscando detalles en su rostro. Sus ojos de expresión algo escéptica... y los lóbulos de las orejas a lo Buda sedente, ¿no eran aquéllos los lóbulos del subinspector? Carraspeó, incómodo.

—¡Naturalmente, qué tonta soy! Su padre se ha marchado hace un rato.

—Eso me han dicho, por eso he entrado a verla, en su casa tampoco está.

—Claro, claro que sí. Ahora mismo voy a pedir que nos traigan un café.

Pues sí, era verdad, Garzón se había reproducido, había alguien funcionando por el mundo salido de los curiosos genes de mi compañero. Las pestañas también eran las suyas, rígidas y caídas hacia abajo como tejas.

—Supongo que ya imagina a lo que vengo. Por cierto, ¿sabe usted cuándo es la ceremonia?

—¿Qué ceremonia?

—La boda de mi padre, he venido expresamente para conocer a su prometida. ¿No le ha dicho nada? Le avisé de mi llegada hace una semana.

Tragué el café como pude. ¿Por qué me caían a mí todos los muertos?

—Verá, Alfonso, lo cierto es que en los últimos dos días han sucedido muchas cosas; y tan graves que es posible que su padre se olvidara de que usted venía. Hubiera preferido que fuera él quien se lo comunicara, pero en fin, lo que ocurre es que la novia de su padre ha sido asesinada.

Su voz cobró un fuerte acento americano para casi gritar:

—¿Cómo, asesinada?

—Sí, salvajemente asesinada.

—¡Pero eso es imposible, mi padre me dijo que ella no era policía!

—Y no lo es, pero se ha visto envuelta en un caso; eso sí se lo explicará mejor su padre.

—¿Y por qué nadie me ha avisado?

—Bueno, su padre, como es lógico, está muy conmocionado.

—Pero he venido desde América, he dejado el hospital, tomado unos días de permiso en un momento en el que se me acumulaba el trabajo. He cancelado dos importantes conferencias en la Universidad...

—En cualquier caso yo me alegro de que haya venido. Su presencia animará al subinspector, se encuentra muy afectado moralmente.

—Sí, desde luego, eso sí.

Estaba contrariado como si alguien le hubiera birlado el taxi un día de lluvia, como si hubiera encontrado una cucaracha en la habitación de un lujoso hotel.

—¿Sabe qué haremos? Voy a pedir que alguien le lleve al apartamento de su padre y, mientras tanto, lo localizaré y le diré que se reúna inmediatamente con usted.

—O.K. —contestó como si aquello fuera un premio de consolación.

Lo vi desaparecer con alivio. No fue difícil localizar a Garzón. «¿Mi hijo? —preguntó como si le hablara de una extraña variedad de hormigas africanas—. ¡Lo había olvidado por completo!» Y bien, así estaban las cosas. De un modo providencial la llegada de Alfonso Garzón beneficiaba mis planes con respecto al caso. Estaba segura de que conseguiría mantener al subinspector más alejado de la investigación en un momento en el que lo que íbamos a necesitar era paciencia y astucia, dos cosas que el dolor y la personalización que hacía de aquel asunto mi compañero, no serían mas que trabas a mi nueva estrategia.

Esta vez, el interrogatorio de los sospechosos se realizaría en las dependencias policiales. Ambos criadores serían requeridos por una patrulla en sus propias casas, y no en sus lugares de trabajo. Procuraríamos que todo fuera aparatoso e infamante. Los putearíamos todo lo posible, los retendríamos hasta el límite, que probablemente sería la intervención de algún abogado.

Interrogué a Pedro Costa, el criador de pastor alemán, sin la presencia de Garzón. Si aquel hombre había sido cómplice de Valentina Cortés, difícilmente podía representármelo como amante. Su cuerpo enjuto, casi ascético, no daba la cancha que parecía exigir tan magnífica jugadora, aunque nadie conoce la verdadera naturaleza de las mujeres y las hay que escogen amantes en plan maternal. Tampoco la actitud durante la sesión lo señaló como un hombre apasionado. A pesar de que lo acosé y le hablé con la mayor crudeza posible, no abandonó su aire monacal. Estaba resignado a seguir sufriendo molestias por nuestra parte y no pensaba rebelarse. Tal comportamiento podía interpretarse como expresa inocencia o como absoluta seguridad en su coartada. ¿Dónde estaba la noche en que asesinaron a Valentina? En su casa, durmiendo con su mujer. Ésta lo confirmó. Le dejé marchar. No teníamos pruebas concluyentes en su contra y me interesaba que saliera sin mácula de aquella visita. Me disculpé, lo sentía muchísimo, esta vez podía irse convencido de que no volveríamos a requerirlo más, todo había sido un embrollo momentáneo, una fatal equivocación.

Tal y como esperaba, conseguir que Garzón entendiera esta última parte al relatársela, me costó. Sus preguntas fueron seguidas por sus protestas. ¿De verdad pensaba que aquel hombre no podía ser culpable? No, aún no podía afirmarlo. ¿Y entonces, por qué le dejaba marchar entre mil excusas educadas? Que actuáramos con semejante guante blanco frente a quien podía ser el asesino de Valentina lo llenaba de rabia y desesperación, que era justo lo que yo temía. Gracias a ese modo de reaccionar me resultó completamente imposible que se quedara fuera del segundo interrogatorio. Lo cual, era evidente, no hacía sino complicarme las cosas.

La patrulla requirió a Augusto Ribas Solé en su casa, antes de que se fuera a trabajar y, como éste era mucho menos filosófico que el otro sospechoso, protestó en cuanto lo tuvimos delante. Como primer indicio de lo que iba a ser la cosa, Garzón le hizo callar con un violento chillido. Medié enseguida.

—Quizás el sistema de traerlo hasta aquí ha sido un poco brusco, pero es cosa de los guardias, siempre lo hacen así.

—Pues ya es hora de que cambien, inspectora.

—Estoy de acuerdo, con el tiempo lo harán.

Seguía causándome la misma impresión que cuando nos salvó de sus temibles perros. Era un individuo arrogante, seguro de sí mismo, populista y cordial. Dotando a mi voz de un sello de serenidad pregunté:

—¿Dónde estaba usted cuando mataron a Valentina Cortés?

—Yo casi no conocía a Valentina, sólo nos habíamos visto alguna vez por cuestiones de trabajo. Me he enterado de su muerte por la sección de sucesos del periódico, de modo que no recuerdo cuándo murió, normal, ¿no le parece?

Garzón casi saltó sobre él.

—Nosotros diremos lo que es normal, ¿me oye?

Ribas me miró escandalizado.

—Oiga, pero ¿qué es esto?, ¿por qué me habla así? Dígale que se comporte, inspectora; usted sabe perfectamente que puedo no contestar nada si no hay delante un abogado;

de modo que si sigue ese tono me iré. Sólo estoy intentando colaborar con ustedes.

Le pegué una mirada asesina a Garzón.

—De acuerdo, señor Ribas, disculpe. Yo le diré lo que quiere saber. Valentina murió el martes pasado, a las dos de la mañana.

—¿A las dos de la mañana de un martes? Pues supongo que estaría durmiendo en mi casa, como siempre.

—¿Hay alguien que pueda corroborarlo?

—¡Por supuesto, mi esposa!

—¿Me deja que lo confirme? ¿Está su esposa en casa?

—Sí, llámela, por favor, y procure tranquilizarla un poco, cuando llegaron sus hombres esta mañana se llevó un susto de muerte.

Hablé con ella brevemente, luego me volví hacia Ribas y sonreí.

—Dice que esa noche ella volvió tarde a casa, señor Ribas, por lo visto los martes cena con sus amigas.

—Es verdad, se me había olvidado. Pero le habrá dicho a qué hora volvió, y que me encontró en la cama durmiendo, ¿no es cierto?

—Me lo ha dicho, sí.

—Oiga, ¿puedo preguntarle si tiene pruebas contra mí, por qué parece que soy sospechoso de la muerte de una mujer a la que he visto un par de veces en mi vida?

Garzón se disponía a abalanzarse sobre él, lo cogí firmemente del brazo.

—Ninguna en realidad, señor Ribas; todo ha sido una confusión, pero debíamos estar completamente seguros de dónde estaba usted esa noche. Ahora lo estamos. Puede marcharse ya.

Puso cara de no entender gran cosa, se despidió cortésmente y salió de la oficina con paso tranquilo. Antes de que su olor a buen perfume masculino se hubiera disipado, el subinspector se encaró conmigo.

275

—¿Puede decirme a qué estamos jugando, inspectora? ¿Por qué le ha dejado marchar?

—Porque no tenemos pruebas suficientes.

—Y así nunca las tendremos, ¿por qué no le ha preguntado por la lucha de perros?, ¿por qué no le ha hecho ni una mínima presión?

—¿Qué quería que hiciera, darle de hostias?

—¡Sí!

Acerqué mi cara a la suya, apreté los puños, escupí las palabras entre dientes:

—Cuidado, Garzón, cuidado; no voy a dejar que mezcle sus problemas personales aquí. Aunque tengamos al culpable confeso entre las manos usted no le tocará ni un pelo de la ropa, ¿entendido?

Aflojó la tensión, bajó los ojos.

—Está bien —masculló—, y ¿qué hacemos ahora?

—Esperar.

—¿Esperar a qué?

—No lo sé, subinspector, pero algo tiene que ocurrir, y si no ocurre intentaremos tomar otra línea, lo que no vamos a hacer es caer a estas alturas en la desesperación y el acto alocado.

—Para usted es fácil decirlo.

—Quizás.

Y esperamos, haciendo acopio de serenidad. Aproveché para ordenar los papeles, para ocuparme de asuntos sueltos que me impidieran pensar obsesivamente en el caso. Al atardecer de cada día, Garzón y yo nos reuníamos en mi oficina, comentábamos cosas varias, intentando no hacer mención expresa de lo que en realidad ocupaba nuestras mentes. Yo le preguntaba por su hijo. Me contó que había decidido quedarse unos días en Barcelona, haciendo turismo. Ya lo había acompañado a la Sagrada Familia, a Montjuïc. Al chico le gustaba recordar su pasado en la ciudad. Un día quedamos los tres para comer. La cita era en Los Caracoles, y padre e hijo llegaron con más de media hora de retraso.

—Es por culpa de este tráfico enloquecido —comentó Alfonso Garzón—. ¿Cómo consiguen trabajar así?, supongo que nadie será puntual.

—¿Es diferente en América? —pregunté.

—¡Por supuesto que sí! Allí todo está más... organizado. Resultaría inconcebible estar a merced de los atascos; y si se prevé alguno, entonces se toma el *subway*.

—Entiendo. ¿Qué quieren comer? He visto que hay cosas muy apetitosas en la carta.

Empezamos a escoger. Yo no podía librarme de la fascinación de ver al subinspector junto a su vástago. Observaba subrepticiamente sus gestos y rasgos, buscando cualquier similitud.

—¿Qué tal unos callos? —propuso Garzón.

—¡Papá, eso es puro colesterol!

—Total, por un día... —se excusó.

El hijo se dirigió a mí:

—¡Un día! No se puede usted figurar, ayer comió paella, anteayer espalda de cordero. Y por las noches suele cenar huevos y café. ¡Ah!, y no crea que desayuna fruta o yogur; nada de eso, perritos calientes o bacon. ¿Cuántos años cree que puede resistir alguien con ese régimen sin sufrir un ataque al corazón?

—¡Bueno, su padre ha resistido unos cuantos!

—Justamente, y ya es hora de que empiece a cuidarse.

—Lleva usted razón.

—Mi hijo siempre lleva razón —soltó Garzón dándole el primer tiento a un buen rioja.

—Cuando vivía mamá la cosa era distinta. Una mujer muy sobria, concienzuda. Comíamos mucha verdura, potajes de legumbres...

277

—Y los viernes, bacalao —concluyó el subinspector con cierta rechifla.

—Era una mujer muy religiosa, sí. Pero como es bien sabido, las religiones tienen unos preceptos que no son en absoluto casuales. Se ha demostrado que todos tienden a mantener una higiene de vida. Están en contra de los alimentos nocivos, de la promiscuidad...

—Sí, ya sabemos, ya —dijo Garzón hincándole el diente a sus callos. Yo me había atrevido a pedir un revuelto de espárragos, confiando en que no estuvieran prohibidos en ninguna religión.

—¿Usted no está casado, Alfonso?

—No, no he tenido tiempo aún.

Me eché a reír.

—¿No ha encontrado un rato libre?

—No se ría, inspectora, hablo de verdad. En América la vida es muy dura, hay mucha competencia y uno se ve obligado a intentar ser el mejor. He tenido que reciclarme en los estudios de Medicina, que allí son mucho más fuertes. Hice la especialización, conseguí la plaza en el hospital. Ahora soy cirujano jefe, ¿cree que eso me ha sido fácil, especialmente no habiendo nacido allí?

—Estoy segura de que no.

—Afortunadamente es un mundo lleno de posibilidades para el que está dispuesto a trabajar.

—¿Un mundo en el que cualquiera puede llegar a presidente?

—Es posible que desde aquí eso se vea como un tópico, pero así es.

—Voy a intentarlo yo a ver qué pasa —dijo Garzón entre ocurrente y cabreado.

—Tú no lo lograrías, papá, y ¿sabes por qué? Porque no crees realmente en las potencialidades del hombre. Eres demasiado fatalista, como todos los españoles.

—La fatalidad existe, hijo mío, por si no te has enterado

aún, y la falta de suerte, y el fracaso, y la desigualdad de oportunidades y los condicionamientos desde que naces, a ver qué coño vas a contarme a mí de llegar a presidente.

—Pero, papá...

Levanté mi copa para evitar que la cosa pasara a mayores.

—Brindemos por la fatalidad, o por lo que sea que hoy nos ha reunido aquí.

No fue mi último brindis en esa comida, en parte porque varias veces tuve que terciar en discusiones paternofiliales que subían de tono, y en parte también porque necesitaba animarme ante la poco confortable reunión. A la hora de tomar café, Garzón y yo habíamos bebido bastante, más que su hijo, cuya prudencia médica le llevó a pararse en la tercera copa.

Nos despedimos de Alfonso Garzón en la puerta del restaurante. Quería visitar el Museo Nacional de Cataluña y opinaba que el horario de comidas, tan tardío en España, era ridículamente poco práctico. Garzón y yo volvimos a comisaría. Lo invité a tomar un último café en mi despacho antes de marcharse al suyo.

—¿Un poco más de azúcar? —le ofrecí.

—¿Cree que es conveniente para un viejo caduco como yo? ¿Lo aprobaría mi hijo?

—¡Vamos, subinspector, debería estar contento!, su hijo se preocupa por usted.

—Mi hijo es gilipollas, inspectora.

—¡Fermín!

—Sé perfectamente lo que me digo. ¡Un perfecto capullo! Estoy hasta los cojones de aguantarlo. Han sido dos semanas de consejitos, de alabanzas a las perfecciones de Estados Unidos, de recuerdos a la prudencia de su madre, a su bondad. Estoy hasta las pelotas de que se me diga que la vida es bella, que el hombre puede llegar hasta donde se proponga, que el trabajo es una redención y que cualquiera puede ser feliz si lo desea.

—Su hijo pretendía animarlo.

—¡Pues no lo ha conseguido! ¿Qué sabe él de la vida, de la auténtica vida? Qué sabe de cómo su padre se ha roto el culo en un oficio tan duro como éste para que él estudiara. Qué sabe de lo absolutamente insoportable que fue su madre para mí. ¿Ha visto acaso una décima parte de las cosas que yo he visto: drogadictos, putas envilecidas, escorias humanas, cadáveres anónimos? ¡Presidente...!

—Lo que dice no es razonable, Garzón, justamente usted ha luchado para que él tuviera otras perspectivas.

—¡Bueno, pero que se entere de que hay cosas distintas en el mundo, gente puteada, jodida, tíos que nunca han podido salir de donde estaban! ¡Y sobre todo que me deje en paz, comeré todos los callos que quiera, y morcillas, y huevos fritos con mucho aceite!

Estallé en una carcajada estridente. Él me miró sorprendido.

—¿Qué le pasa?

Pero yo no podía dejar de reír. Por fin logré decirle con esfuerzo:

—¿Y doble ración de chorizo en viernes?

—Joder, Petra, cómo es usted, todo se lo toma a coña —dijo refunfuñando, pero me fijé muy bien en que había sonreído, en que, de hecho, bajo su bigote sénior, flotaba aún un rictus alegre mal estrangulado. Y eso me tranquilizó.

En el momento en que el subinspector salía por la puerta, se dio de bruces con el guardia gallego que entraba corriendo. Si Julio Domínguez se daba tanta prisa, debía de ser algo grave.

—Inspectora, deprisa, inspectora, descuelgue el teléfono, hay una llamada que puede ser importante.

Garzón volvió atrás. Yo me lancé sobre el auricular. La conversación estaba iniciada. El guardia de la entrada hablaba con alguien de extraña voz antinatural que imitaba un dibujo animado. Preguntaba por mí.

—Sí, la inspectora Delicado soy yo, ¿quién es usted?

La voz enmudeció. Temí haber cometido una imprudencia al hablar. Repetí mi pregunta. Por fin, y siempre con aquella ridícula entonación, oí:

—Vayan al veinticinco de la calle Portal Nou. Al segundo primera. Pregunten por Marzal. Él sabe.

Colgó. Había garabateado frenéticamente la dirección. Garzón y el guardia gallego me miraban hipnotizados.

—¿Qué ocurre?

—Vámonos, subinspector, a toda castaña. Disponga una patrulla inmediatamente.

Garzón obedeció sin preguntar más. Se precipitó fuera del despacho. Le seguí. En ese momento llegaba corriendo el guardia de recepción.

—¿Ha apuntado la dirección, inspectora?

—Sí.

—Yo también, por si acaso.

—¿Fue usted quien recogió el chivatazo de la Zona Franca?

—Sí, fui yo.

—¿Era la misma mujer?

—¿Se ha fijado en cómo hablaba? Así es imposible de saber. Pero yo también estoy seguro de que también se trataba de una mujer.

Volvió Garzón.

—Todo listo, inspectora. Hay un coche celular en la puerta. ¿Tres guardias serán suficientes?

—Espero que sí. Déles esta dirección. Nosotros los seguiremos en su coche.

Salimos a toda velocidad. El coche de la patrulla puso la luz de alarma y la sirena. Ordené que la pararan a una distancia prudente para no alertar a Marzal.

—¿Y quién coño es Marzal?

—No lo sé.

—¿Ha reconocido algo en la voz?

—Era una mujer, pero deformaba la entonación.

—¿Con un pañuelo?

—No, era algo así como el pato Donald o el Pájaro Loco, ya sabe a qué me refiero.

—La otra vez el chivatazo se dio con voz normal. Eso significa o que se trata de la misma mujer queriendo despistarnos o que es una mujer diferente de quien podríamos conocer la voz.

—Es inútil conjeturar de momento, vamos a ver qué sabe ese Marzal.

—Me late el corazón a toda hostia, inspectora.

—Bueno, pues serénese. Ya le dije que lo quiero tranquilo.

—¿Llamaremos a la puerta?

—A la mínima dilación irrumpiremos.

—¿Y si no está?

—Esperaremos dentro hasta que llegue.

—¿Y si no llega?

—¡Joder, Garzón, me está poniendo nerviosa! ¡Cállese de una vez!

—¡Petra, nos hemos olvidado de la orden judicial!

—¡Subinspector, o se calla inmediatamente o le hago bajar del coche!

Se calló, y yo me di a todos los demonios por no haber tenido el coraje de impedir que me acompañara. Aquélla sería una lección práctica digna de inscribirse en un libro de oro: un policía implicado personalmente en un caso no hace más que incordiar. Las cosas podían tomar mal cariz, debía marcar de cerca a Garzón.

El edificio correspondiente al número veinticinco no tenía nada especial, un viejo caserón en estado de total decrepitud. Los guardias bajaron del coche y tomaron la delantera. No había ascensor. Al llegar frente a la puerta, a una señal mía, Garzón pulsó el timbre. Hubo una larga pausa. Volvió a llamar. Entonces oímos ruido de pisadas acercándose y una voz soñolienta.

—¿Quién es?

—¡Abra, policía! —Mi propia entonación imperiosa me sobresaltó.

—Pero ¿qué coño...? Oigan, aquí no pasa nada, se han equivocado.

—¿Es usted Marzal?

Siguió un silencio prolongado.

—¡Abra de una vez!

Nadie hizo indicación de abrir. El subinspector tomó la iniciativa.

—¡Abre, cabrón, o echamos la puerta abajo! ¡Aquí hay un huevo de guardias, abre ya!

Empujó a uno de los guardias colocándolo frente a la mirilla y tras un instante, la puerta se abrió. Los guardias se precipitaron dentro, lo inmovilizaron, lo cachearon. Encendimos la luz del oscuro vestíbulo y por fin pude verlo. Era un hombrecillo enclenque, de quizás cuarenta años, piel blanca, rizos descuidados, con una horrible jeta cadavérica. Vestía camiseta de tirantes y tejanos arrugados.

—Oigan, yo no he hecho nada, debe ser una equivocación.

—Muy bien, enséñanos tu carnet de identidad.

—Lo tengo en el dormitorio. Estaba durmiendo, trabajo hasta tarde y...

—Ve a buscarlo.

Desapareció seguido de un guardia. El piso era pequeño, miserable. Ordené que empezaran a registrarlo. Volvió trayendo su carnet.

—Enrique Marzal. Chatarrero. ¿Es a eso a lo que te dedicas?

—Sí, comercio con hierros.

—Perfecto, vístete. Nos vamos a comisaría, allí hablaremos mejor.

—Pero bueno, ¿qué he dicho, qué he hecho, por qué tengo que ir?

Salí al descansillo, me escabullí hacia el portal. Necesitaba el aire de la calle, no podía soportar por más tiempo el hedor de comida rancia y colillas viejas, la mezcla sutil de la pobreza. Estaba alterada, molesta. Allí resaltaba la vileza del oficio, mirar con cara de asco a un hombre en camiseta, hablarle por las buenas de tú. Si hubiera tenido a mano una botella hubiera echado un trago para celebrar la indignidad.

En comisaría, Garzón se mostraba impaciente por interrogar al tipo. Vi en sus ojos la pasión de saber, parecida a cualquier otra pasión. Le advertí de mi táctica para hacerlo confesar. El hombre estaba asustado, quizás no era un delincuente habitual, sus huellas no figuraban en nuestros archivos. Comenzó mi compañero.

—De modo que recoges chatarra.

—Sí.

—¿Y qué haces con ella?

—La vendo, me la pagan y en paz.

—Bien, y de perros ¿qué?

Advertí una furtiva luz encenderse en sus ojos.

—¿Cómo dice?

—Empezaré por otra parte. ¿Sabes quién es Ignacio Lucena Pastor?

—No.

—Échale una ojeada a esta foto. ¿Lo reconoces?

—No, no sé quién es. ¿Qué le ha pasado, por qué está así?

—Ya no está de ninguna manera, se lo cargaron.

De su cara macilenta se escapó un poco más de color. Tomé el turno.

—¿Y Valentina Cortés, sabes quién es Valentina Cortés?

—No.

—Te lo explicaré. Era una mujer que se dedicaba a entrenar perros, rubia, muy guapa. Y digo «era» porque también murió. Destrozada por un perro amaestrado. Asesinada. ¿Me sigues?

—Oiga, ¿adónde quiere ir a parar?, no sé de qué me habla.

—Sí lo sabes. Alguien nos lo contó. Sabemos que estás en lo de los perros, y la persona que nos ha informado sobre ti se encuentra en la cárcel ya. Esa persona nos dio tu nombre y dirección y lo que es más interesante, ha jurado ante un juez que a esos dos muertos que no conoces te los has cargado justamente tú. De modo que será mejor que nos dejemos de disimulos.

—¡Hijo de puta! —exclamó. Se me aceleró el pulso, entrábamos en materia. Garzón dio un paso atrás, dejó de intervenir.

—Son dos asesinatos, muchacho, así que ya ves en la que estás metido.

Empezó a sudar, le temblaba la barbilla.

—Mire, yo no mataría ni a una mosca, créame. Les voy a contar... les voy a contar toda la verdad, todo lo que sé, se lo juro por Dios. ¿Matar yo?, una cosa es robar perros, que ni siquiera los trataba mal, créame, de verdad, que si a veces tenía que tenerlos un par de días en mi casa hasta me gastaba dinero para darles bien de comer. Me hacía su amigo, en serio, de verdad.

Se atropellaba, luchaba con el estrangulamiento de su garganta. Hubiera debido imaginarlo sólo con verlo: aquella escoria humana no podía ser otro que el ayudante y después sucesor de Ignacio Lucena.

—¿Cómo los robabais?

—Íbamos...

—¿Quiénes ibais?

—Lucena y yo.

—Entonces lo conocías.

—Sí, pero me dijeron que había dejado el negocio. No sabía que había muerto, de verdad.

—Sigue.

—Llegábamos a los criaderos por la noche. Saltábamos

la tapia y él se ocupaba de entretener al perro guardián. Era un experto en hacerlo. Ni siquiera los tocaba. Se quedaba cerca de ellos, moviéndose despacio y los perros le ladraban pero no le atacaban. Decía que era porque podían notar que no les tenía miedo. Yo mientras tanto metía un perro en la jaula que llevábamos y después salíamos por donde habíamos llegado. Sin más.

—¿Quién te acompañaba cuando dejó de acudir Lucena?

—Mi cuñado, pero nunca les hacíamos daño, a mí me gustan los perros.

—Tampoco los querrías tanto cuando sabías que al entregarlos iban a ponerlos a pelear.

Se quedó un momento paralizado.

—¿A pelear?, ¡no sé de qué me habla, se lo juro por Dios! Yo me veía con el tío ése, le daba el perro, me pagaba y se acabó. Ni siquiera quiso decirme nunca su nombre, ni sé dónde vivía. Pero él sí tenía toda la información sobre mí, ahora comprendo para qué, ¡maldito cabrón! Oigan, se lo aseguro, les juro que.

Si no sabía su nombre iba a ser más complicado de lo que yo esperaba.

—No hables tanto. Escúchame y piensa lo que dices, ya ves que no es cosa de broma.

—Sí, pero me cree, ¿verdad? —Ya no sólo le temblaba la barbilla, su cuerpo entero se agitaba, cercano a la convulsión.

—Empiezo a creerte, tranquilízate. ¿A quién más has visto en esas entrevistas?

—¡A nadie, lo juro por Dios!... —Se quedó un momento indeciso—. Bueno, una vez también vi a la mujer rubia que usted dice, pero no le hablé. Ni siquiera sabía que la habían matado. ¡Lo juro por Dios!

—¿No lo leíste en los periódicos, ni lo viste en la televisión?

—¡Le juro que no!, yo voy a mis cosas. Si lo hubiera sabido me habría largado de casa o no habría vuelto a ver a ese tipo! No quiero verme mezclado en nada feo, no soy un criminal.

—Está bien, de acuerdo, deja de jurar, te creo. De modo que, habitualmente, te entrevistabas sólo con él.

—Sí, algunas veces venía con su mujer, pero tampoco me hablaba.

—¿Con su esposa quieres decir?

—Sí.

Mi tensión interior era tan fuerte que me palpitaban las sienes y me dolían las cervicales.

—Bien, bien, y ¿en qué coche iban?

—Nunca lo vi. Nos encontrábamos en una calle de la Sagrera, por la noche. Venían a pie. Debían de aparcar el coche lejos para que yo no lo viera. Ya le digo que no se fiaban de mí, querían tenerme fuera del rollo, por eso no sé nada, de verdad.

Fallada la estratagema del coche tenía que jugármela ya, correr ese riesgo terrible del cincuenta por ciento, apostar.

—¿Fue alguna vez con otro hombre algo mayor, bastante alto, delgado, el pelo largo, muy blanco?

Se quedó mirándome un momento, sin responder. Contuve la respiración, ¿habíamos llegado al final, se daría cuenta del engaño, de que estaba hablándole de farol, volveríamos atrás?

—No —contestó—. Nunca vi a ningún otro hombre, sólo estaba él.

Respiré hondo.

—Así que sólo te entrevistabas con Augusto Ribas.

—Ya le he dicho que no sé su nombre.

—¿Y pretendes decirme que no sabías que estaba haciendo algo ilegal un tío que ni siquiera quiere identificarse ante ti? ¿Por qué te fiaste de él, sólo porque tenía buena pinta, edad mediana, alto, corpulento, pelo bien cortado, bien vestido, sonrisa ancha?

—¡Pues sí!, por eso y porque me pagaba, ¿me entiende?, ¡yo qué podía saber que un tío así fuera un asesino!

Objetivo cumplido. Garzón se levantó bruscamente de la silla, ésta cayó al suelo. Salió corriendo del despacho. Fui tras él, lo alcancé en el pasillo.

—¿Adónde coño va?

—A detenerlo.

—Con calma, Garzón, no lo estropee; ya ve que las cosas van bien. Sigamos sin precipitación. Que los guardias los detengan a él y a su mujer. Que los separen inmediatamente en dos coches distintos, y que tampoco se vean en comisaría. Hágase con las órdenes de detención. Pregúntele a ese desgraciado de ahí dentro el nombre y dirección de su cuñado. Lo detienen. Y a él que le den un bocadillo y un paquete de tabaco, y manténgalo encerrado hasta que se haya producido la identificación, luego se lo mandamos al juez. Todo legal, por favor, no vayamos ahora a joderla por una cuestión de formas. —Lo miré gravemente a los ojos—. Y sin violencias. ¿Se encuentra bien, Fermín?

Suspiró, sonrió, se serenó.

—Ha estado cojonuda, Petra. Creí que me daba un infarto. Si llega a resultar el otro criador, ese mequetrefe se hubiera dado cuenta de que íbamos a ciegas.

—Pero ahora por fin está tranquilo, ¿o no?

—Estoy tranquilo, sí.

Siguió pasillo adelante, ya sin correr. Quizás él estuviera tranquilo, pero yo seguía temblando aún.

11

A Augusto Ribas lo detuvimos apenas una hora después en su criadero. No se resistió. Marzal lo identificó a través de una ventana, sin ser advertido. Dos horas más tarde, cuando por fin regresó de hacer las compras, detuvimos a su mujer. No pareció sorprendida ni tuvo reacción de rebeldía. A partir de ese momento yo dejé de comer. Me alimentaba de algún sándwich mal masticado y peor digerido, de alguna magdalena, de café. Mi mente se olvidó de mi cuerpo. No podía hacer otra cosa más que barajar locamente estrategias, pergeñar conjeturas, elaborar planes para el interrogatorio. Garzón estaba igual, salvo en que no perdió el apetito y toda su actividad cerebral se traducía en preguntas. Me atormentaba. Su movimiento incesante, su terrible inquietud me impedían pensar con un mínimo de serenidad. ¿A quién interrogaremos antes? ¿Cómo vamos a actuar? ¿Habrá careo entre Ribas y su mujer? ¿Será necesario enfrentarlos con Marzal? Volví a amonestarlo severamente.

—¡Basta, subinspector!, si no intenta tranquilizarse un poco lo relevaré ahora mismo del servicio.

Se calló, luego levantó sus ojos bovinos ahora llenos de nerviosismo.

—De acuerdo, pero prométame que me dejará darle una hostia a Ribas, una sola hostia, inspectora; eso me relajará. Le aseguro que no me cebaré, que esperaré hasta que usted me indique el momento adecuado. Una simple hostia no es demasiado pedir.

—¡Ha perdido usted el juicio, Garzón! Pero ¿no se da cuenta de que éstos son los momentos más comprometidos? Ese tipo aún puede escapársenos de entre las manos. Le advertí que no habría hostias en esta investigación y mantengo lo dicho. Usted verá, a la mínima le planto una sanción. Seré inflexible, se lo juro.

¡Era lo que me faltaba!, bregar con Garzón y sus instintos justicieros. Hubiera tenido que mandarlo a casa en aquel mismo instante, pero no tuve valor. Peor para mí, un jefe no debe tener compasión para con la amistad; y si es policía no debe tener amigos siquiera.

Interrogamos primero a la mujer de Ribas. Se llamaba Pilar y estaba en las antípodas físicas de su esposo. De pequeña estatura, tez pálida y pelo teñido de un rubio blanquecino resultaba poco atractiva, indefensa y nerviosa como la mascota de un escolar. Le temblaban las manos y, para ocultarlo, las mantenía cruzadas en el regazo con un gesto de fingida firmeza. El cuadro de ser desasistido se rompía cuando empezaba a hablar. Su voz era resuelta y sin fisuras, enérgica.

—Señora Ribas, ¿sabe por qué está aquí?

—No —respondió frunciendo la boca.

—Pero sí sabe por qué está aquí su esposo, ¿verdad?

Dudó un momento, hizo una extraña mueca, apretó imperceptiblemente los puños sobre la falda y dijo:

—Sí.

Asentí varias veces con la cabeza. La miré buscando sin éxito sus ojos.

—Bien, ése es un punto por el que empezar. Su marido se dedica a organizar peleas de perros clandestinas. ¿No es así?

—Sí.

—Y fue usted quien, anónimamente, nos dio hace un tiempo las claves para que pudiéramos irrumpir durante una de esas peleas en la Zona Franca, ¿cierto?

—Sí.

—Más recientemente volvió usted a delatar la organización de su marido.

—Sí.

—En la segunda llamada habló usted conmigo disimulando su voz.

—Sí.

—¿No podía venir a decírnoslo personalmente?

—¡Desde luego que no!

—¿Por qué?

Empezó a dar síntomas de impaciencia.

—¡Vaya pregunta!, no quería que mi marido supiera que había sido yo, ni quería que la policía me mezclara en sus asuntos.

—Pero usted estaba al corriente de esos asuntos.

—Él nunca me los ha ocultado. Tenía una idea general, pero nunca participé en sus cosas.

—¿Está segura, señora Ribas?

—¡Deje de llamarme así!, mi nombre es Pilar.

—De acuerdo, Pilar. Dígame una cosa, ¿sabía usted que su marido asesinó a un hombre?

Me miró con cara alarmada. Por primera vez sus manos abandonaron el regazo, se aferraron a los brazos del asiento.

—¡No! —dijo rotundamente.

—¿Llegó usted a conocer a Ignacio Lucena Pastor?

—No sé quién es.

—Pero sin embargo sí conocía a su sucesor Enrique Marzal lo suficiente como para denunciarlo.

—Sabía que ese Marzal andaba desde hace meses con mi marido, pero no sé qué hacía para él. Tomé su dirección de la agenda de Augusto y se la di a ustedes, eso es todo.

Saqué de un cajón la foto de Lucena, se la mostré.

—¿Sabe quién es?

Lo miró con cara contrariada.

—Sí, es Lolo. Vino alguna vez por mi casa. No inter-

291

cambié ni dos palabras con él. Hace un tiempo dejó de aparecer.

—¿Y no le extrañó?

—¿Por qué iba a extrañarme? Mi marido anda con gente, a veces vienen por mi casa, yo les digo hola y adiós. Prefiero no saber.

—Pues a Lolo lo mataron a golpes. Tenemos motivos para pensar que fue su marido, y pensamos que quizás a usted haya que acusarla de complicidad.

Se tensó. Sus ojos mortecinos cobraron vida de repente.

—¿Cree que alguien que les da pistas dos veces por teléfono puede ser culpable de algo? ¿Por qué iba a acusarme a mí misma?

—No lo sé. ¿Por qué denunció a su marido, Pilar?

Quedó callada, balbuceó:

—Esa mujer...

Garzón se puso recto como si tuviera un resorte de alambre en la espalda.

—¿Qué mujer?

La interrogada lo miró con temor, me miró luego a mí. Sonreí como pude.

—¿A qué mujer se refiere? —pregunté con el tono más suave que conseguí encontrar.

—A esa mujer. Lo suyo hacía años que duraba, y yo nunca rechisté, aguantaba. Pero esa mujer era una fulana. Sabía que él estaba casado y aun así seguían viéndose. Tenían la excusa del negocio.

—¿Habla usted de Valentina Cortés?

—Sí.

—¿Por eso nos llamó?

—Sí, quería que los cazaran.

—Pero ¿por qué en ese momento, Pilar? Usted acaba de decir que había aguantado muchos años.

—Hacía tiempo que a Augusto se le veía más inquieto que de costumbre, y yo estaba segura de que no era sólo porque usted le siguiera los pasos. Lo descubrí varias veces llamándola desde casa. Colgaba el teléfono, pero yo sabía que hablaba con ella. Me decidí a avisarles a ustedes de su negocio. Era una manera de que todo se acabara. Pero ustedes no consiguieron cogerlos. Pasó el tiempo y una tarde Augusto volvió a casa descompuesto. Dijo que me dejaba, que lo sentía de verdad, pero que iba a perder a Valentina y no podía soportarlo.

Garzón terció nervioso, anhelante, fuera de sí.

—¿Iba ella a casarse con otro?

—¡Y yo qué sé!, ¿cree que me importaba saber los motivos? Él se iba, y era la primera vez que me decía una cosa de esa importancia. Todos aquellos años, aunque la viera a ella jamás pensó en marcharse de casa. ¡Jamás!, yo fui siempre su mujer.

El subinspector se replegó como un animal al acecho. Intervine de nuevo.

—¿Y qué más, Pilar, qué más sucedió?

—Anduvo todo el tiempo de un lado para otro, hecho un manojo de nervios. Aquella noche tenían una pelea, así que sobre las once se largó. Supuse que la vería allí, que después quizás volviera a casa diciendo que se largaba en aquel mismo momento, que cogería sus maletas y...

Se calló, miró al suelo.

—¿Qué pasó entonces?

—Estaba nerviosa y me fui a dar una vuelta. No quería tener que verlo de nuevo aquella noche. Cuando volví ya estaba en la cama.

—¿Qué le dijo él?

—Nada, que algo había fallado y se había suspendido la pelea.

Encendí un cigarrillo, reflexioné.

—Y al día siguiente usted se enteró de que a Valentina la habían matado y pensó que fue su marido quien lo hizo.

—Sí, y, pasados unos días, los he vuelto a llamar. Ustedes seguían sin enterarse de nada. Vinieron a buscarlo pero lo soltaron enseguida. Busqué su agenda y les di el teléfono de ese hombre que trabajaba para él. Era una manera de volver a ponerlos en el camino.

—¿Por qué, Pilar? En realidad el peligro de Valentina ya había desaparecido, ahora volvía a tener a su esposo sólo para usted.

—Él quería dejarme, nunca volvería a ser nada igual. Además, se ha convertido en un asesino. La hizo y tiene que pagarla.

La miré con recelo.

—Lo comprendo. Claro que también hubiera podido ser que... en fin, que fuera su propio esposo quien estuviera acusándola a usted de haber matado a Valentina. Intentando cargarle la culpa, quiero decir. Pensándolo bien, al marcharse a pasear sola esa noche se lo puso usted fácil, ¿verdad? Contésteme a una cosa, Pilar, ¿tienen ustedes perro en su casa?

Había enrojecido, me miraba expectante:

—Claro que sí.

—¿De qué raza?

—De los que cría mi marido, un stadforshire. Se llama *Pompeyo*.

—¿Llevaba usted a *Pompeyo* esa noche durante su paseo?

—¡Siempre que salgo por las noches lo llevo!, me siento más segura.

—Supongo que si se siente segura es porque el perro está entrenado para defenderla.

—¡Por supuesto que lo está!, ¿qué insinúa? Vuelvo a decirle que si yo fuera culpable de algo no les hubiera llamado.

—Pero observe, Pilar, hay un curioso paralelismo en todo esto. De igual manera que su marido querría cargarle la culpa a usted, usted podría estar intentando hacer lo mismo con él y por eso nos llamó. Dígame, ¿intentó él hacerla culpable?

Se removió nerviosa en su asiento.

—Sí, es verdad. Lo intentó. Aún me asombra su desfachatez. Cuando vino la policía a buscarlo me amenazó con decir que había sido yo quien mató a Valentina. Se obsesionó con eso y ha estado todos estos días acosándome. Creo que está loco, puede hacer cualquier cosa. Yo quiero que quede clara mi inocencia.

La miré intensamente.

—Quedará, no se preocupe. Si es usted inocente, se sabrá. Y también se sabrá si no lo es.

Salió de la habitación acompañada por un guardia, con su cara felina envejecida y preocupada. Garzón se lanzó sobre mí.

—¿Cree que fue ella?

—No lo sé. Ella o su marido, pudo ser cualquiera de los dos. Hay que averiguar qué hizo él después de la pelea abortada, con quién estuvo antes de volver a su casa.

—Ya verá como no tiene coartada. Me extrañaría que esta mujer se haya cargado a Valentina.

—¿Y no será que tiene más ganas de darle la hostia a él?

—He prometido que no habría hostias y no las habrá.

—Perfecto, Garzón. Vamos a por el tipo.

Augusto Ribas Solé sabía hasta qué punto tenía las cosas difíciles. Se le había comunicado escuetamente que su mujer también estaba detenida, nada más. Le habíamos dado tiempo para que pensara. En cuanto entró en mi despacho me di cuenta de que no opondría demasiada resistencia. No estaba nervioso sino hundido. Su físico imponente había experimentado un notable bajón. Se sentó junto al subinspector, frente a mí. Yo había decidido llevar el interrogatorio de un modo racional.

—Señor Ribas —le dije—, me propongo jugar lo más limpio posible. Sabemos muchas cosas sobre usted, incluso algunas que usted mismo desconoce. De modo que no voy a obrar intentando que caiga en contradicciones, ni tendiéndole trampas. Pienso que no es necesario. Le pido que haga un esfuerzo y no intente negar cosas que son evidentes. Seamos adultos y todo acabará más rápidamente.

Me escuchaba en silencio, mirándome a la cara con atención extrema.

—Alguien le ha crucificado, Ribas, le han traicionado. ¿Quiere saber quién ha sido? Yo se lo voy a decir: ha sido su esposa, ella le ha delatado.

Sus grandes ojos apenas demostraron sorpresa. Me taladró con ellos.

—Pues claro, les ha ido con el cuento para salvarse, ella mató a Valentina Cortés.

Me levanté, anduve unos pasos, me puse a su lado:

—No estoy hablándole de Valentina.

—Pues entonces, ¿de quién?

—¿Recuerda el chivatazo que sufrieron durante la pelea en la Zona Franca?

—No sé de qué me habla.

—Lo sabe muy bien. Ese chivatazo nos lo dio su mujer, acaba de confesarlo.

La cara de Ribas se desencajó. Su mirada huyó de la mía.

—Y ayer nos dio un nuevo chivatazo, por eso está usted aquí. Ella nos indicó dónde encontrar a Enrique Marzal y Enrique Marzal nos ha contado todo sobre sus actividades. Ya ve, Ribas, son dos testimonios coincidentes en su contra, no tiene por dónde escapar.

—¡Mierda! —masculló.

—¿Por qué mató usted a Valentina?

—¡Yo no la maté!

—¿Porque iba a dejarlo plantado por otro o quizás porque ella tenía graves pruebas contra usted?

—¿Pruebas?, ¿de qué está hablando?

—¿Quién mató a Ignacio Lucena Pastor, usted también?

—No sé quién es.

De pronto, Garzón se levantó y dio un tremendo golpe sobre la mesa.

—¡Sí sabes quién es, me cago en Dios!

Ribas se sobresaltó, parpadeó inquieto, quedó mudo. Garzón daba alaridos. El sospechoso estaba blanco.

—¿Quién fue, quién mato a Lucena, hijo de la gran puta?

—¡Ella, ella fue! —chilló.

—¡Ella, ¿quién?!

—¡Valentina!

—¡Mentira, cabrón!

Garzón se había precipitado sobre él, le tiraba de la pechera, lo zarandeaba como si fuera un pelele. Me puse tras su espalda, le tomé ambos brazos a la altura del codo y estiré.

—¡Calma, subinspector, calma!

Volvió en sí. Me miró. Se mordió los labios. Jadeaba. Jadeábamos los tres. Hice que se sentara. Me dirigí de nuevo a Ribas.

—No fue Valentina. Encontramos en su casa una libreta de contabilidad de Lucena. Si ella lo hubiera matado, jamás habría conservado una cosa así.

Bajó la cabeza, luego la dejó caer hasta que la barbilla descansó sobre el pecho. Permanecimos largo rato en silencio. En el aire viciado del despacho sonaban nuestras respiraciones, aún agitadas.

—¿Dónde encontraron esa libreta? —preguntó al fin Ribas.

—En la caseta de *Morgana*.

Asintió gravemente, se llevó la mano a los ojos, ocultándolos.

—Usted intentó encontrarla registrando mi casa; le inculpaba seriamente, ¿verdad? Y mató a Valentina porque no quiso dársela como despedida. Ella pretendía seguir manteniendo cierto control sobre usted, nunca se fió. Y en esos momentos necesitaba asegurarse de que usted no iba a interferir en su nueva vida.

—No —musitó ya sin fuerza.

—Está usted perdido, Ribas, dejemos de jugar.

Empezaron a temblarle las manos. Exhaló un profundo suspiro. Se serenó.

—Cuando le pegué a Lucena no tenía intención de matarlo. Le ajusté las cuentas, quizás se me fue la mano... pero no tenía intención de matarle. Después me enteré de que estaba en el hospital, y más tarde de que había muerto, pero no tuve intención de matarle. De haber sido así le habría pegado un tiro. Tengo licencia de armas, he sido cazador.

—¿Por qué no fue a la policía?

—Me asusté. Pensé que, al fin y al cabo, Lucena era un desgraciado que no tenía familia. Nada cambiaría si yo decía la verdad. Había sido un accidente y ya había sucedido. Era complicarme la vida estúpidamente.

—Y descubrir su negocio.

—Mi negocio es el criadero.

—Y la lucha clandestina de perros, que debe de completar sus ingresos muy bien. ¿Por qué lo mató?

—Yo no quise matarlo.

—Está bien, ¿por qué le pegó?

—Llevaba mucho tiempo escaqueándonos dinero. Se embolsó más de una recaudación, hizo negocios paralelos aprovechándose de mi nombre. Hasta le dio datos a un periodista para sacar algo más de pasta. Se la estaba buscando y le avisé. No hizo caso y volví a avisarle, pero le pegué demasiado fuerte y no lo resistió.

—Un aviso contundente.

—Era un tipo débil.

—Entonces encargó a Valentina que fuera ella quien buscara el dinero en casa de Lucena.

—Sí.

—Pero no lo encontró. Sí vio sin embargo las libretas de contabilidad y se llevó la que podía inculparle a usted. Estaba preocupada después de haber visto hasta qué punto de violencia era usted capaz de llegar. Pretendía cubrirse las espaldas. Ni siquiera se le ocurrió quedarse con las otras dos libretas. Un fallo ridículo, no era una auténtica profesional del delito.

—Me dijo que en esa libreta figuraba mi nombre.

—Pues no es verdad.

—Siempre lo sospeché.

—Y, aun sospechándolo, la mató.

—Les juro que no la maté. Ya he confesado. He dicho la verdad. Le pegué a Lucena y lo maté accidentalmente. Además, organizo peleas de perros. Muy bien, pero a Valentina no la maté. Yo siempre la quise.

Garzón, contenido, echaba humillo como un bollo recién horneado.

—Cuénteme qué sucedió la noche en que atacaron a Valentina.

—Llegó por la tarde al criadero y me dijo que se iba, que habíamos terminado para siempre. De tanto vigilar y engañar al policía gordo había acabado encariñándose con él. Se iban a casar.

Miró desdeñosamente a Garzón. Yo también lo hice, de reojo. Sus facciones se habían relajado de golpe. Acababa de saber quizás lo que más le interesaba.

—Y usted se enfadó con ella.

—No. Le rogué que se quedara, que no me abandonara.

—Y la amenazó.

—No. Le prometí que dejaría inmediatamente a mi mujer.

—¿Lo hizo?

—Sí, me marché y en cuanto llegué a casa le dije a Pilar

que me largaba. Ella siempre ha sabido que Valentina era mi querida y no le importó. Pero cuando se dio cuenta de que me iba...

—¿Reaccionó mal?

—No, hizo lo de siempre, echarse a llorar. Pero la cosa quedó ahí. Yo tenía una pelea y no podía entretenerme más.

—¿Qué sucedió entonces?

—No aparecieron todos los apostantes y la pelea se suspendió. Fui al criadero, dejé los perros que íbamos a emplear y cuando volví a casa ella no estaba. Volvió más tarde, cuando yo ya dormía, dijo que había dado un paseo porque estaba nerviosa.

—¿Qué hora era?

—De madrugada, no lo sé.

—¿No le pareció extraño?

—No le di más importancia. Pero cuando me enteré de que habían matado a Valentina esa misma noche...

—Pensó en su mujer.

—Sí.

—Claro que también pudo pensar que era perfecto que se le hubiera ocurrido marcharse a pasear, un modo fácil de cargarle las culpas.

—Yo no maté a Valentina, se lo aseguro. Ni siquiera estoy asegurando que lo hiciera Pilar; al fin y al cabo es mi mujer.

—Y usted es un caballero español —soltó Garzón volviendo a la furia.

—Con usted no quiero hablar.

Temí lo peor.

—Aquí no estás en un hotel, hablarás con quien se te mande.

—Con usted, no.

—¿Fue usted quien registró mi casa? —tercié.

—No, no fui yo. No sé de qué me habla.

—Registraron mi casa y mataron al perro de Lucena. Sin duda buscaban su libreta de contabilidad ¿No lo sabía?

—No.

—Pero su esposa no pudo ser. Ella probablemente desconocía la existencia de esa libreta.

—No es así. Yo se lo conté.

—¿Le contó que su amante tenía pruebas que podían inculparlo?

—Sí, fue una manera de que me dejara en paz cuando me pedía que la abandonara.

Viendo que se cernía sobre nosotros un peligro anunciado tercié llamando a un guardia para que se llevara al sospechoso. Habíamos terminado por el momento. Garzón resoplaba como una olla exprés.

—No sabe cómo lamento ser policía —me dijo.

—¿Por qué?

—Porque si no lo fuera, me liaría a leches con este tío hasta que...

Empecé a recoger mis cosas sin prestarle atención.

—¿Adónde va? —preguntó.

—Me voy. ¿Sabe qué hora es?

—Es tarde, sí; pero si aprovecháramos a fondo el momento... los sospechosos están cansados y quizás así les fallen más las defensas.

—A quien le fallan las defensas es a mí. Acaban de confesarnos un asesinato, Garzón. Estoy mareada, confusa, tensa. Necesito reciclar todo lo que he oído, tomar una ducha, comer... y usted también lo necesita.

—No, yo estoy bien.

—Pues mañana estará mejor. Váyase a cenar con su hijo.

—¿Mi hijo? Hace una semana que se largó. Ni siquiera pude despedirme de él. Me dejó una nota sobre la nevera.

—No le ha hecho usted mucho caso, ¿verdad?

—Tenía otras cosas en que pensar.

Fue raro volver a casa y no encontrar a *Espanto*. Quizás me había acostumbrado a una grata compañía, aunque fuera la de un animal tan pequeño. Me senté pesadamente, sin ganas siquiera de servirme un whisky. Un crimen pasional y una paliza mal dada, eso era todo. No podía hablarse de material sofisticado. Dinero y amor. Brutalidad y despecho. Vulgaridad. Las razones para matar se cuentan con pocos números, son las mismas desde Shakespeare, desde Caín y Abel. Todo lo demás es repetición. La vida es casi tan tonta como la muerte, y muchísimo más pesada. Tenía sueño, me dolía la espalda, pero la sensación predominante estribaba en una vaga añoranza. ¿De qué? Quizás de la cabeza deforme de *Espanto*, de la facilidad para comunicarme con él, sin hablar. Uno de los dos cónyuges Ribas se había cargado a Valentina. Ahora Garzón ya no podría vivir en el campo. ¡Qué absurdo! También me dolían los ojos. No es sano llenar el cerebro durante semanas con los mismos pensamientos, ensucian el recipiente, pueden pudrirlo. Hay que saber cortar. Cogí el teléfono y llamé a Juan Monturiol. Le conté.

—Ya ves que tu intervención en el caso ha sido decisiva.

—Un simple capote profesional. ¿Cómo está Garzón?

—Jodido.

—Y si no confiesa ninguno de los Ribas, ¿qué haréis?

—Ahora no puedo pensar. ¿Por qué no vienes a verme y tomamos una copa?

—No creo que sea una buena idea, Petra.

—¿Por qué?

Hubo un momento de silencio. Carraspeó.

—Creo, sinceramente que no debemos liar más nuestra relación, ¿me entiendes?

—No.

—Nunca me acostumbraré, Petra, es así. Aun cuando no exista entre nosotros el más mínimo compromiso, me gusta que la mujer que se acuesta conmigo me considere una prioridad, que me llame, que me informe de lo que hace que... en fin. El sistema amistad-cama no es para mí. Y lo siento, porque me gustas un montón. ¿Me entiendes ahora?

—Sí.

—De todas maneras eso no conlleva ningún enfado. Nos veremos cuando traigas a *Espanto* a la consulta.

—*Espanto* murió. Se lo cargaron registrando mi casa.

—Lo lamento. Entonces nos veremos por el barrio, alguna vez podemos tomar un café.

—Sí, claro.

—Me gustaría que entendieras de verdad mi punto de vista.

—Lo entiendo, y me parece bien.

—Me alegro. ¿Podrás contarme el desenlace con los Ribas?

—Sí, lo haré.

Colgué. Calabazas a mi edad. Me las había ganado a pulso. ¿Quién creía que era, Miss Universo? ¿Una alegre quinceañera susceptible de enamorar a primera vista? ¿Una mujer fatal? ¡Tomar un café! ¡A ver cómo coño lograba conformarme con tomar un café al lado de Juan Monturiol! Ver sus manos firmes cuando abriera el azucarillo, sus labios acercándose a la taza, sus ojos verdes clavándose en mí. ¡Al carajo el café! Me iría a la cama inmediatamente, sin ducharme, sin cenar, sin volver a pensar más en toda aquella basura reciclada de las historias de amor. Eché de menos a *Espanto* con terrible intensidad.

Es difícil preparar previamente los careos. Cualquier estrategia suele derrumbarse según la inercia que provoque el encuentro. Y cuanta mayor es la relación entre los enfrentados, esa inercia se manifiesta con más prontitud. La cosa no era moco de pavo tratándose de marido y mujer. Pero aparte de escuchar, concluir y, si acaso encauzar, poco más podíamos intentar en aquellos momentos.

Cuando entró su mujer, Ribas se levantó. Intenté analizar a toda prisa la mirada que intercambiaron furtivamente. Creí percibir que era de mutua vergüenza. Formaban una pareja armónica. Él, fuerte, potente, atractivo. Ella, de una fragilidad desvaída e infantil. Fue Ribas el primero en hablar, y lo hizo en un tono dolorido, soltando una frase inconclusa que era un lamento.

—¿Cómo has podido...?

Ella no respondió. Frunció el ceño y apretó los dientes, llena de una obcecada voluntad. Se sentó cruzando las piernas con impertinencia forzada. Me miró.

—¿Tendré que estar mucho rato aquí?

Era evidente que se hallaba librando una batalla en su fuero interno. No estaba habituada a ser bravucona ni descortés.

—Pilar, queremos que le confirme a su esposo que fue usted quien avisó a la policía en dos ocasiones, con intención de que lo atrapáramos en pleno desarrollo de su negocio ilegal.

Sin dejar de mirarme, contestó:

—Sí, fui yo.

—¿Puede explicarnos por qué?

Se calló.

—Responda, por favor.

Adoptó un aire cínico que le quedaba postizo.

—Soy una buena ciudadana.

—Pende sobre usted una acusación de asesinato, ¿le parece un buen momento para bromas?

Ribas intervino.

—Llamó porque se la comían los celos.

Ella se tensó, pero siguió sin mirarlo y dijo con un tonillo casual:

—Sí, será por eso por lo que he aguantado cinco años que estuvieras viéndote con esa mujer.

—Hubiera tenido que dejarte hace ya mucho tiempo, no tienes sangre en las venas, todo te da igual.

Miró a su marido directamente a la cara por primera vez. Sus manos de niña pasaron a ser dos garritas crispadas.

—Siempre has sido un chulo, Augusto, nunca te has preocupado de mí. Estabas tan convencido de ser superior, te parecía que debía dar tantas gracias por estar a tu lado que me has tratado como a una basura. —Ribas se sorprendió, sus ojos se abrieron, incrédulos—. Eras lo mejor que podía pasarme, ¿no? ¡El rey! Con prestarte a nuestro matrimonio ya hiciste bastante. ¡Me das pena!

Ribas reaccionó por fin:

—¡Cállate!

La cara pequeña de la mujer se tiñó de un rojo intenso.

—¡No pienso callarme! —gritó. Asistíamos a una revolución, quizás largamente gestada—. ¡He estado demasiado tiempo callada, y ahora voy a hablar! No eres más que un fracasado, Augusto, nada más. ¿Dónde están las maravillas para el futuro, la mansión en el campo, los viajes? Te ibas a comer el mundo y has tenido que acabar contratando miserables ladrones de perros para sacar un poco de dinero extra.

El marido estaba alterado, se dirigió a mí.

—Dígale que se calle.

Abrí ambos brazos en un gesto pontificio.

—Estamos aquí para hablar.

—¡Ni siquiera hemos tenido hijos por tu culpa! Sólo has sabido correr detrás de otras mujeres, cuanto más vulgares, mejor.

—Eso es lo que te pica, ¿verdad?, por eso la mataste.

—¡La has matado tú! ¡Tú te pusiste como loco cuando te dijo que se largaba con el policía! ¡Dejar al gran hombre por un policía viejo y gordo! Supongo que eso es lo que peor te sentó, en el fondo el cariño de una mujer te da igual. Lo único que has querido durante toda tu vida es figurar, ser el centro. ¿Por qué tuviste que meterte en todos esos asuntos sucios, para qué necesitábamos más dinero?

Ribas se incorporó de manera amenazante, Garzón saltó con demasiado ímpetu sobre él. Levanté la voz.

—¡Señores, por favor, es suficiente! Si no guardan la compostura tendremos que suspender este encuentro.

Miré a Garzón, preocupada. Soltó el brazo de Ribas, se sentó. Éste se abrió el botón superior de la camisa deportiva, emitió el resoplido de un caballo. Habló más bajo esta vez.

—Tú la mataste, Pilar, no sigas mintiendo. Ya me has castigado bastante. Di por qué saliste aquella noche.

—Tenía miedo de encararme contigo, de que te fueras de casa delante de mis propias narices. Te he tenido miedo demasiadas veces, Augusto, y eso no es normal entre personas casadas.

—¡Historias! Cogiste a *Pompeyo* y fuiste a casa de ella. No podías soportar que yo te abandonara. Le echaste el perro encima y seguiste dándole órdenes de ataque hasta que la mató. Luego pensaste que podías cargármelo a mí. ¡O quizás lo tenías planeado desde el principio!

—¡No! ¡La mataste tú porque no podías convencerla de que dejara al policía!

Estábamos entrando en un callejón sin salida. La tensión de mi estómago se había convertido en un zumbido craneal.

—¡Bajen el tono, por favor! Creo que será mejor que suspendamos la sesión hasta mañana.

Los hice salir. Me fijé en Garzón. Tenía la boca manchada de sangre. Se había mordido el labio inferior. Le pasé un pañuelo de papel. Se limpió. Nos quedamos mirándonos, incapaces de ningún comentario, incapaces casi de hablar. No sabía qué hora era, desvié los ojos hacia el reloj, no podía seguir manteniendo por más tiempo la mirada de mi compañero.

—¿Qué le parece todo esto? —preguntó al fin.

—No lo sé, ¿y a usted?

—Yo creo que ha sido él.

—¿Por qué?

—Tenía más que perder, recuerde la libreta.

—No siempre se mata por motivos fríos.

—Pero él mandó a Marzal a su casa.

—Me extraña que un tipo con experiencia en negocios sucios cometiera una estupidez así.

Las cosas estaban claras, Garzón apostaba por la culpabilidad de Ribas. Me pregunté hasta qué punto pendía sobre su alma dolorida el deseo inconsciente de que fuera él. Anatemizar al rival, confundir el odio que sentía hacia un hombre que aspiró al amor de Valentina. Prueba de ello era que atribuyera el motivo de su presunta culpabilidad únicamente al asunto de la libreta, olvidándose del componente pasional.

Tal como se presentaban las circunstancias, estaba convencida de que la solución debían brindárnosla nuestros encartados. Y no me equivoqué. En cuanto pisé la comisaría al día siguiente, un guardia me dijo que Ribas deseaba hablarme en privado. Interpreté inmediatamente la condición de privacidad como petición directa de que Garzón no estuviera presente. Sí, probablemente era el único modo de avanzar.

Ribas estuvo grave y con tendencia a razonar. Confesó no haber pegado ojo en toda la noche. La estancia en nuestras dependencias había aclarado su mente hasta el punto de permitirle pergeñar estrategias que señalaran al culpable, que por supuesto, mantenía no ser él. Tenía perfectamente claro que la acusación judicial que le caería encima no podía ser la misma por haber matado a un tipo de modo más o menos premeditado, que por haber cometido un crimen alevoso. Me pidió verse a solas con su esposa. Le dije que eso no podía permitirlo; cualquier intento de influir en ella que yo no controlara quedaba fuera de cuestión.

—Está bien, consienta por lo menos en dejarme hablar

con ella estando usted presente. De ninguna manera su compañero.

—¿De verdad cree tener tanto ascendiente sobre ella como para que diga la verdad?

—Estoy seguro.

—No es eso lo que me pareció ayer; quizás ella ha cambiado con respecto a usted.

—Sé lo que digo.

—De acuerdo.

—Una cosa más. Es imprescindible que no se tome en contra mía lo que voy a decir. Piense que sólo voy a intentar que diga la verdad.

—Veremos.

—¿Y ese subinspector?

—Descuide, no estará.

Esperaba una reacción violenta de Garzón cuando le comunicara las novedades, pero lo que obtuve fue una mirada constatadora de mi traición. ¿Tú también, Bruto? vino a decir. Sí, yo también, un asesinato estaba en juego, no podía pararme a pensar en herir sentimientos. Se avino de mala gana, volvió a su despacho donde supongo que pasaría uno de los ratos más amargos de su vida. Yo preparé el nuevo careo, procurando no dejarme llevar por ningún presentimiento. Me sorprendió a mí misma estar tan serena. El propósito era comportarme como los tres monos chinos: ver, oír, callar.

Pilar entró en el despacho antes que su marido. Comprobé algo terrible en su simplicidad: una sola noche de detención hace estragos en la personalidad de la gente corriente. Venía pálida, demacrada, pero sobre todo abstraída, derrotada en su dignidad. Miró a Ribas cuando apareció él como si fuera un extraño; a mí no me hizo ni caso. Nos sentamos y guardamos silencio, más de un minuto que me pareció angustioso y sin final. Por fin habló Ribas.

—¿Estás cansada? —preguntó a su mujer.

Ella frunció el ceño, e hizo un pequeño gesto de dolor al enderezar la espalda.

—Quiero irme a casa —dijo.

—No te preocupes, te irás.

La voz de Ribas había cobrado una calidez especial. Se acercó a Pilar, le tomó la mano. Ella no se resistió. Recibió también sin rechistar unos golpecitos en el hombro.

—Te irás enseguida, te irás.

Había cobrado el control absoluto de la situación. Ella se aflojó.

Empezó a hablar sin mirarlo. Para ambos yo había dejado de existir.

—¿Por qué tuviste que querer marcharte con esa mujer?

—Ya viste que no me fui. Acudí a dormir a tu lado, como siempre.

—¡Porque ella te echó!

—Yo estuve durmiendo en nuestra casa, y no me hubiera marchado jamás, lo sabes bien.

—Me has hecho mucho daño, Augusto, esta vez sí.

—Tú a mí también querida, ya lo ves. Ya ves que estamos aquí, que tú me denunciaste a la policía.

—Quería castigarte, que todo se acabara, que se acabara lo de esa mujer.

Empezó a llorar mansamente. Él la consoló con pequeños chasquidos de lengua, como se hace con un bebé. Ambos hablaban en susurros. Yo estaba sobrecogida por la situación, por el patetismo herido e indefenso de la mujer.

—Pero ahora te irás a casa enseguida.

—¿Y tú?

—Yo no puedo marcharme, Pilar, me has denunciado, ¿recuerdas? Iré a la cárcel. Iré también por ti. Voy a decirles que yo maté a Valentina. Cargaré con las culpas de los dos. Tú vete a casa y espérame, yo volveré algún día.

Había llegado el momento crucial. Levanté hacia la mujer los ojos que el pudor me había hecho bajar. Vi cómo se debatía un instante entre las lágrimas, el dolor, la enajenación.

—No —dijo—. No quiero que hagas eso, yo la maté, también iré a la cárcel mientras estés tú. La maté y no me arrepiento, ahora ya nunca más existirá.

—Ya no existía para mí, para mí sólo has existido siempre tú.

Lloraba. Ribas levantó la vista hacia mí. Intervine, extrañada de oír mi propia voz entre ellos.

—¿Usted la mató, Pilar?

Asintió varias veces con la cabeza.

—¿Y vino a mi casa a por esa libreta?

Volvió a asentir.

—Quería hacerla desaparecer, que desapareciera cualquier cosa que pudiera interponerse entre mi marido y yo. Esperaba encontrar esa libreta que él temía tanto y ponerla frente a sus ojos, decirle: «¿Ves?, ya no queda nada de todo ese asunto, desaparecida la libreta, desaparecida la mujer... ahora tú y yo podemos volver a empezar».

—¡Pero usted lo denunció! ¿Cómo pudo hacer ambas cosas a la vez?

—¡No lo sé, estaba loca, no lo sé!

—¿Puede describir mi casa?

Se limpió las lágrimas con la mano abierta. Ribas permanecía de pie a su lado, la acarició. Ella intentó concentrarse. Habló con la voz inocente propia de una niña.

—Sí, más o menos sí. Su casa está en Poblenou. Tiene una entrada con un cuadro alargado, un jardín interior pequeño. En el salón hay un sofá claro, muchos libros en una estantería y en los cajones guarda mantelerías, todas de color verde.

Ese dato hubiera sido suficiente, las compré en una rebaja, todas iguales, una idea absurda por mi parte. Continuó sin embargo describiendo el dormitorio con sorprendente exactitud. Aparte de buscar la libreta debía de haber sentido curiosidad.

—¿Y el perro? —pregunté.

Me miró por primera vez durante su relato. Advertí miedo en sus ojos, horror. Empezó a temblarle el mentón al hablar.

—Al principio estuvo callado, hasta movía el rabo; pero de pronto se puso a ladrar. Ladraba y ladraba, cada vez más fuerte... tuve miedo de que alguien lo oyera. Le pegué, le pegué en la cabeza con la tabla de cortar carne que usted tenía en la cocina. Fue horrible, horrible, yo... saltaba sangre del cuerpo... yo no quería...

Se echó a llorar histéricamente, con hipidos, con convulsiones y espasmos nerviosos.

—Pero eso no debería conmoverla, Pilar, al fin y al cabo usted había matado a Valentina.

Levantó su cara deformada por el llanto.

—No tuve que tocarla siquiera, *Pompeyo* lo hizo, yo no tuve que mancharme las manos, fue como...

Interrumpió la frase en el aire. Yo la continué.

—Como un juego, ¿verdad? Como uno de los entrenamientos de su marido. Un figurante al que el perro da dentelladas. Sólo que esta vez el figurante era de verdad. Fue así, ¿no es cierto?, casi no tuvo conciencia de matar.

Dejó de hipar por un instante, me miró con un destello errático de lucidez.

—Sí, así fue.

—Eso es muy comprensible, Pilar; pero no se engañe, usted la asesinó con plena voluntad. Ella le abrió su casa probablemente porque usted le dijo que quería charlar y usted le azuzó a su perro y la mató. La mató con ensañamiento, la mató. Después borró cualquier huella y la arrastró hasta el jardín. Hay alevosía en todo eso, y premeditación. Es la obra de una asesina, no es ningún juego.

Se inclinó hacia delante en la silla, los sollozos conteni-

311

dos la sacudieron violentamente. Ribas se acercó más a ella, la incorporó, rodeó con sus brazos la cabeza convulsa.

—Déjela, déjela ya. Ha confesado, ¿no puede dejar de torturarla?

No me pareció que estuviera actuando, intentaba de verdad protegerla. Componían un cuadro extraño. Él de pie, alto, fuerte, apoyando sobre su estómago el cuerpo sentado de aquella mujer frágil que era su esposa. La consolaba, se consolaban los dos. Salí sin decir palabra. No sabía si me sentía conmovida o asqueada.

Cuando entré en el despacho de Garzón él guardó la compostura justa como para dejarme empezar a hablar sin plantearme preguntas. Antes de hacerlo encendí un cigarrillo. Me temblaba la mano.

—Y bien, subinspector, ya tenemos culpable.

Interrogó al aire con ojos de loco.

—La mujer de Ribas mató a Valentina.

—¿Está segura?

—Sí, puede darlo como un hecho cierto.

Se levantó abruptamente, echó a correr. Lo seguí con el alma en un hilo.

—Subinspector, ¿adónde va?

Vi cómo se acercaba a Pilar. Hizo que los guardias que la acompañaban se detuvieran en el pasillo. Escuché lo que dijo.

—¿Fue justamente ese perro llamado *Pompeyo* el que se llevó?

—Sí, ya se lo he dicho.

—¿Él mató a Valentina?

—¡Sí! ¿Es que no van a dejarme en paz?

—¿Y dónde está ahora?

—En el criadero.

—¿En qué parte del criadero?

—Es el único suelto que hay en el jardín. Déjeme, por favor, déjeme ya.

Temí que la zarandeara o algo por el estilo, pero lo único que hizo fue dar media vuelta, coger su gabardina y alejarse. Fui tras él. En la puerta de la comisaría encontré a Ribas custodiado por dos guardias. Salía hacia el juzgado. Me miró, se echó a llorar, con las defensas relajadas por fin.

—Aunque le parezca mentira, inspectora, le ruego de rodillas que la traten bien. Pilar es débil, quizás yo me haya portado mal con ella, pero siempre será mi mujer. No sé si me comprende.

—Le comprendo —contesté, pero no comprendía nada en absoluto; sólo quería largarme, Garzón se había escabullido y podía escapárseme sin remedio. Lo alcancé justo cuando entraba en el coche.

—¿Adónde va, Fermín?

—A dar una vuelta.

—¿Puedo acompañarle?

—Usted verá —dijo encogiéndose de hombros con mal humor.

Salimos de la ciudad, ambos en silencio. Garzón había puesto la radio a buen volumen para evitar cualquier posibilidad de conversación. Atardecía. Era un programa de entrevistas. Peroraba uno de tantos psiquiatras que escriben libros. La depreciación del yo. «En un mundo cada vez más materialista, para el individuo ya sólo parece contar el éxito social.» ¿De qué demonios hablaba?: Lucena, las escorias, robaperros miserables y estafadores multiempleados, amantes añosos y solitarios, matrimonios que se aman y se destrozan. Ninguno se tendería jamás en el diván de un psiquiatra. El individuo, el ego, el éxito social, las basuras, los excedentes, los restos. Y el amor.

Paró el coche. Estábamos frente al criadero de Ribas. Se le veía oscuro y hermético como una fortaleza. Bajó y yo bajé tras él. Se acercó a la verja de entrada. Un inmenso coro de perros empezó a cantar e inmediatamente, suelto, fiero, desafiante, apareció *Pompeyo*. Sacaba el morro por entre las rejas, enseñaba los dientes. No emitía un ladrido ahuyentativo y escandaloso, más bien era un grave gruñido, un aliento caliente preñado de amenaza. Garzón se quedó mirándolo entre las sombras de modo absorto, sereno. No cambiaba de expresión ni los aullidos lo hacían parpadear. Sentí frío y, sin saber por qué, miedo.

—¿Qué hace, Fermín?

No contestó.

—¡Venga, vámonos!

Ni se movió. La noche, el grupo satánico de perros ladrando sin parar... ¿qué esperaba encontrar en aquel bicho, restos del alma de Valentina, su transmigración?

—Subinspector, vámonos de una vez, aquí no pintamos nada.

Entonces Garzón metió la mano bajo la americana y sacó su pistola reglamentaria. Apuntó.

—No lo haga, Fermín, déjelo. Sólo es un animal sin culpa. ¿No se da cuenta?

Siguió encañonando al perro, mirándolo fijamente. Respiraba despacio.

—Después se sentirá usted mal, ¿para qué matarlo? Es inocente. ¡Déjelo!

Estiró el brazo. El perro supo que iba a morir. Calló, levantó la cara como un reo valiente y Garzón disparó. Los ladridos generales cesaron por completo. El animal se desplomó convertido en un fardo pequeño y quedó tendido en el suelo. Entonces un perro aislado volvió a ladrar, y luego otro y después un tercero. Ladraron todos otra vez, locamente. Con el corazón encogido, me acerqué al subinspector. Lloraba en silencio. Las lágrimas y los mocos resbalaban por sus bigotes lánguidos. Le puse una mano en el brazo.

—Vámonos, Fermín, es muy tarde.

Y nos fuimos igual que a la llegada, furtivos. Me sentía como si hubiese asistido a la ejecución del zar, pero sólo era la muerte de un perro. Una muerte más. Un corazón que deja de latir. Una muerte más. Hombres y perros y mujeres y perros. Todos seres indefensos en la noche.

Epílogo

Invité a Ángela y a Juan Monturiol a comer. Se lo debía. Tenían derecho a saber. Preparé tres ensaladas distintas, un buen acopio de salmón y una inmensa tarta decorada con un perro de chocolate. Una gilipollez, nadie estaba para bromas a aquellas alturas. Mis invitados se mostraban impresionados por el modo en que se habían resuelto las cosas.

—¡Qué mujer tan taimada! —exclamó Ángela refiriéndose a Pilar—. Se movía muy bien desde la sombra.

—A mí me pareció una desgraciada.

—¿Crees que sufría algún desequilibrio?

—Si no lo sufría permanentemente, está claro que, llegado un momento, se desequilibró. No tiene el perfil de una asesina.

—¿Y quién tiene en realidad el perfil de un asesino? —dijo Juan entre la pregunta y la afirmación.

—Yo he estudiado que los hay.

—¡De nada sirven los estudios con respecto al ser humano! —exclamó, filosófico.

—Lo que me resulta sorprendente en que se revelaran tantas pasiones entre gente ya de cierta edad —soltó Ángela al desgaire.

—¿Y qué me dices de ese matrimonio? —completé—. Se amaban, se odiaban, se perjudicaban, se ayudaban...

—¿No es siempre así? —reincidió en las interrogaciones categóricas Monturiol.

—Espero que no —exclamé con demasiado ardor.

—¿Es que piensas casarte otra vez? —me cazó el veterinario.

—Hablaba en general.

—En cualquier caso, ha sido una tragedia —concluyó la librera.

—Lo que me extraña es que Ribas nunca pensara que su mujer podía delatarle —dijo Juan.

—Creía que la tenía bien dominada. La desdeñaba, por eso nunca tomó precauciones.

—Pero ella se cansó. Las mujeres a veces demostramos un poco de sentido común.

Después de hablar miramos ambas al pobre Juan Monturiol, que se encogió instintivamente en su asiento.

—Un asunto trágico en verdad —suspiró mi compañera de reivindicación.

—¡Y condenadamente complicado! Lucha de perros, ¡quién lo hubiera pensado!

—No hemos avanzado mucho desde los romanos —apuntó Monturiol.

—Por cierto, Petra, ¿qué ha pasado con la perra de Valentina?

—Una vez aclarado el caso, supongo que la sacrificarán.

—Pero eso es terrible, ¿no podría adoptarla yo? —preguntó Ángela.

—¿Serías capaz?

—Sólo es un pobre animal que ha perdido a su ama.

—No sé, si quieres puedo hacer alguna gestión.

—Me gustaría.

Juan miró su reloj.

—Señoras, me temo que tengo que abrir mi consulta. Os voy a dejar.

Besó a Ángela en ambas mejillas. Lo acompañé a la entrada. Le tendí la mano, me la apretó.

—Te agradezco mucho tu ayuda, señor veterinario.

—Ha sido un placer.

—Quisiera saber si de verdad ha sido un placer.

Me miró intensamente a los ojos. Sonrió.

—Puedes estar segura de que ha sido un placer.

Sonreí yo también. Dio media vuelta y se alejó camino de su camioneta. Observé tristemente cómo desaparecía por la esquina el perro que tenía pintado en la parte de atrás. Suspiré.

De vuelta al comedor, encontré a Ángela también melancólica.

—¿Más café? —le ofrecí.

Me alargó su taza vacía.

—Petra, ahora que estamos solas, hay algo que quiero preguntarte. ¿De verdad pensaba Valentina casarse con Fermín? Se me ocurre que quizás actuó por despecho. A lo mejor le anunció la boda al amante intentando que dejara a su esposa de una vez.

—Nunca podremos saberlo. Ése es un secreto que se ha llevado a la tumba.

—¿Crees que Fermín es consciente de esa duda?

—No me parece un hombre a quien guste engañarse.

—Entonces debe de haber sufrido por partida doble; es más, estará sufriendo aún.

—¿Te has planteado llamarle, hablar con él? Quizás pudierais...

Hizo un gesto negativo, se puso muy seria.

—No, Petra, ni hablar. Yo sé bien cuándo las cosas han acabado definitivamente.

Miré su rostro afable y bondadoso. Le di unos golpecitos en el dorso de la mano.

—Nunca sabrá la mujer que ha perdido.

Hizo un esfuerzo por sonreír.

—Quiero que me hagas un favor. Devuélvele esto.

Sacó de su bolsillo el corazoncito de oro con la imagen oculta de Garzón. Lo dejó sobre la mesa.

—¿Piensas que es necesario?

—Me parece lo mejor. No se puede negar el pasado, pero tampoco es bueno tener recordatorios ni fetiches.

—Posiblemente llevas razón.

Se levantó con el ímpetu impuesto de una heroína. Le di su chaqueta. Nos abrazamos. Cerré la puerta detrás de mí. Había prometido ir a verla alguna vez, tomar un té juntas. Era improbable que volviera a necesitar algún consejo sobre perros, pero en su compañía siempre podría encontrar el reflejo tranquilizante que proporciona la verdadera amabilidad.

Una vez en comisaría me puse a reflexionar. Caso cerrado, fue la primera frase que me vino a la mente. Caso cerrado. Ignacio Lucena Pastor se me representó como algo lejano, perdido en las horas y los días, como un sueño o un reportaje olvidado de magazine dominical. Claro que, a causa de aquella sombra apenas localizable en el mundo, una mujer había muerto y mi compañero tenía roto el corazón. Gajes del oficio, concluí intentando alcanzar un estado más cotidiano a partir de la absoluta vulgaridad.

Acto seguido miré la agenda por pura rutina. En realidad recordaba perfectamente a quién debía llamar. Tomé el teléfono canturreando, marqué...

—¿Doctor Castillo, es usted?

El científico aficionado a los crímenes no salía de su asombro. En un primer momento incluso quedó mudo de estupor. No podía creer que fuera yo, ni comprender cuál era el motivo de mi llamada.

—Espero que haya leído la resolución del asesinato en los periódicos.

—Lo hice con muchísimo alivio.

—¿Alivio?

—Bueno, me libré de la silla eléctrica o algo así. El otro día volví a ver *Falso culpable* en la televisión y me caían gotas frías de sudor.

Solté una fuerte carcajada sin poderlo remediar.

—Sí, ríase, pero menudo susto que me dio.

—Supongo que le debo una disculpa, por eso lo llamo; pero compréndalo, me cogió usted en momentos de mucho estrés. Además, ¿por qué se interesaba tanto por el caso?

—¡Caray pues no sé!, siempre me ha gustado el género policial. Y no sólo eso sino que... yo... ¿es usted soltera, inspectora?

—Divorciada, ¿por qué?

—En fin, le parecerá una tontería, pero se me había ocurrido... se me había ocurrido invitarla a tomar una copa para que pudiéramos charlar. Yo no hace mucho tiempo que me divorcié también. Pero, claro, después de que estuviera a punto de acusarme de un crimen, cambié de opinión. Pensé que lo más prudente era mantenerme bien alejado de sus garras.

—No me sorprende. Sin embargo, se me ocurren soluciones para el malentendido.

—¿Por ejemplo?

—Que tomemos esa copa por fin.

—¡Por mí encantado!; es más, después de la copa estaría bien cenar en algún restaurante. Me refiero a esta misma noche.

—Cuente conmigo.

—¡Bien!, la recogeré a las ocho en su despacho.

—No. Voy a tomarme la tarde libre, yo iré a buscarlo a la facultad.

—Si no se acuerda de mí, me reconocerá por mi cara de asesino.

Reí de nuevo. Bien, jamás hubiera pasado por mi mente que el catedrático quisiera salir conmigo. Perfecto, tenía sentido del humor, podía ser una velada memorable. Ambos poseíamos puntos en común, de hecho nos dedicábamos a la investigación en frentes distintos. Él intentaba paliar el sufrimiento humano y yo ahondaba en el mismo.

Pequeña diferencia sin embargo sustancial. ¡Qué tarea estéril la de un policía!, cavilé, escarbando en el pasado reciente sólo para sacar los hechos a la luz. Ninguna posibilidad de variar el futuro, de evitar lo ya consumado. Recordé a mi fugaz compañero *Espanto*, su oreja mordida sin duda por alguno de los perros consagrados a la lucha. ¡Qué ceguera la mía, no darme cuenta! Ni siquiera serví para darle protección, para librarlo de su calamitoso destino. Sentí una pena profunda, una melancolía desgarradora. Me levanté y fui al despacho de Garzón.

El subinspector estaba sentado a su mesa, átono, frío. Me miró sin demasiado interés.

—¿Qué tal, inspectora?

Observé que se encontraba dibujando garabatos sobre un papel cualquiera. Me derrumbé en una silla sin pedirle permiso.

—¿Qué coño está haciendo?

—Ya ve, no gran cosa.

—Tendríamos que ponernos a redactar el informe del caso.

—No me apetece nada.

—A mí tampoco.

—Hay tiempo.

—Sí.

Crucé las piernas. Fijé la vista en las paredes desnudas.

—¿Por qué no cuelga algún cuadro? Su guarida está de lo más impersonal.

—¡Bah!

Sabía que no era un buen momento para llevar a cabo el recado, pero si lo dejaba para más tarde sería peor; incluso cabía la posibilidad de que no volviera a atreverme. Saqué el corazoncito de Ángela del bolsillo, se lo tendí a Garzón.

—Fermín, me han pedido que le entregue esto.

Lo observó con cansancio. Lo cogió. Removió en su propio bolsillo e hizo aparecer el otro idéntico corazón, recuperado del cadáver de Valentina. Me los mostró ambos en su palma, algo cuarteada por el tiempo y el uso.

—La vida me devuelve los regalos —dijo.

—La vida nunca devuelve nada.

—Entonces es que estoy castigado por mi absoluta gilipollez.

—Tampoco existe el castigo.

—¿Y qué existe entonces?

—No sé, poca cosa, la música, el sol, la amistad...

—Y la fidelidad de los perros.

—Eso, también.

Intercambiamos una mirada llena de resignada tristeza. Tuve que acopiar un buen soplo de aire en mi pecho para seguir.

—Y existe el alcohol. ¿Qué le parece si cruzamos la calle y nos arreamos un pelotazo?

—No sé si tengo ganas.

—¡Vamos, Fermín, deje de hacerse la Dama de las Camelias! ¡Estoy proponiéndole una medicina espiritual!

—Bueno, está bien, cualquier cosa antes que seguir soportando sus insultos.

Salimos de comisaría. El guardia de la puerta nos saludó. Entramos en La jarra de Oro. Pedimos un par de whiskys.

—¿A que no sabe con quién ceno esta noche?

—Con Juan Monturiol.

—¡Ni hablar!, eso es agua pasada. He quedado con el doctor Castillo, ¿se acuerda de él?

—¿En serio tienen una cita?

—Naturalmente, y a poco que se descuide me lo voy a cepillar. En mis archivos de mujer fatal falta un científico loco.

Se le escapó una risa escandalizada como siempre le ocurría frente a mis arrebatos de procacidad.

—¡Es usted increíble, Petra!

—¿A que sí?

—Ciertamente.

Y en eso llegaron los whiskys. El camarero puso los vasos sobre la barra con gesto servicial. Los hicimos entrechocar discretamente y brindamos por nosotros mismos. En aquellas circunstancias no se nos ocurrieron destinatarios que hubieran podido agradecerlo más.

Barcelona, 4 de diciembre de 1996

Otros títulos de la serie
Petra Delicado en Booket:

Ritos de muerte

Serpientes en el paraíso

Un barco cargado de arroz

Mensajeros de la oscuridad

Nido vacío

Muertos de papel

El silencio de los claustros

IMPRESO EN BLACK PRINT CPI IBÉRICA, S. L.
c/ TORREBOVERA, s/n (ESQUINA c/ SEVILLA), NAVE 1
08740 SANT ANDREU DE LA BARCA (BARCELONA)